U0696020

大鱼文化传媒　大鱼文学

两个人的
全世界

许姑娘 ／ 著

贵州出版集团
贵州人民出版社

图书在版编目（ＣＩＰ）数据

两个人的全世界 / 许姑娘著. -- 贵阳:贵州
人民出版社, 2016.9（2020.3重印）
ISBN 978-7-221-13435-6

Ⅰ.①两… Ⅱ.①许… Ⅲ.①长篇小说－中国
－当代 Ⅳ.①I247.5

中国版本图书馆CIP数据核字(2016)第192721号

两个人的全世界

许姑娘 著

出版人	苏 桦
出版统筹	陈继光
选题策划	大鱼文化
责任编辑	谭芳芳
流程编辑	唐 博
特约编辑	伍 利
装帧设计	刘 艳 米 籽
封面绘制	viv1姑娘
出版发行	贵州人民出版社（贵阳市观山湖区会展东路SOHO办公区A座 邮编：550081）
印 刷	三河市华东印刷有限公司
开 本	880×1230毫米 1/32
字 数	300千字
印 张	9.5
版 次	2016年10月第1版
印 次	2016年10月第1次印刷 2020年3月第2次印刷
书 号	ISBN 978-7-221-13435-6
定 价	48.00元

目 录
Contents

目 录
Contents

第一章
━━━━•国民绯闻•━━━━

国民男神苏崇礼

苏崇礼婚期将近

苏崇礼婚纱门事件

……

这种乌龙事儿有完没完？

姜凌波边走路，边刷着微博热门，连下地下通道台阶都下得满心愤慨。

走到倒数第二级台阶时，她的手机突然振动响铃，屏幕上闪烁起"苏崇礼"三个大字。

看到罪魁祸首，姜凌波磨牙站定。

她靠着栏杆，接通电话，语气很不友好："喂，你在哪儿呢？"

"你身后。"

电话里的声音还没落，姜凌波背后的阳光就被挡住了。她吓了一跳，刚要转身，身后人的手指却已经碰到了她的脖子。

"姜凌波，生日快乐！"

苏崇礼声音里有着形容不出的慵懒味道，带点平翘舌不分的习惯，和姜凌波思念的那个人很像很像。只是那个浑蛋，从来都不肯在她面前好好说话，成天"哦""嗯"懒洋洋地回应，听得她总想踹他两脚。

姜凌波低头，捏着新挂上的锁骨链瞧。铂金的链子冰凉，中间晃着个黄色钻石镶的小鸭子。小鸭子拇指盖大小，粉色的眼睛亮晶晶的，童趣盎然，直直戳中姜凌波的心，但她还是伸手摘链子。

"我不要这么贵重的礼物，你要有心，快点帮我把污名洗掉。你没看微博里，你那些粉丝把我骂成什么样了？我这两天睡觉老做噩梦，估计就是她们拿小人扎的！"

链扣在脖子后面，钩住了她一小撮头发，姜凌波嘴里抱怨着捣鼓半天，胳膊都举酸了，也没能把项链摘掉。

"行啦别摘了！"苏崇礼双手插兜，潇洒地跳下三级台阶，转身按按虚扣在头顶的棒球帽，咧嘴笑道，"项链是赞助商送的，我没花钱。"

"苏崇礼，你的口罩墨镜呢？"

印在各娱乐媒体头版的脸，居然就这么明晃晃露在外面！姜凌波瞪圆了眼，抬起脚就往下冲，结果一脚踩空，眼看就要摔倒。

这时她身后突然伸出一只胳膊，揽住她的腰扶她站好。

"谢谢谢谢！"姜凌波还惦记着苏崇礼那张要命的脸，匆忙点头道谢，连人都没看清，就急急跑下台阶，拉住苏崇礼一路小跑。

跑了几步，姜凌波突然顿住。她站在原地僵了僵，猛地转过身。刚才扶她的人已经不见了。

"怎么了？"苏崇礼听话地戴好口罩，瓮声瓮气地问她。

姜凌波回神，耸肩摇摇头。怎么可能是他呢？

当年他那样躲她，连声招呼都不打就出国消失不见，要是他看见她摔倒，肯定会忙着遮脸跑掉，哪有闲心思去扶她一把？

……

这么想想，他还真是个浑蛋。

"姜凌波，我犯了个错误。"

两人走出地下通道，溜达着逛进附近公园。姜凌波刚坐上长椅，苏崇礼就出了声，而且一出声，就甩出这么一句话。

姜凌波抬眼看他，眼睛里明晃晃写着"我不想听不想听"，但苏崇礼还是硬把手机塞给姜凌波。

姜凌波撇着嘴说："我就是临时扮个助理啊，等婚纱这事……"

话刚说到一半，戛然而止，她看到了苏崇礼的置顶微博。

姜凌波呆滞几秒，接着猛地站起来，险些把鼻梁上的黑框眼镜给甩掉。

＃苏崇礼婚期将近＃**国民男神苏崇礼携神秘女子现身婚纱店，并试穿多套新郎礼服，期间二人举止亲昵，言语谈及蜜月钻戒等话题。据店员爆料，她曾询问苏崇礼和神秘女子是否婚期将近，苏崇礼并未否认。**

这条微博内容，姜凌波已经熟悉到闭着眼都能背出来。毕竟短短五天，光是＃苏崇礼婚期将近＃这个话题，阅读量就达到 9.8 亿，评论数为103.6 万……但幸好，其中除了 3.6 万的评论强烈表示要与男神未婚妻进行撕逼大战外，剩下的 100 万评论都直言，拒绝相信虚假报道。

可是，姜凌波刚刚看到的这条微博，它的转发人就是国民男神苏崇礼本人！

姜凌波当场就炸毛，差点把手机拍到苏崇礼脸上："这种东西你居然转发？转发就算了，你写句解释的话啊。你发颗红心上去，还给置顶……苏崇礼你是不是嫌我死得不够快！"

"哎呀有什么关系嘛。"苏崇礼讨好地笑着，把暴跳如雷的姜凌波按回长椅上，又蹲到她身前，拉开口罩，露出那张帅得让粉丝鬼哭狼嚎的脸。

"那就真结婚呗，你不是总抱怨说，要是到了法定晚婚的年龄还嫁不出去，就随便到街上捡个男人拖进民政局？"

他试探着拉住她的手，撒着娇说："反正我也是在这里被你捡到的，你就跟了我呗。就当是我的报恩，我会对你很好很好的！"

说得真好听，但光看他这股黏人劲儿，姜凌波就很不想和他说话。

她翻着白眼想，跟他结婚，婚后早晚被拖累成老妈子，还是让他靠这张脸去祸害别人吧。

边想着，她边朝周围一打量，还真别说，去年她就是在这儿遇到苏崇礼的。

当时她重感冒，咳嗽咳得肺都要掉出来，包里总要装着两瓶矿泉水才安心。路过公园时，她忽然看见一男人，伸着大长胳膊大长腿儿，靠坐在树根那儿啃面包。看着看着，她就走过去，在他眼前放了瓶水。

那会儿苏崇礼满嘴面包渣，抬头看她的眼睛里都放光，开口就喊"观音菩萨"，叫得姜凌波心里发虚。

她一直没好意思说，她会放那瓶水，完全是因为他邋遢落魄的样子，像极了孙嘉树。

"我没捡你，是我大堂姐把你捡回去的。你要想报恩，等她生个女儿，你去给她当女婿啊乖。"

姜凌波说着，就想甩开他的手。

苏崇礼脸皮厚，攥住了就不肯撒开，还嬉皮笑脸道："大堂姐会收留我，还不是看着你的面子。姜凌波，你不答应我，不会是心里有别人了吧？"

"谁心里有人啊？"姜凌波被戳到心底痛，顿时挺直腰板，眼睛瞪得圆滚滚的，"我要是心里有人，就叫我被天打雷劈！"

"轰隆！"

青天白日，连点乌云都没有，就突然打起了雷。要不要这么灵啊？

姜凌波捂脸站起来，急急地说了句："可能要下雨了，我去旁边买两把雨伞，你把口罩帽子戴好，在这里乖乖等我哦。"然后头也不回，撒腿就跑，窜得比兔子都快。

可没想到，常去的小店锁着窗，姜凌波只好跑进公园深处去买。

但她刚走到半道，雨"轰"的一声就落了下来，又大又急，雨点砸到脑袋上生疼，密得看不清眼前的路。

而附近除了树就没有其他的遮挡物了，天还打着雷，姜凌波愣是没找到能躲雨的地方，只好拿手挡着脑袋，在雨里乱跑。谁知猛地就撞进别人怀里，还把眼镜给撞掉了。

她连忙低头找眼镜，可怎么也找不到。

姜凌波高度近视，别说这雨哗哗打得她眼睛都睁不开，就算在自己家里，眼镜不见了，她也要到处拍啊摸啊地找好半天。

就在这时，被她撞到的人突然抓住她的手，拉着她就跑。

她吓了一跳，刚想挣开，男人就停下脚步，回头看她。

姜凌波擦着不断往眼睛里流的雨水，眯着眼睛打量他。

戴着口罩和帽子，还有这件她买的兜帽外套……

苏崇礼怎么跑来了？

雨越下越大，狂风暴雨刮得她快要站不住，两人在这儿站着可不是办法。

姜凌波忽然想起小时候，她经常和孙嘉树来这个公园玩滑梯，滑梯旁边有排空心的小蘑菇屋，可以钻进去玩，她就是在那里第一次亲到了孙嘉树的脸。

虽然是霸王硬上弓。

当时他们几岁来着？五岁还是六岁？

反正是孙嘉树还乖得不得了的年纪，成天跟在她屁股后面，她说往东走，他都不会朝西看。被她强亲了也不敢吱声，垂着脑袋捂着脸，眼睛里全是泪，却还是怯生生地从口袋里掏出把棒棒糖说"给你吃"。

他们也真的是很好很好过呢。

姜凌波有点难过地想着，拉起"苏崇礼"朝滑梯那里跑。

到了小蘑菇屋前，姜凌波扯着"苏崇礼"想让他先进去，没想到"苏崇礼"伸出两只胳膊，手掌掐住她的侧腰，直接把她抬得脚离地，然后慢慢塞进了小蘑菇屋里。

这种类似于爸爸对女儿的感觉……让姜凌波有些愣神。

她转身看着还站在雨里的"苏崇礼"，伸手招呼他进来。

"苏崇礼"没动。

"苏崇礼，你进来呀！"姜凌波将脑袋探出小蘑菇屋，大声喊他。

"苏崇礼"反而朝后退了两步。

然后他摘掉口罩，好像说了句什么。

离得那么远，姜凌波看不清他的脸，下雨的声音又很大，她也听不清他说的话。姜凌波只好钻出小蘑菇屋，手圈成喇叭状放在嘴边喊："你说什么？"

但她脚还没踏出去，雨里的"苏崇礼"猛地冲过来，没等她回神，就一把按住她的眼睛，把她推到角落，亲上了她的嘴唇。

姜凌波浑身滴着水冲进家里，鞋子袜子湿得一塌糊涂。她摸着发凉的鼻尖，钻进浴室洗了个热水澡，然后披着浴巾坐在马桶上发呆。

"苏崇礼"亲完她就把外套脱掉罩住她的脑袋，等她扒下外套再眯着眼睛去看时，那小流氓早就溜了。

下回见面绝对要把他耳朵给拧下来！姜凌波边擦着头发边愤愤不平，但模模糊糊的，她又觉得有哪里不对劲，心里忍不住又慌又乱，搅成一团。

她摸摸自己的额头，好像有点烧烫。别是烧糊涂了吧？

姜凌波掐了把发痛的喉咙，趿着拖鞋走到客厅，蹲下撕开桶装水的塑封，晃悠着抱起水桶，勉强站稳后，"哐当"把水桶砸进饮水机里。

然后，手指被水桶压住了。

她倒抽着凉气甩甩手指，打开饮水机加热开关，转身到客厅拿出药盒，翻找感冒退烧药。

姜凌波是先天性扁桃体肿大，外面稍微变个天都能感冒发烧，所以她的药盒里总是塞满了各种药。孙嘉树那个浑蛋还在的时候，她药盒里的药都排得整整齐齐。等他离开以后，别说药盒了，就是她的屋子，都变成了猪窝。

她还没把感冒冲剂从盒子里翻出来，家里的座机就响了。

姜凌波抱着药盒跑到茶几边，蹲着接电话。

"喂？"

拿起听筒她就打了个响亮的喷嚏。

"看新闻了没？铺天盖地的'苏崇礼承认恋情'。"周意满很震惊，"前两天你还担心嫁不出去，让我给留意着点相亲对象！"

周意满是姜凌波的闺蜜，两人是四年前在咖啡店里打工时认识的。当时姜凌波一看到周意满，就觉得"哎哟这姐们真好看"，接着就给拐进自己后宫里，成天腻在一块胡吃海喝胡作非为。

姜凌波抽抽不通气的鼻子："别提了，遇着苏崇礼就没好事！我和他丁点关系都没有，你别听媒体胡扯！"

"我看他也挺好的，要不就在一起试试呗，"周意满很真诚地建议，"反正吃亏的也不是你。"

……

"要试也不能跟他试，那就是一祖宗，还是没断奶的，你得跟在他屁股后面给伺候着才行！"

姜凌波捏捏发哑的嗓子，态度很坚决："我照顾自己都照顾不过来，再添上他，日子就没法过了。"

"那你也不能总一个人吧？"

电话那边静了静，周意满的声音才传过来。她问得有点小心，还很犹豫："因为你说想相亲，我就给你留意了一下，有几个人我觉得还挺合适的，都是些知根知底的朋友。你要有时间，就约约看吧？"

姜凌波从盒底抽出感冒冲剂，用牙撕着冲剂袋子。

听到周意满的话，她愣了愣，但随即就把里面的药粉粒全倒进嘴里，干嚼着，话说得含混不清："行吧，估计苏崇礼转发微博这事我还有的忙，等忙完再说。"

周意满还想说什么，但身边"哐当哗啦"的全是喧闹声。

姜凌波就笑了："陪你儿子玩呢？"

周意满的儿子叫李昂，刚刚过完三岁生日。

周意满也头痛："和他九斤哥哥在玩拼图。九斤拼错了几回，他就想把人撵走。"她叹气，"也不知道这霸道性子哪儿来的。"

姜凌波听到"九斤"就有点不想接话，握着话筒的手不自觉攥紧。

九斤是孙嘉树姐姐孙嘉卉的儿子，孙嘉树的亲外甥。

当年孙嘉树刚当了舅舅，美得冒泡，在九斤的百日宴里喝得醉醺醺，蹲在摇篮边，直直盯着孩子看他吐泡泡。

她在旁边觉得丢脸，翻着白眼去拉他，他却用力把她也拽得蹲下去。她照他后脑勺就是一巴掌："干吗？"

"你觉不觉得九斤和我长得很像？"

"外甥像舅呗。唉，这倒霉孩子，跟谁像不好，跟你像。"

他忽然就把她箍进怀里，用他特有的轻而慵懒的声音，贴着她的耳朵说："女儿也像爸爸，你给我生个女儿吧。"

……

想到那些，姜凌波就觉得头痛得厉害，连喘的气都带着滚烫的温度。

明明我们那么好，你都把我抱在怀里，叫我给你生女儿啦！那三年前，在我鼓足勇气对你告白以后，你到底为什么要不辞而别离我而去呢？

她喉咙发涩，随口"嗯啊"几句挂了电话，撑着地站起来，可一没留神，把药盒摔翻了。

药盒倒扣着摔在地上，里面的药撒了满地都是。姜凌波烦躁地弯腰捡起药盒，刚要捡药，就看见盒底的硬纸板上写满了东西。

那些字和图案平时都被药盖着，姜凌波竟从来没看到。

蓝色圆珠笔写的，连色都没怎么掉，是孙嘉树写的漂亮的小楷字。

他画了整齐的格子，把她常吃的药和注意事项都记在里面。姜凌波一眼就看到她刚吃掉的感冒冲剂，孙嘉树特意在那个格子里用黑三角标着：

要用热水冲开喝。

Ps: 大花你要乖乖听话，不准再干嚼冲剂哦。

下面还画了个挂着笑脸的小太阳。

姜凌波半合着眼睛站着。良久后，她把盒子丢进垃圾桶，转身回到卧室，倒进被子里。

颠三倒四地做了整宿梦，姜凌波睡醒就知道自己发烧了。脚踩在木地板上跟飘似的，门牙肿到发胀，看东西时带重影，眼睛里全是生理泪。

她浑身发寒，柜子里挂的却还是些夏天的短袖。姜凌波没精力再去翻箱倒柜找衣服，干脆把团成球塞在柜子角落的那件旧卫衣拎出来，胡乱套上。

卫衣是孙嘉树的，她穿起来空荡荡的，下摆快到膝盖，袖子把手都盖在里面。当年她就觉得穿这种衣服超帅，硬从孙嘉树身上扒下好多件。

那喊着"快脱"还顺便摸把腰的架势，简直就是个欺侮秀气书生的女土匪，朝气蓬勃得浑身都发亮。

哪像现在，她面无血色还顶着俩黑眼圈，帽子勉强遮住乱成草的头顶，出门走路还带着晃，浑身都散发着幽幽黑气。她站在马路边，愣是没辆出租敢停下来拉她。

就在姜凌波觉得眼前发黑的时候，一辆车慢慢停在她跟前。

司机西装革履的，领带熨得笔直，语气也很温和："小姐你不舒服吗？要去哪儿？我送你。"

姜凌波眯着烧迷糊的眼，看看车。确定车比自己值钱后，她摇晃着钻进车后排："麻烦去中央医院。"

声音嘶哑难听，嗓子里也像是磨着沙砾似的，偏车里还开了空调，吹得她连骨头缝里都发痛。

她正犹豫着要不要开口，副驾驶座里的人就伸手把空调关了。

姜凌波看到了他的手，是男人的手中最好看的那种，手指修长，骨节分明。

但她心里却忽地发慌，和昨晚被亲时的感觉很像，那种哪里不对劲的感觉越发强烈，但又闹心般地想不明白。

到了医院门口，她付了钱下车。经过前面副驾驶座时，她又情不自禁地朝微降的车窗里瞟了眼。

里面的男人仰面倒在车座里，黑色平毡帽罩在脸上，只露出个光洁白皙的下巴。

真是个好看的男人。

姜凌波挂号看病时耳朵里"嗡嗡"的，眼神先是涣散，后来发直，回话都慢了半拍。看得老医生直皱眉："小姑娘，你这样不行啊，就没有什么亲戚朋友爱人，能来陪着你吗？"

姜凌波很认真地掰着指头想了想。

亲人的话，爸妈在公费旅游，其他的那些指望不上；朋友那边，周意满要带李昂去水族馆，打扰亲子活动什么的，会病得更重吧？

至于爱人。啊呸，她再也不要爱人了！

于是她很坚决地冲老医生摇头，还顽强地攥起个小拳头："我可以靠自己！"

靠自己的姜凌波，挂上吊瓶就开始抹眼泪，愤怒而心酸。

三年前她生日那天，孙嘉树在收到她气势磅礴的告白后，连个招呼都没打，悄无声息地出了国。

他在她身边随叫随到的那些年，她一点都没觉出他的重要性。可他刚走没几天，她就深刻体会到，她离了他，连日子都过得不好了。

就像来医院，以前都是孙嘉树陪着来啊。只要她病了，不管小感冒还是肺炎，他都会鞍前马后守在身边，让她安心得不得了。

所以，她根本不需要爸妈和朋友的照顾，她只要有孙嘉树就好。

结果她以为肯定是"她的"孙嘉树，跑掉了。

浑蛋。

姜凌波难过地看向隔壁病床，年轻的妈妈在给输液的女儿削苹果。

她盯着那打着卷不断垂下的苹果皮，眼皮慢慢变沉，掐了自己两下也不好使，只好拜托年轻妈妈帮她看着点吊瓶，然后迷糊着睡了过去。

梦里她觉得很冷，冰凉的点滴顺着静脉，把她的血液的温度都变低了。她哼唧着往被子里钻，可还是不自觉的打战。

但很快她又温暖起来，一股滚烫却很舒服的热，从她的手腕慢慢四散进四肢骨髓，然后流进心里。让她很安心。

她半沉在睡意里，微微睁开眼，床边的人背光而坐，脸在刺眼的光下轮廓模糊。姜凌波张嘴刚想出声，嘴里就被塞进颗荔枝肉。

"睡吧。"他的声音像隔着层膜，飘到姜凌波耳边。

甜甜的果汁溢在嘴里，她心满意足，又闭眼睡了过去。

姜凌波睡得很香，睡醒后神清气爽。

她伸着懒腰睁开眼，挡在她眼前的是苏崇礼那张龇牙笑的脸。

姜凌波发蒙："刚才是你在这里吗？"

随即她清醒过来，皱眉道："不对，你为什么会在这儿？今天不是该录电影主题曲吗？"

苏崇礼见她睡醒，殷勤地从桌子上捧了把桂圆："你喜欢吃这个吧？我给你买了好多哦！"

他又拿出手机，得意地摇摇："有人拿你手机打电话给我，说你打着点滴睡着了。我的号码是你通话记录里最新的！"

他吵得姜凌波又开始头痛。她睨了他一眼，问："电影主题曲呢？"

苏崇礼嘟起嘴，声音有点没精神："说主题曲换成 Metal Masker 的主唱来唱，就是在国外火到爆的那个乐队。"

姜凌波失了一下神。

病房外路人的手机铃响起，鼓声和贝斯吉他声混合着她熟悉的嗓音猛地爆发出来，震得她心口发战。

隔壁病床上被遗落的杂志也被风刮开，里面大幅彩页里站着四个戴面具的男人，旁边用金铜色的重墨标明着他们的身份。

Metal Masker——金属面具人。

只要提到名字就会引爆尖叫狂潮的乐队，在国内外各大媒体里被誉为"神"的存在。

而 Metal Masker 正如其名，乐队里四名成员在现场时全都用金属面具遮着脸。

照片里，鼓手用面具遮着嘴和下巴，灰白刘海儿，猛看像是金木研的cos。他是日本人，总闷着不说话。

吉他手遮着额头到鼻梁，金发下露出双湛蓝的眼睛，娃娃脸，很爱笑，是位地道的英国人，据说还是贵族出身。

贝斯手则遮住左半张脸，眉眼细长，后脑扎着马尾，西装领结一丝不苟，完美的意大利绅士。情债也有点多。

而那位主唱，他还是不同的。他的面具遮住全脸，就像 one piece 里的狙击王。他只要对着话筒一开口，就是瞬间的安静和狂野的热潮。

杂志的后几页，还有他们四位拿掉面具后的模样和专题采访。那四张风格迥异，但同样好看到让人想捧着他们照片睡觉的脸，"啪啪"打肿了所有嚷嚷着"他们戴面具是因为长得丑！"的人的脸。

乐队的主唱更是直接表示：我们明明可以靠脸混圈子，但我们就靠本事玩乐队。

这么嘚瑟的话经他说出来，倒成了满街追捧的名句了。

"那个主唱是个中国人呢……"苏崇礼开始噼里啪啦地介绍起主唱来。

姜凌波张张嘴，却说不出话。她黯然地想：我知道他是谁啊，而且比所有人知道得都要清楚。

苏崇礼又说："这回电影主题曲的事，是那个主唱主动提出来的，说是他有首新歌，嗯叫什么《My Narcissus》。他觉得很适合这部电影，而且大堂姐也说有他助阵电影必火，所以就把我打发走了。最后决定还要用他新歌的名字来为电影命名。"

My Narcissus：我的水仙。

他这是什么意思？

姜凌波心里闪过一丝期待，但随即又觉得可笑。

你竟然还自以为他喜欢你吗姜凌波？就因为水仙有个别称和你的名字有关？被他甩掉一回还不够，还要再把心露出来给他踩？

姜凌波满心悲怆，去卫生间洗了把脸，压低帽檐遮住发青的眼圈，又对着镜子无声喊着"Fighting"猛拍脸颊。

等情绪调整得差不多，看起来像是兴奋剂打多了的精神病患者，姜凌波看看时间，决定先带苏崇礼回趟公司。

苏崇礼是开着车来的。宝蓝色宝马i8停在地下车库，酷炫耀眼的流线型车体，招眼得让姜凌波想按着他脑袋往墙上撞。

"我不是说别再开这辆车了吗？这车牌号哪个娱记手里没有啊！"

前几天七夕节，他就是开着这辆车，带她跑到婚纱店的。

好端端的两个单身狗垂泪瞻仰圣洁婚纱的悲伤事儿，硬是被媒体给曲解成"苏崇礼婚期将近"的大新闻。

她连婚纱的衣角都没摸到，就莫名其妙"被新娘"了好吗！

就算有句话叫"老牛吃嫩草"，但这熊孩子比她小五岁啊五岁！她要多好的胃口才能张得开嘴吃？

"是你说让我开便宜的车呀，这辆车就是我最便宜的！而且我刚在医院门口看到辆黑色的兰博基尼爱马仕，所有人都围着那辆车在看，并没有人注意到我哦。"

苏崇礼边扬着脸笑出酒窝，边猛打方向盘再急踩刹车板，一路把姜凌波颠得眼冒金星。进车库时，他还抽空朝检查车辆信息的保安抛了个媚眼。

姜凌波在车停下后仍惊魂未定，抓着车把手的手都是僵的。她发誓，刚刚在拐弯那儿，整个车都腾空飞起来了！

"啊，是医院前的那辆车。"苏崇礼跳下车，扶着车门张望。

姜凌波随着他的目光看去，觉得车挺眼熟。

再看看车牌——

这不就是她去医院时打的黑出租吗？9.6元收她10块钱还没找零呢。

她没兴趣地转身要走，耳边突然传来"咔嚓咔嚓"的拍照声，吓得姜凌波的脑袋"嗡"一声炸起来。

最近因为"婚纱门"事件，她对快门声实在是敏感过头。

不过好在拍照的不是娱记。

女演员GiGi的过腰金发烫成繁杂的大卷，头顶戴着白花绿藤编的花环，穿了身半透的白色纱裙。仔细看，眼睛里还戴了墨绿色的美瞳，美得简直像希腊神话里走出来的女神。

——要是她没围着那辆黑车扭腰翘臀，不停自拍的话。

GiGi的助理站在旁边，手里抱着化妆箱，箱子上还堆着各种购物袋，累得小腿肚都在打战。

姜凌波看不下去，走过去帮他拎了几个包。

姜凌波和GiGi是高中同班同学，两人还做过半学期同桌。所以她的助理，姜凌波也认识，是GiGi母亲再婚家庭中继父带来的哥哥，姓蒋，他们都叫他蒋哥。

不过和GiGi那种毫不遮掩的眼睛长在头顶上不同，蒋哥看着很憨厚老实，不仅费劲地单手托住东西，把包全都从姜凌波手里拿回来，还很不好意思地说："谢谢你啊小姜，但我没什么本事，就靠干这些杂活吃饭，你就不要来和我抢啦。"

姜凌波也不坚持，笑着和他聊："蒋哥，GiGi今天有什么活动吗？打扮这么漂亮。"

"听说Metal Masker的主唱来公司了，我们就想来看看，能不能有幸见上一面。"

"哥你跟她说这些干吗？"

自拍完的GiGi听到他们的对话，踩着高跟鞋走近，嘴皮子很利索地嘲讽着："这位可是金牌经纪人姜锦绣的嫡亲堂妹，国民男神苏崇礼的心尖宝贝，什么消息听不到，还用你来告诉她？"

姜凌波看她两眼，很认真地说："Hey崔招弟，你假睫毛脱胶了。"

原名叫崔招弟的 GiGi：……

在 GiGi 慌乱着拿小镜照脸的时候，姜凌波招呼着苏崇礼快走，刚进电梯就听见外面 GiGi 嘹亮地骂道："姜凌波你放屁！"

苏崇礼看热闹看得正开心，见姜凌波抱臂冷眼看他，马上委屈地告状："崔招弟在拍宣传照时，总爱拿胸蹭我胳膊！"

他和 GiGi 分别在新电影里饰演男一和女二，为了宣传，免不了要摆拍些亲密动作。为这事，他几乎每天都要向姜凌波告状求安慰。

姜凌波懒得再理他，等电梯开了，就径直朝大堂姐办公室走。

苏崇礼还抱着装桂圆的袋子，跟在她后面："你不吃桂圆吗？"

"不吃。"

"你不是最喜欢吃桂圆吗？"

"不喜欢。"

"你果然是生我的气了吧？大堂姐分明说过你喜欢吃的。"苏崇礼耷拉着脑袋小声说，"昨天我有去找你啊。但是雨那么大，那个公园我也不熟，找了好久都没找到你，给你打电话又打不通。"

姜凌波听到"昨天"就想捂他的嘴，但听到后面又觉得不对劲。

她脑子有点转不过弯地转身，盯着他眼睛狐疑地问："你没找到我？"

"对啊。"

苏崇礼老实点头，接着眼睛一亮，朝姜凌波身后挥手："大堂姐——"

姜锦绣腕间戴着的金银镯独具特色的清脆撞击声随即传来。

苏崇礼颠颠跑过去："大堂姐你骗人！你说姜凌波最爱吃桂圆，结果我买的她都不肯吃！"

姜凌波被他闹得胃都犯痛，刚要转身把他拎回来，就听见声很轻的哼笑。

那笑真的就只有一声，很轻，很短暂，甚至在离开唇齿的瞬间就随风消失了，却瞬间把她定在原地。

她的脑海里轰地炸开，里面有无数看不清的画面喧哗刺耳地闪过，从手脚开始，寒冷和僵硬迅速蹿遍全身，心更像是被巨石压住，沉得她喘不过气。

她清晰地知道，她的脚尖刚抬离地面，身体微微向侧面转了一点，定在那里的模样，肯定既滑稽又可笑。

可她就是动弹不了。

浑身战栗着，她模糊听到，有人轻笑着说："她嫌桂圆有股中药味，从来都不肯吃，你不知道吗？"

话语里藏着微妙的恶意，像是在对苏崇礼表达敌意。

苏崇礼也察觉到了。他甚至都没看清那人掩在帽檐下的脸，就不满地呛声问："你是谁啊？"

回答的声音里没有丝毫不愉悦，仍旧带笑，灼灼的目光盯住姜凌波的侧脸。

他懒懒的，甚至带着痞气地笑道："我是谁？我是，孙、嘉、树。"

第二章
——· 你还知道回来 ·——

姜凌波忽然满身勇气。她屏息转身，看向孙嘉树，而孙嘉树在朝她笑。那种笑姜凌波太熟悉了！

上学那会儿，每晚放学后，他都会闭眼靠在她教室墙边等着。每回看到她慢吞吞走出来，他就会这么朝她笑，然后边说着"大花你怎么才来啊？我都快睡着了"，边把她的书包接过去，再把买好的面包宵夜递给她。

那时候，她会嘻嘻跳起来摸摸他的脑袋，把面包掰成两半，拿一半塞进他嘴里，再聊起地理老师的娘娘腔、数学老师的狗爬字，聊得满街都是她的哈哈笑声，还有孙嘉树的"嗯"和"啊"。

而现在，他仍旧这么对她笑，甚至在看她不动后，还伸出双手，漂亮白皙的手指微蜷着，向她张开他的怀抱。

他居然在那样浑蛋的离别后，还能露出这种"你怎么才来啊"的笑，还想要她的拥抱？

姜凌波也笑起来，朝他伸出的手走去。她高昂着头颅，眼睛里像燃着火苗，亮得惊人。

她用欢快的语调，熟稔地和他打着招呼："孙嘉树，你还知道回来啊？

我以为你在国外玩得乐不思蜀，早就把我们这些老朋友给忘了呢。"

没等孙嘉树回话，走近的她突然朝孙嘉树胸口猛地砸去一拳，砸得她自己手骨都发麻。

紧接着，在孙嘉树闷哼出声的瞬间，她麻利地抓住他胳膊，同时抬脚狠踹他的小腿骨，唰地把比她高出两个头的孙嘉树甩起，一个过肩摔把他重重扔在地上。

然后……

她就跟后面有老虎追着要咬她屁股似的，逃命般地跑掉啦！跑着跑着还在拐弯处撞到了人！

GiGi 被她撞到门边，薄纱裙不知剐到哪儿，"嘶啦"扯开个大口子。她看了看开口就骂："姜凌波你他妈能不能正常点！除了孙嘉树，谁能受得了你！"

"哦对了，"她满脸遗憾地拖着腔调，"连孙嘉树都受不了你。听说当年他就是因为听到你的告白，所以吓得连行李都没收拾，直接逃到国外去了？多亏了你，现在的他可是飞黄腾达，而你连他衣角都摸不到了呢呵呵呵……"

姜凌波眼睛里的光亮得晃眼。

"Hey 崔招弟，你还记得高二那年，你托我给孙嘉树带的情书吗？我说他收了，其实是骗你的，他看都没看就说要交给老师，还是我拦下来的。啊当然，我说这些，并不是想让你感激我。"

她压住 GiGi 险些要戳到她鼻孔的手指，很诚恳地问："我只是想问问，那封情书现在就夹在我的语文课本里，你还需要我转交给他吗？或者我帮你发给媒体，闹点儿绯闻，好让你有机会亲自去向他告个白？"

GiGi："……"

而另一边，孙嘉树在被姜凌波过肩摔翻的瞬间，大堂姐在旁边看得清清楚楚。

姜凌波抓住他的胳膊扯着他要甩到肩后时，孙嘉树分明嘴角带笑，弯腰踮脚，配合得不得了。后来更是顺势腾空翻个跟头，屈膝落地很是漂亮。

这哪是被姜凌波给过肩摔？分明就是在哄着姜凌波玩。

也就姜凌波还以为自己得逞了，头也不回，溜得像脚底抹油那么快。

孙嘉树坐在地上，弯着条腿，另一条腿舒展着，手朝后撑地，仰面看着天花板，笑得很无奈："我好像惹大花生气了。"

大堂姐吐出口烟圈，笑睨他道："前儿我说什么来着？就算我同意把她给你做助理，她也不会答应的。"

孙嘉树看向大堂姐，笑得温和又无害："那如果，我的腿被她摔伤了呢？"

"锦绣姐，我的腿，真的动不了了。"

姜凌波冲出公司，嘴巴抿得很紧，甚至抿得有些发白。

她觉得自己像是嚼了满嘴的朝天椒，只要张嘴，就能跟《哈利·波特》里那只匈牙利树蜂一样，呼呼喷出火焰来，把路人烧得满脸都是炭灰。

但她心里乱糟糟的，想不明白她到底是在气孙嘉树呢，还是在气她自己？

毕竟在过去的三年里，她曾设想过无数次他们的重逢。

就算她没能挽着位比孙嘉树更优秀的男人，向他耀武扬威地说出那句"你看不上我是你眼瞎"，也该在他张开怀抱时坚定地和他擦肩而过，然后诧异地回头问："哎先生你是哪位呀？"

可她居然给他一个过肩摔！

这不就是在明晃晃告诉他：我这些年还惦记着你，一看到你就情难自已？

脸都丢光了！

但是，他见到她，怎么就能那么心平气和地笑呢？他可是明目张胆地把她甩了，害得她被一堆人笑话了三年整！

……

姜凌波在超市里买了罐可乐，站在超市门口，叉着腰"咕嘟咕嘟"灌了满肚子碳酸水。一拍肚皮，里面还能哐当响。

手机振动响起。

她意犹未尽地摸着圆溜溜的小肚子，掏出手机："姐？"

大堂姐把事情噼里啪啦地描述了一遍。

姜凌波脸都绿了："左脚骨折要我赔钱？他怎么不说他脑袋磕破了导致痴呆啊！"

"其实除了左脚骨折，孙先生的颈椎和肋骨都有不同程度的损伤。"

大堂姐把检查报告抖得哗啦响。

"我当年开始学柔道就拿他练手，他那会儿还瘦得跟竹竿似的呢，可撑破天也就蹭伤个手掌心。"

姜凌波很坚定："姐我跟你讲，他这是典型的碰瓷敲诈，我们不能……"

大堂姐："他在国外曾经摔下过舞台，左脚脚踝骨裂，因为工作忙，养得也不好，所以后来很容易就崴脚和骨折。"

姜凌波噎住，再没刚刚的理直气壮。

她扁扁嘴："那他想怎么样？"

"刚刚公司相关部门和孙先生的律师进行了沟通。"

"嗯嗯。"姜凌波竖起耳朵。

"孙先生提出，可以免除金钱赔偿，但是要肇事者在他康复前对他进行贴身照顾。"

谁稀罕。

姜凌波哼笑出声："如果我赔钱呢？"

"你赔得起吗？"大堂姐轻蔑道，"他的一只脚，就比你全身器官加起来都值钱。"

姜凌波刚想反驳，但又憋住了。

Metal Masker 主唱的脚，搞不好真比她值钱。

她只能推拒："等明天我回公司再说吧。"

挂断电话，姜凌波突然感觉到手指黏腻。她低头看，手里握着的易拉罐微倾，里面的可乐全流到她的手上。

她举起易拉罐，刚要朝垃圾桶扔，就看到罐筒上印着的标语——"如果爱，请深爱"。

放！屁！

易拉罐被她徒手攥扁。

姜凌波回家时路过集市，在"刘记"面店里买了大碗的牛筋面。

开店的中年夫妇跟姜凌波很熟，小十年的老交情，陈醋辣椒油都加得足料，拿筷子拌开了，满碗都红通通的，再撒上冒尖的黄瓜条，就算不闻那酸辣味，光看都勾得胃里馋虫乱叫。

店里不忙，等面的时间里，老板娘就靠在柜台和姜凌波说话。

门边坐着一对小情侣，眉眼青春得很，连蓝白色的中学校服都没脱，肩靠肩，吃着热腾腾的牛肉拉面。

"是不是和你那时候很像？"老板娘笑着说。

"啊？"

"你上学那会儿，不也经常跑来吃？带着个特别好看的男孩。"

姜凌波没搭腔。

老板娘又笑："有件事我记得特清楚。你不吃葱，但有次面里不知怎么的就给你撒上葱了，你刚吃了两口，就很不耐烦地推开碗，趴在桌子上朝那男孩喊饿，还拿筷子不停戳他。他满脸不情愿，但还是把你的碗拿过去，挑干净里面的葱，又推回你面前。我开店这么多年，见到的人和事多得数不清，但那种场景，也就只在你们身上看到过。"

姜凌波垂眸："有吗？我都不记得了。"

"你当时就顾着吃了。"

老板娘笑话她："你眼里只有那碗面，可他眼里啊全是你。"

听完老板娘的话，姜凌波连拎到最爱吃的牛筋面时都有点蔫。自己在别人眼里，居然才是"渣"的那个？

晴天霹雳！

她拖着沉重的脚步往家走，远远就看见楼底围了一群人。

隔壁大妈看到姜凌波就喊："小姜你快来看！这里停了辆高档车！"

然后大妈就拉住她咬耳朵："他们都说这车，是顶楼刘婆娘的儿子开来的，要好几百万呢。我就不信！刘婆娘的儿子不就是个小职员嘛，还和小姜你在同一家公司上班，怎么可能那么有钱？小姜你来说说，这车，真有那么值钱吗？"

隔壁大妈嘴里的刘婆娘，就是 GiGi 助理蒋哥的亲妈，和隔壁大妈一向不怎么合得来，见面就得吵。

姜凌波看了眼车，对隔壁大妈抱歉道："大妈，对不起啊，我不懂车。

不过蒋哥虽然和我在一个公司上班，但听说他还在外面做生意，也可能真赚了不少钱。"

隔壁大妈爽快道："那行，小姜你不急着吃饭吧？那就陪我在这儿等会儿。"

……

我急。饿！

隔壁大妈还在摩拳擦掌："我倒要看看，这到底是不是刘婆娘家的车！"

太阳都落山了也没看到车主露面，各家做饭的香味又不断飘出来，姜凌波好容易摆脱隔壁大妈，拎着她的牛筋面，饿得爬楼都腿软。

回到家，她甩开鞋就冲进厨房，把面倒进大碗里，边拌着边往嘴里塞。

第二口面刚塞到嘴里时，筷子忽然被一只男人的手抓住了，同时一个声音从身后传来。

"是孙记的牛筋面吧？"

姜凌波"噗"地偏头一口把面喷掉。

接着……

"啊啊啊啊啊啊啊！"尖叫声震动满楼。

姜凌波差点没把碗扣到身后那位的脑袋上，倒不是她不想，而是她的胳膊一时动不了：她被孙嘉树箍在怀里了！

她吓得背后都是汗，孙嘉树还把脑袋压在她肩膀上，憋着笑，毫无诚意地道歉："对不起啊大花，我是不是吓到你了？"

笑个屁啊浑蛋！姜凌波磨着后槽牙，抬脚就朝孙嘉树右脚小腿骨踹。

她是用足了力气，但孙嘉树却看着像是连点感觉都没有。

他轻笑着松了点力道，把姜凌波虚虚拢在怀里。看她气势汹汹地扭身瞪他，他还弯着嘴角伸手，用拇指抹她嘴角沾的辣椒酱。

看他自在得不得了，姜凌波简直恼羞成怒了。她一侧头，用力把他的拇指咬进嘴里，边咬边盯着他的眼睛。

可他居然笑得更起劲了！

等她咬得腮帮子都累了，他又用另一只手捏捏她的脸，语调很是不正经：

"行了啊，老用一边脸这么用力咬，那边脸会变大。到时候你的脸一边大一边小。"

"……"姜凌波黑着脸松嘴。

孙嘉树没再逗她，单腿蹦到那碗牛筋面前。

姜凌波这才发现他左脚打着厚厚的石膏。她以前没亲眼见过骨折打石膏这些事，一时也看不出他这到底是真的还是装的。

孙嘉树端起碗，也不管姜凌波刚用过的筷子还插在面里，就很熟稔地拿起来。他先往别的碗里拨了一半面，接着就靠在墙边大口开吃。

他吃得很快，姜凌波脑子里还是一团糨糊，他已经把碗放进洗碗池里泡好。然后他把分出的另一碗面拿起来，蹦到调料盒那边，拿小勺娴熟地舀出盐和味精，抖着手腕洒进碗里，又倒了点醋，拌好递给姜凌波。

"按你口味调的。"

姜凌波下意识地接过碗，往嘴里送了一口。

曾翻来覆去想过无数遍的味道溢满口腔。以前她的嘴很挑，虽然牛筋面很好吃，但孙嘉树总能把面变得更好吃。后来孙嘉树走了，她就再也调不出这个味道了。

有时候她会想，她思念孙嘉树，到底思念的是这个人呢，还是思念他在她生命里亲手篆刻进的这些简单而刻骨的温柔？

他真是……太狡猾了！

姜凌波心里闷得厉害，明明很饿，但怎么都吃不下。她把碗搁到饭桌上，走到客厅的沙发里窝着。

孙嘉树蹦到沙发边，顺手拽了个方靠垫，很随意地丢给姜凌波，然后自己也倒进沙发，从旁边的书架上抽了本杂志看。

姜凌波手空着难受，没事手里总爱抱点什么。她刚倒进沙发时，就想去拿靠垫抱了，但懒得爬起来，所以就没动。见孙嘉树把靠垫丢过来，她很没骨气地抱住靠垫，舒服地把脸埋了进去。

时钟嘀嗒嘀嗒转，两人就这么安静地待着。

孙嘉树突然"扑哧"笑出声。

姜凌波从靠垫后露出眼睛，就看到他交叠着的长腿搭在小几上，整个人没正形地后仰着脖颈歪倒在沙发里。

杂志倒扣在他脸上，只露出精致的下巴。下面是因后仰而显得更修长的脖颈，喉结突出，因吞咽而微微动着，性感得要命。

明明再痞气懒散的姿势，他都能做得像只优雅的白鹭，长得好看的人真讨厌！

姜凌波嫉妒地瞪他，却被他看了个正着。

他丁点不在意她的怒视，笑得薏坏，晃晃杂志："大花你这么想我啊？"

滚蛋！谁想你？

姜凌波伸手把书抢过来。然后，她绿着脸把书塞到屁股底下。

杂志里提到"孙嘉树"三个字很多回，她也不知道那会儿脑子抽什么筋了，拿笔把每个"孙嘉树"都描了一遍……

这种黑历史居然还被孙嘉树当面看到，羞耻感好强烈！

她压着羞愤，翻出手机开始打：你、该、走、了。

打完就举到孙嘉树眼前。

孙嘉树看完，侧头朝她懒懒地笑："生我气了？不肯和我说话？"

姜凌波全当没听见，抱着靠垫起身，站在他旁边，冷眼斜睨，明晃晃的送客。

"大花。"孙嘉树喊她。

姜凌波没理。

"有蚊子落在我腿上了。"

姜凌波："……"

她疤痕体质严重得很，被蚊子轻咬一口就是一块疤印，过几年都消不掉。所以每回被问到最讨厌的季节，她回答的都是"夏天"，因为有蚊子！

"啊啊啊你别乱动！"

听到孙嘉树的话，她急忙跑去拿来电蚊拍，按着钮，全神贯注俯身盯住他的腿，万分警惕。

"蚊子在哪儿？"

孙嘉树冷不丁撑起身，低头亲上姜凌波刚抬起的侧脸。

姜凌波看着他感到很困惑。她甚至觉得，他只是弯腰时意外蹭到了她的脸。

孙嘉树看着她的眼睛，目光微沉。他用拇指摸了摸他亲过的地方，随即顺着她的脸滑下，轻捏住她的下巴，微侧着头靠近，眼看嘴唇就要贴上她的。

姜凌波挥手把他猛地推开。

她站起来，眼睛湿漉漉的。

"孙嘉树，你浑蛋。"

孙嘉树盯着她的眼睛，没说话。

姜凌波眼睛里的泪水晃了下。

孙嘉树看着她，沉声说："嗯。我浑蛋。"

姜凌波直接摔门进了卧室。她高中时没事就爱问孙嘉树："小草你觉得我和崔招弟谁漂亮啊？"他一般都懒得理她，但被她闹得烦了，也会用相同的语气说："嗯。你漂亮。"

完全就是在敷衍啊……浑蛋浑蛋浑蛋！

她蹦到床上，抱起快和她一样高的大白抱枕，把脸埋进大白全是棉花的肚子里。

生气。

而门外，孙嘉树垂着脑袋。他知道这步走得不对，但实在是——他拿靠垫压在腰腹间，把某处的蠢蠢欲动盖住。

哪有女人这么盯着男人的大腿看啊？

一想起她刚刚的眼神，还有贴近时她温热的呼吸，孙嘉树喉结微动，那股火冒得更凶，顶得连靠垫都压不下去。

他哑声失笑："是挺浑蛋的。"

姜凌波抱着大白，在它的棉花肚上滚啊滚。

她暗搓搓地想，一会儿出去，要先跟孙嘉树要回家门的钥匙。她当年给他钥匙，那是把他当自己人。现在，她已经不想把他当人了！嗯，然后还要把牛筋面的调料剂量记下来，接着就可以把他扫地出门啦。

结果她刚出卧室，就看到孙嘉树坐在电视前，拿着游戏手柄在玩实况足球。

听到她出来的动静，孙嘉树头也不回地问："来一局？"

姜凌波看着熟悉的 PES 界面，游戏瘾犯得手痒。她搓着手，脚控制不住地蹭过去，那些计划啊安排啊全碎得噼里啪啦。

"来！"

孙嘉树把手柄给她，自己蹲到电视柜前，拉开抽屉，拿出键盘连接，又拖个凳子放电视前，和姜凌波肩并肩开战，边听着她的大呼小叫，边"嗯嗯"地应着。

两个人就这么玩得昏天黑地。

门铃响的时候，姜凌波正歪靠着孙嘉树打游戏，还微偏着头用手肘捅他说："孙小草我饿啦，去给我整点吃的去！"

听到门铃声，姜凌波用了几秒时间才返回现实。她僵硬地把头歪回来，都不敢看孙嘉树的脸，慌乱地趿了拖鞋就跑去开门。

透过猫眼，姜凌波看到门口站着个留七喜头的小哥，穿着迷彩服外套，斜背着巨大的包，包面上写着：彗星开锁公司。

姜凌波想起来了。她之前怕孙嘉树不肯还她钥匙，特意打电话给开锁公司，要他们晚点来换锁。

那时候决心下得……真是往事不可追……

她打开门，正要开口和小哥说话，孙嘉树就插兜蹦到她身后，靠着半开的门，低头问她："怎么了？"

姜凌波看到开锁小哥瞬间张大的嘴，猛地想起件事情：

他是她认识了二十几年的孙嘉树，但他也是 Metal Masker 的主唱，是在国际上排得上号的超级歌星！

而她开门时，开锁小哥嘴里哼着调子不说，外套口袋里斜插的手机还在外放音乐，而且就是 Metal Masker 的新歌……

看吧，开锁小哥激动得腿都在抖了。

她倒是很能理解他的心情。她要是哪天改行送报纸，爬完楼满头汗地敲开门，里面站着的是她的女神影后大人纪明歌，而且她当时还穿着印有影后大人照片的 T 恤……

仔细想想，画面肯定更美妙。

只是孙嘉树和她太熟了，熟到别说他现在是歌星，就算他成了美国总统，她平时在他身边也很难想起"啊这人是个总统"。

不像对苏崇礼，她随时会注意他的口罩、帽子和眼镜，因为在她心里，苏崇礼名字后面就明晃晃盖着"明星"的戳。

而孙嘉树的戳，就只是"孙嘉树"。如果硬要再盖个戳，那也只能加上个"我的"。

开锁小哥还在抖，他看着孙嘉树，嘴唇也颤得厉害："请请请……请问。"

他说着向前迈步，几乎要挤进屋里。

"是是……是孙嘉……嘉树吗？"

"并不是。"

姜凌波微笑着推开锁小哥出门，又拿出张百元钞票塞进他手里："我暂时不想换锁了，抱歉让您白跑了一趟。"

听到她的话，开锁小哥半信半疑。

"但是他和孙嘉树真的好像……"

姜凌波偷瞟了眼孙嘉树，然后悄声对小哥说："其实吧，他就是照着孙嘉树的脸整的。"

开锁小哥了然，看向孙嘉树的目光顿时复杂起来。

"被整容"的某位，看了眼一本正经说瞎话的姜凌波，哼笑着转身蹦开。

身后开锁小哥还在感慨："整得可真像啊！"

姜凌波赔着笑："可不是嘛，呵呵呵！"

……

孙嘉树单腿蹦进厨房，在里间的储藏室里翻出个卷心菜，摘掉蔫叶，用水冲完放到砧板上。

指节分明的手握着刀柄，流畅地"唰唰"几下，就把菜切成两半，然后四块……他又轻巧而熟练地切啊切，最后盛出盘整齐的菜丝。

姜凌波送走开锁小哥，偷摸着踮脚进来时，他正在往锅里倒油，在"呲"的热油声里，头也不回："去把碗洗了。"

"哦。"

刚说完瞎话，姜凌波很心虚，也没呛声，扁扁嘴撸完袖子就开始刷碗。

但她穿的还是孙嘉树的旧卫衣，袖口很松，随着她不断刷碗，袖子慢慢下滑。她抬手抖抖，袖子就朝回落一点，但她再垂手拿碗，袖子又滑下去。她不耐烦地歪头，用侧脸去蹭衣袖，可蹭了半天，都没能蹭上去。

孙嘉树边盯着锅，边斜倾身子，长胳膊越过她，隔着她拿了个干净的碗。

接着，他熄火，把锅里加热好的调味油倒进碗里，端着碗转身，就看到姜凌波正举着两只沾满洗洁精的手，费力抻着脖子，用牙咬住衣袖，啊呜啊呜往上扯。

孙嘉树好笑地摇着头，挪到姜凌波背后。他低着头，环抱她般地伸出手，帮她把滑到手腕的袖子拉好，又细心地给她挽起袖口。

感受到他触碰的温度，姜凌波反应过来，抽着胳膊要把他甩开。慌乱间，手就堵到水管口，巨大的水花猛地四溅，喷了她满头满脸。

而后面的孙嘉树也没能幸免，几股水流直击面部。他抹把脸，腮边的水顺着下巴脖颈，全流进 T 恤里。

被水淋到的姜凌波倒是瞬间清醒起来。明明是一朝被蛇咬，十年都该怕井绳的，她怎么能又和孙嘉树亲密到这种地步？

还有他当年伤她伤得那么重，现在却像什么都没发生过一样，用那些她和他曾经最美好的过去来蛊惑她，真是卑劣！

心中警钟响起，姜凌波眉头紧蹙，沉脸转身，推开孙嘉树。她径直走进卫生间，摘掉满是水的眼镜，低头，汲了把冷水捂眼洗脸。

孙嘉树也没在意，跟她进去，到架子那儿拿了块浴巾，抖展开，盖住姜凌波脑袋，往洗手台边一靠，隔着毛巾给她搓擦起头发。

镜子里，微黄的灯光下，他微垂着头，静静地帮她擦着湿发，温柔得一塌糊涂。

姜凌波猛地挥开他的手。孙嘉树微愣，手一松，毛巾落地。他垂着眼睛，嘴角微绷，但还是轻声笑着，无奈地问："怎么啦，又闹什么别扭？"

姜凌波吸口气，攥住轻颤的手指，抬头看他："孙嘉树，你为什么要来找我？我以为，我们两个无论是谁，都不会再想见到对方了。"

"我们刚刚不是还很好吗？"孙嘉树微笑着，问得缓慢。

"嗯。刚刚是我做错了。"

姜凌波自嘲地笑出声，言语里有隐晦的讥讽："我还把眼前的这个人，当成是我的那个孙小草呢。我以为，我喜欢他，他就会和我一样喜欢我，倒忘了那不过是我的自作多情罢了。孙嘉树从来就没喜欢过我，不是吗？"

她甚至俏皮地耸肩："我这个人呢，性格不好，记仇得很。你看，咱俩刚见面，我就把你的脚摔成这样。"她指指他左脚的石膏，"以后要是再看到你，我心里再一难受，没准儿就会往你喝的水里倒点老鼠药，在你开的车里安点小炸弹……所以，为了我们彼此的安全，还是不要再见面了吧？"

她正说得起兴，门铃又响了。

孙嘉树看她两眼，挑眉道："那你还是去准备老鼠药和炸弹吧。"又摸了把她乱糟糟的头发，单腿蹦去开门了。

姜凌波简直不能相信！她说得如此情真意切，伤心不已，心里都泪流成河了，他居然不当一回事？浑蛋啊啊啊！

她捡起地上的浴巾，恶狠狠地拧成绳，满心只想勒死那浑蛋。结果她刚走出卫生间，孙嘉树就打开了防盗门，一股浓郁的香水味混着烟草味蹿进姜凌波的鼻子。随即，公鸭嗓般的低沉女声也从门外传来。

"哟，我来得不是时候啊。"

姜凌波大惊失色："锦绣姐？"

大堂姐姜锦绣穿着波西米亚风的大长裙，胸前后背露出大片雪白肌肤。腕间金银镯子叮当轻撞，脸边微晃着垂到肩头的雕花镂空银耳坠。她的妆容也是浓烈和张扬的，红唇微翘，艳丽得风情种种。

"我是来通知嘉树后几天日程安排的。"

大堂姐说完，就踩着10厘米的细高跟，噔噔走到客厅坐下。双腿交叠翘着，黑色鞋的系带缠绕着她的脚踝，脚踝边文着的黑蛇文身在系带间若隐若现，媚意纵横。

"等等，锦绣姐，"姜凌波慌张阻止，"你先把他带走再通知行程好吧？在我家里说算什么事呀？"

姜锦绣翻着日程本，头也不抬："你现在是嘉树的助理，安排他住宿起居是你的事。"

没等姜凌波出声，姜锦绣就扭头对孙嘉树说："你脚不方便，需要出现场的工作，我就先给你推了。"

孙嘉树笑道："谢谢锦绣姐。"

"先别忙着谢，我可不会让你闲着。"姜锦绣拿笔敲敲日程本，"下个月有个公益广告开拍，是倡导保护动物的。我问过了，拍摄团队相当优秀，而且不少当红偶像，甚至影帝影后都有参与。"

然后她说了一个名字。

姜凌波震惊："她不是都隐退了吗？"

她是影后纪明歌的超级 fans，曾经为了能亲眼看到影后大人，她硬拖着孙嘉树在片场外守了两个通宵，最后获得了影后大人的签名合影，还有……抚摸。

"所以说机会难得啊。"姜锦绣看向孙嘉树，"怎么样？要去吗？"

孙嘉树看着满脸傻笑的姜凌波，笑里带出点算计："嗯，我去。"

"那就好。"

姜锦绣合上日程本，正要起身，又想起件事："那边给你安排的合作动物是狗，如果你自己有的话，也可以优先考虑用自己的。"

"……"

大堂姐话音刚落，姜凌波看向孙嘉树，孙嘉树看向姜凌波。四目相对后，姜凌波憋着笑倒进沙发里。

居然是狗……孙嘉树最怕狗啦哈哈哈哈！

姜锦绣看着笑到喘不过气的姜凌波，挑眉问："有什么问题吗？"

孙嘉树勉强笑："……没有。"他犹豫了下，"我还是自己带狗好了。"

姜凌波毫不留情地戳破他："你明明就没有狗！"

孙嘉树微笑："但姜助理会陪我去买的，对吧？"

"……"姜助理是谁？

姜锦绣点头赞同，然后通知姜凌波："以后你就全力配合嘉树的行程。"

姜凌波拒绝："那苏崇礼呢？我答应他在婚纱照的事平息前，会一直做他助理帮忙掩饰。我赔这小子钱还不行吗？"

姜锦绣挑眉："你竟然打算付赔偿金？"

姜凌波迟疑，但她很快又坚定道："就算赔得倾家荡产，也不能言而无信！"

姜锦绣丝毫不在意她的坚定，朝孙嘉树笑道："瞧瞧她这倔脾气，一点都没改。小时候我们姐妹几个约好了出门玩，结果当天雪下到膝盖深，谁都没出门，就她一个人冒着雪去等，回去就冻出了高烧。"

"我知道。那次她脚都冻僵了，路都走不了，是我把她背回去的。"

他看向姜凌波，勾着嘴角，眼睛微弯着笑："对吧？"

"……难道你想携恩威胁吗？就算那次你为了背我回家摔进雪里三回，而且得了肺炎住院一个月，但……我当时也一直待在医院里陪你啊！"

孙嘉树继续："而且苏先生的事情已经解决了。"

"……"

"苏先生的准姐夫顾深，和我是好朋友。前些日子，他向苏先生的姐姐进行了求婚。但新娘还是有些犹豫，因此没有立刻答应。"

"……"这跟解决她和苏崇礼的绯闻有什么关系？

"在得知苏先生的困扰后，顾深决定对外宣布，在婚纱店里的女性其实是他的准妻子，而苏先生只是在陪亲姐姐挑选婚纱。"

好精明的算计！既能解决苏崇礼的绯闻，还能让那位新娘无法拒绝求婚，孙嘉树什么时候变得这么聪明了？！

"看来已经没问题了，那事情就这么定了，具体的等我再通知。"

大堂姐起身，扫了眼孙嘉树和姜凌波："还有，嘉树，你待在这里……"

肯定不合适啊！姜凌波期待：锦绣姐英明神武，快点把这个浑蛋赶走！

"……倒没什么。你现在腿脚不便，又要养狗，让姜凌波在身边照顾着也好。但同居归同居，出入的时候要注意点，别被娱记拍到了。"

谁要和他同居啊？！姜凌波当即要翻脸。

姜锦绣像是早有准备，抽出张合同式样的文件，晃到姜凌波眼前，还伸出纤细手指，在某个数字那里点了点。

赔……赔偿金？

这么巨大的金额……难道她不是摔折了孙嘉树的脚，而是有意开车把他撞死，还顺便毁尸灭迹了？

孙嘉树还在旁边愉快道："姜助理，我们明天去买狗，你记得提前把地点和路线选好。"

姜凌波呛声回敬："孙先生，我怎么记得，你怕狗怕到……连伸出手指摸一下它们的脑袋都不敢呢？"

"是啊。"孙嘉树承认得无比坦荡。但随即他又微微笑道，"但姜助理还记得，我为什么怕狗吗？"

"……"

因为我拿火腿肠去逗野狗，送到它嘴边再收回来，反复几回把狗惹急了，被它连追两条街。眼看小腿就要被咬到，这时你冲出来把我护到身后，自己的虎口挨了一口，然后产生了心理阴影……

这种事要怎么说出口啊？

第三章
● My Narcissus ●

就算心里几万个不情愿，面对各种印章齐全的赔偿文件，姜凌波还是只能眼睁睁看着孙嘉树在她家里横行。

吃完孙嘉树做的晚饭，姜凌波摸着鼓起来的小肚子决定：既然他当年胆敢不告而别，现在又不顾念20年的友谊向她要钱，那就别怪她也无情。对孙小草，她是哪怕自己只剩一口，也要分给他一半。至于对这个浑蛋孙嘉树，呵呵，她不把他压榨干净，她就不姓姜！

但没等她开始使唤孙嘉树，他就先出声："我们去外面散步吧。"

姜凌波无情拒绝："会被拍到的。"

"我刚回国，媒体那边还没收到风声呢。"

孙嘉树似有若无地扫了眼姜凌波鼓起来的小肚子："而且你今晚吃的东西脂肪很高，如果不出门运动的话，肯定会胖。"

"……"一击即中。

姜凌波捂住肚子，嘴硬道："我可以陪你去，但你回来要刷碗！"

孙嘉树无比上道："没问题。"

五分钟后，姜凌波换好整套运动服，对着客厅里的全身镜扎马尾。

她的头发又细又软，还特别容易掉，披散着倒也看不出，但用发圈扎起来，就真的只剩一小把。

想起自家老姜那个接近全秃的油光头，姜凌波觉得前途坎坷。

"我给姜叔带了几瓶洗发水。"孙嘉树踩着个平衡车从姜凌波身后滑过，顺手帮她把粘到后背上的掉发摘下来，随意说道，"对他的头发应该很有帮助，你要不要先替他试试？"

姜凌波微怔。她没想到孙嘉树还记着老姜脱发的心病，不过他跟老姜也确实关系挺好的。

她和孙嘉树小时候，老姜在大学做讲师，孙爸孙妈也在学校里做研究，两家都住家属房，是门对门的邻居。

孙爸孙妈成天待在实验室里，有时候十天半个月都见不到他们一回人，所以孙嘉树几乎可以说是和他姐姐相依为命长大的。老姜觉得这姐弟俩不容易，没事就把他们领回家里吃顿饭。为这事，她妈没少和老姜吵架。

到后来，老姜和孙嘉树亲得，简直他们才是亲爷俩，夏天一块端着海碗喝打来的扎啤，冬天跑护城河边光着膀子冬泳……

姜凌波想起夏天跑腿打啤酒、冬天河边看衣服的自己，觉得童年很是灰暗。她心塞地一回头——

咦？哪儿来的平衡车？！

她吓得蹦出老远，警惕道："你不会是想踩着这个和我出门散步吧？"

"对啊。"孙嘉树笑得很无辜，"我的脚走路不方便，也不能总靠你扶着我。"说完他就站在车上，帅气十足地开到门口。

"喂孙嘉树，这个东西很招眼，就算没人认出你，就这车也会被人围观的！"

姜凌波把住车的操纵杆，说什么都不准孙嘉树开出去，但眼睛还是忍不住朝车上偷瞄。毕竟像这种既贵又不实用的东西，她只在商场里见过而已。

孙嘉树提议："那我们把它带出去，我不开，我就在旁边坐着，看你玩？"

"……行吧。"

姜凌波答应得既为难又勉强，等孙嘉树出门，单腿蹦向台阶，她才抱着平衡车，偷笑两声，连蹦带跳地跟在孙嘉树身后。

孙嘉树一回头，她又是满脸的没好气，皱眉瞪着他问："干吗？是你自己说要出门的，你要走不动，我可不帮你！"

孙嘉树若无其事地转回头，眉眼顿时弯起来。他暗笑着勾起嘴角，撑着扶手栏杆，潇洒地蹦下台阶。

倒是姜凌波抱着平衡车，在后面跑得跌跌撞撞。等追出楼道，孙嘉树都站到对面的路灯下了。姜凌波停在楼道口看他。

他以前也算好看，腰高腿长，脸也清秀周正，但他懒得没法说：能躺着就不坐着，宁愿饿死也要睡觉，最爱吃的是香蕉因为不用洗。让他给倒杯水吧，要踹他三脚他才肯动；叫他陪她打游戏，要揪着他耳朵才能把他从床上拖下地。而且没雄心没抱负，最大愿望就是"世界和平，让我能永远这么懒下去"。

可就这么懒的一个人，会半夜通宵和她溜出家去，只为陪看一眼她喜欢的明星；会在大雪天患着感冒冲出家门，只因为她难过地给他打了个抱怨电话。

所以以前，姜凌波从来不担心孙嘉树会逃出她的手掌心，因为他对她，真的是很好很好很好。

但他突然就消失了，还是在她告白后。

既然消失那就彻底滚蛋算啦，再别让她听见"孙嘉树"三个字。可他变得更英俊，而且出了名。他站的舞台下荧光棒挥舞，呐喊声轰鸣。他变成了国际巨星。

……而她只是个小市民。

于是她开始考虑：这种暗恋果然还是该放弃掉吧？

但他又回来了，又回到她的生活里，就像从来没有离开过一样。

她真的很想很想讨厌他。可他仍旧知道她喜欢的讨厌的、她的大缺点小毛病，甚至她心里那些微妙的小情绪，他都只用看看她的表情，就能猜得差不离。他用他们20年来养成的那种融入骨髓的亲密和熟悉感来诱惑她。

这真的是太不公平啦！

她心里满是憋屈，看着孙嘉树蹦回来。他举着刚买的棉花糖，糖丝雪白，蓬蓬的，看起来软绵甜腻。把棉花糖送到姜凌波嘴边，他笑得极其可恶："要吃吗？"

姜凌波目露凶光："我不吃难道你吃吗？！"说着一把抢到手里。

孙嘉树扭头轻笑。看她笨拙地站上平衡车，他扶住操纵杆，顺便开口："要不要我教你？"

当这是你小时候教我骑自行车吗？才不会给你嘲笑我的机会！

"我会开啊。"姜凌波昂首傲娇道，"我在苏、崇、礼家里玩过！"

孙嘉树无所谓地懒懒回道："哦。"

这人真没劲！

姜凌波心口像塞了团棉花，闷闷的，连气都喘得更重。她看都不看孙嘉树，把着操纵杆就朝前开。

接着，平衡车就带着她一起歪倒了。

……

接下来，孙嘉树就插兜陪在她身边，看她颤颤巍巍地边吃棉花糖边开车，不时伸出手，把要歪倒的她给推回去。

姜凌波不断强调："这是失误！"

孙嘉树憋着笑，还故意装出诚恳的模样赞同道："我知道。"

"……"

走走停停，走到小区门口，出去的路分成两条：一条是灯火通明的夜市街，热闹得走路都要挤着走；另一条则很冷清，零星几家小店还开着门。

顾虑到孙嘉树那张脸，姜凌波没敢带他进夜市。两人就在马路边，一人单手插兜，另一只手举着被硬塞回来的棉花糖，慢慢蹦着；一人摇摇晃晃踩着平衡车——比蹦着的那个前进得更慢。

在第 N 回歪倒后，姜凌波恼羞成怒，把车摔到孙嘉树怀里，扭头就要走。

孙嘉树用棉花糖拦住她，还很不走心地安慰道："比你学自行车那时候强多了。"

"……"

摔进泥坑里吃了一嘴泥，顺便磕掉了整颗门牙这种事，并不想记起来！

她瞪了眼孙嘉树，用力咬着手里的棉花糖，突然前面的黑暗处蹿出个黑影，直直向她扑来。

"五花肉?"

没等孙嘉树把姜凌波扯到身后,那只冲过来的拉布拉多就听到了她的声音,"呜汪"地欢快应了声,蹿到她脚边,蹭着她的小腿,温顺地转圈。

姜凌波蹲下,开心地抱住它的脖子:"五花肉五花肉,我好久都没看见你啦,你怎么自己在这儿? 吴爷爷呢?"

五花肉是姜凌波同楼邻居吴爷爷的狗,是只很聪明的导盲犬,自从吴爷爷眼睛看不见就陪在他身边,已经七八年了。

三年前,姜凌波刚搬过来那会儿,小区的路灯总是坏,她到了晚上又看不清路,每回都走得胆战心惊。跟妈妈闹得没脸再回家,孙嘉树又不告而别,她心里本来就难受,刚到陌生的环境里又碰到这种事。那段日子,她连睡觉都会哭出来。

后来,吴爷爷知道了姜凌波不敢走夜路,就叫五花肉陪她。

每晚从公交车下来,她都会看到五花肉蹲在站点里等她。那画面,是那段灰暗日子里最温暖的回忆。

"小姜?"

五花肉听到声音,立马从姜凌波怀里蹿出去。

姜凌波也认出声音,开心地起来问好:"吴爷爷,这么晚您怎么出来了?"

"我是回来找你的。"

吴爷爷拉着拴在五花肉颈环上的绳子,沿着盲道慢慢走近。

"找我?"姜凌波颠颠跑去扶他。

"是啊,我要回老家住段时间,儿女用车送,带着五花肉不方便,就想把它托付给你,帮我照顾一阵子。"

姜凌波无意间朝孙嘉树那边一看,本来站在路灯边的孙嘉树,现在离路灯至少有五步远,而且还在不断东张西望着向后退!

姜凌波脸上浮现出奸诈的笑。

她拍着胸脯表示:"好啊吴爷爷,五花肉交给我吧!"

我们会一起来收拾孙嘉树的哈哈哈。

吴爷爷家里的车还在路边等,他交代了几句,把绳子拿给姜凌波后就离开了。五花肉虽然很不舍,但也没有闹,只是在汽车离开时追了两步,等汽车不见，又没精打采地趴到了地上。

姜凌波很同情五花肉。她蹲下来搂住它，想给它一个温暖的抱抱，结果它突然猛地站起来，直朝孙嘉树奔去。

被抛下的姜凌波就势没停住，双手撑地扑倒，脸差点贴到石板路。她愤愤地爬起来，一抬眼就看到孙嘉树手里拿着几串烤肉，五花肉围着烤肉转圈，还站起身"呜呜"示好。

它和她朝夕相处三年的感情，居然被几串烤肉收买了！

烤肉刚烤出来，香味能传好远，姜凌波吸吸鼻子，觉得又饿了。

她摆出"我很生气别惹我"的表情，冷眼走回孙嘉树身边。孙嘉树靠着电线杆站着，见她过来，把手里的塑料袋递给她："给你买的，没加辣。"

"我不饿。"

姜凌波面无表情，高冷拒绝，然后，肚子"咕噜"一声，把她出卖了。

孙嘉树和五花肉一起转头，四只眼睛盯着她。

"……"

最后那顿肉串还是进了姜凌波的肚子。

五花肉眼巴巴地跟在旁边，撒娇卖萌耍赖，什么招数都使完了，但姜凌波就是无动于衷，全程都在恶狠狠地嚼肉串。

五花肉渴望地看向孙嘉树。

孙嘉树看了它一眼，接着，不动声色地蹦开了。

五花肉："呜嗷——"

回家后，姜凌波吃得满面油光，心满意足。

看到明显在躲着五花肉的孙嘉树，她不怀好意地提议道："你要不要给五花肉洗澡啊？"

孙嘉树充耳不闻，洗碗。

"你看五花肉多可爱啊，不要害怕啦。"

孙嘉树神色不动，拖地。

"喂你不要装听不见好不好？你过几天还要和狗拍广告呢！要不你先抱抱摸摸它也行啊！"

说着姜凌波揽住五花肉，想把它抱起来，但它实在太重，姜凌波没把它抱起来不说，自己还一屁股摔坐进沙发里，一道酥痛从尾椎骨蹿到天灵盖。

孙嘉树默默回屋抱出垫子被子，开始往客厅的地板上铺。

姜凌波纳闷："你在干吗？"

"我房间里没有空调，所以我打算，晚上到客厅睡。"

你要睡哪儿？！整个家就只有客厅有空调，我还要在客厅睡呢！姜凌波立刻拒绝："不行，我要在这里睡。"

"那就一起吧。"

孙嘉树笑得坦荡："反正地方那么大，足够你抱着枕头打滚了。"

姜凌波拽过抱枕就朝孙嘉树脸上丢。

结果抱枕刚被丢开，五花肉就"嗷"地冲过去，跃到半空把抱枕叼下来，然后还得意地甩着尾巴，跑回姜凌波跟前邀功。

姜凌波拿回抱枕，满心悲怆。

……

等她和五花肉都洗完澡，孙嘉树已经在外面把被褥都铺好了。垫子、被子、枕头，简直铺得和榻榻米一样好看！

五花肉一马当先，冲进铺好的被子里翻了个滚，舒服得"呜呜"直叫。

姜凌波看孙嘉树进了卫生间，也偷偷扑进被子里。

嗷嗷！也不知道他从哪儿弄到的垫子，比她的床垫都要软。姜凌波躺到上面，完全就不想再起来了。

她窝在温暖的被子下，很快就被困意席卷，虽然想着"不能睡不能睡"，但还是晕晕乎乎地睡了过去。

孙嘉树从卫生间湿漉漉出来，走到铺盖边，静静地看了睡着的她一会儿。直到发梢的水珠流到眼睛里，他才回过神，低笑着拿毛巾开始擦头发。

过了一会儿，姜凌波睡得迷迷糊糊的，感觉到有东西在碰她。她皱眉把"它"抱住，嘟囔着说："五花肉，别闹……"

姜凌波的睡梦里，总爱出现些光怪陆离的画面。昨天是枪林弹雨、腥风血雨地打怪兽，明天就是骑着美人鱼在海底掰珊瑚。

但在这个临时铺好的地铺上，她竟昏昏沉沉的，在睡梦里看到她和孙嘉树的小时候。

她自小就生得威武雄壮，浑身的肉总是颤颤巍巍的，拳头也十分有力。

而孙嘉树则秀气得比她还像女孩。那巴掌大的小脸，比瓷都白，比豆腐都滑，让她摸着摸着就拿不下手，还总爱用嘴啃两下，糊得他满脸口水印。

但孙嘉树从来不敢反抗她的蹂躏。毕竟他每回被人欺负时，都是她靠自己压倒性的体型把坏蛋赶跑的。

虽然她会顺便揩把孙嘉树的油，但他还是会不断给她买好吃的、好玩的，然后边抽噎，边挂着泪珠对她露出个腼腆的笑脸。

她就觉得他不争气了。她姜凌波的小跟班，怎么能总是被人欺负，却不会欺负回去呢？

于是她叉腰教育他："亏你还叫孙嘉树呢？哪里像树了？跟棵快被风刮倒的小草苗似的，哎我以后就叫你'孙小草'吧？"

接着她就笑呵呵地抱着他蹭，"孙小草——孙小草——孙小草——"地叫他，完全忘记自己原来是想要教育他要像棵树一样自强自立来着。

孙嘉树颤着睫毛小声说："那我就叫你小花。"

"不行！我那么强壮，怎么能叫小呢？我要叫大……大花！"

"嗯。好。"

"但为什么是花啊？"

"因为你的名字是凌波。"

"凌波是仙子，不是花。孙小草你好笨哦。"

她戳着他的脸蛋笑他。

他就很耐心地解释："凌波仙子就是一种花。"

"什么花啊？"

"水仙花。"

……

姜凌波睡得心口沉甸甸的，但就是不愿醒过来。直到第三遍听到那句"啊啊啊——黑猫警长"的来电铃声，她才挣扎着在枕头下面摸出手机，闭着眼睛接通电话。

"喂？"

她的声音有气无力，还咂了下嘴。

电话里静了片刻，接着爆发出一阵嚎叫。除去那些不断粗暴感叹的"Bloody hell"，他在重复的就只有一句话，翻译成中文就是——"是女人是女人！他居然和女人睡了！"

姜凌波慢了半拍后清醒过来。

她眯着高度近视的眼睛，仔细地看了看还在颤抖的手机，型号、颜色，甚至连来电铃声都和她的一样，但屏幕上却清楚地显示出五个字母——Yummy。

她脑子里瞬间浮现出 Metal Masker 里那个抱着吉他的金发碧眼伦敦小正太！

清晨的惊喜太大，以至于她都没发现孙嘉树搭在她腰间的胳膊。这就导致她翻身要把手机还给他的时候，距离没掌控好，鼻尖直接蹭到了他的嘴唇！

那种陌生的温软触感，惊得她的手陡然僵住。

偏偏孙嘉树在这时突然被吵醒了。

他收紧搭在她腰上的胳膊，把一动都不敢动的姜凌波慢慢拉进怀里，嘴唇贴在她的额头前，细细的呼吸，全洒在她眼角眉梢。

姜凌波的脸，可耻地红了，心跳如雷。

她微微愣神，觉得很不可思议。

五六岁时，她在外面玩累了，都是孙嘉树把她拖回家，然后两人精疲力竭，一起滚到床里埋头大睡。

八九岁时，她打游戏打累了，困得东倒西歪睁不开眼，也是孙嘉树把她扛进屋，然后两人一起倒进被子里睡得昏天黑地。

哪怕到了十四五岁时，从夏令营补习班溜出来那回，他们也是在黑旅店里要了一间房，盖着一张被子，睡了整个晚上。

但她从来没有这种感觉，这种强烈到好像心脏都要从喉咙里蹦出来的紧张和无措！

姜凌波慌得眼睛都不知道该往哪儿看，只能朝后扭头，躲开他的呼吸。

但她还是强作镇定地别开脸，嫌弃地戳着他的胸口，不耐烦道："喂喂喂，你电话，快点起来接啊。"

孙嘉树轻"嗯"了声，带着明显没睡醒的沙哑。

见他没反应，姜凌波又去戳他，手却被他懒懒地一把握住，拉到唇边轻轻摩挲。

"大花别闹啊，我再睡会儿……"

孙嘉树眼睛未睁，唇齿间溢出的声音模糊而亲昵。他甚至微张开嘴唇，轻吮了下她的食指骨节，分离时，发出了轻微"啵"的声响。

姜凌波脑子里像断了根弦，一股战栗从指节涌到心尖。

"孙嘉树你给我起来！"

姜凌波大叫着，"啪"地把手抽回来。

孙嘉树揉着眼睛，单手撑地歪坐起来。好一会儿，他才勉强睁开眼，看到正对他怒目而视的姜凌波。

孙嘉树懒洋洋地勾起嘴角，伸手摸了摸她的脑袋。

姜凌波顿时炸毛，拿起枕头就往他胳膊上抡。

见他张开嘴想要说话，她又立刻强硬大喊："闭嘴！不准说话！"

她一点都不想听见他的声音！听到就会想起他刚刚亲她食指……脸肯定会红！

这么想着，她抡枕头的力道更大了。

孙嘉树也抱起自己的枕头，很不用心地挡着她的攻击，边挡，他还边坏笑着问她："你早饭想吃什么？给你下面吃好不好？"

……

流流流流流氓！

两人的激战打扰到了躺在窗帘后面睡觉的五花肉。它"呜嗷"地好奇钻出窗帘，等看到那不断甩动的枕头，瞬间激动地跃出来，一口把姜凌波手里的枕头扑抢到嘴里。

孙嘉树随即双手掐住姜凌波的腰，稍微一用力，就把还在愣神的她举到了半空。

姜凌波："？"她低头看孙嘉树，有点蒙。

孙嘉树晃着胳膊，把她举着掂了掂，然后很认真地看着她说："胖了点。"

"……"

不能忍！姜凌波回头，对着还在啃枕头的五花肉喊道："五花肉！咬他！"

"呜汪——嗷！"

五花肉欢快拖着枕头跑过来，但刚跳进铺盖里，它就摔得翻了个跟头。

没戴眼镜看不清的姜凌波很痛心："五花肉你……居然这么笨！"这种地方也能摔倒啊！

孙嘉树把她小心放回地面，犹豫了一下，决定告诉她真相："它是踩到了你的眼镜，被绊倒的。"

……

十分钟后。

孙嘉树躺在卧室床上讲电话，而姜凌波坐在卧室书桌前，抖着手用502粘眼镜。

但没粘几下她就放弃了：整个眼镜从镜架中间"咔嚓"断开，眼镜腿还从根部折断了，就算粘好也戴不了。

她哀号着把眼镜推到一边，自己趴到桌子上。

她总共就只有两副眼镜，前几天下雨被撞丢了一副，今天又被五花肉踩扁一副，她现在已经没有眼镜戴了。而没有眼镜的高度近视，走路会撞到玻璃，下楼梯会踩空，过马路搞不好还会被车撞……她都已经预估到接下来的悲惨人生了。

"别粘了，我陪你去配副新的吧。"孙嘉树挂了电话，侧身躺着看她哀号，笑得眼睛都弯了，"不会让你掉到没有井盖的下水道里的。"

……浑蛋！

骂归骂，但不戴眼镜，姜凌波还真是不敢自己一个人出门。所以就算心里不断呐喊着"离孙嘉树这个浑蛋远点"，但走到马路上，她还是一手拽紧五花肉的牵引绳，一手扯住孙嘉树的袖子不放。

孙嘉树也陪着她慢慢走，那只打着石膏的脚好用得很，走得比姜凌波都稳。

姜凌波跳脚："你那只脚果然是装的吧！"

孙嘉树微笑："可能是我恢复得快。"

撒谎居然撒得如此理直气壮！等我配好眼镜，绝对把你扫地出门！

等到了眼镜店门口，姜凌波把五花肉交给孙嘉树，语气柔和得很："不能带它进眼镜店啊，你也别进去了，被人认出来怎么办？你就陪它去对面逛逛吧。"很是低声下气。

但等戴上了新眼镜，姜凌波又活力四射啦。她拉着五花肉跑到花坛边，看孙嘉树慢吞吞跳着靠近，又带着五花肉跑回去，绕着他转圈。

"五花肉它好喜欢你啊，你要不要带它玩？"

孙嘉树看都不看脚边打转的五花肉，插着裤兜径直朝前跳。他刚跳到喷泉边的石阶上坐下，五花肉又"呜汪"地跟着姜凌波跑过来。

姜凌波坐到孙嘉树旁边，抱着五花肉的脖子，亲热地蹭了蹭，然后和五花肉一起扭头看孙嘉树。

姜凌波："五花肉真的很乖，不会咬人的。你摸一下它嘛。"

五花肉："呜呜——"

孙嘉树不为所动。

姜凌波伸出一根指头，嘬着嘴巴说："你就摸一次嘛，就一次！"

以前只要她这样，孙嘉树再不情愿都会答应的。

果然孙嘉树抬起头，懒懒看了她一眼，然后举起胳膊……摸了摸她的脑袋。

"……"

她想咬人了怎么办！

孙嘉树看到她的表情，忽然闷笑出声。他用力揉了把她的头发，把她的头发弄得满脸都是，接着握住她的手，一起放到五花肉的脑袋上。

眼前有头发挡着，她看不清孙嘉树的表情，但她知道，他的手心冰凉。

"满意了吧。"

孙嘉树松开手，把她眼前的头发拨开，看了看她的眼睛，又笑着捏住她的脸，用力往两边拉。

姜凌波："……"

啊，脸好疼。

孙嘉树左脚的石膏没几天就拆掉了。

然后他就变得更能干了！

天不亮就会端出热腾腾的早饭，等姜凌波刷牙洗完脸，温度刚刚好。午饭和晚饭则更加丰盛，而且每天都不会重样。

刷锅洗碗拖地就更不用说了，姜凌波只需偶尔出门到超市买点东西，其他的什么都不用做，连五花肉都由孙嘉树来照顾……虽然他对它的照顾只是远远地丢点狗粮。

对此，姜凌波既觉得日子不能这么过，又觉得不这么过的都不叫日子，很是纠结。

好在大堂姐的电话很快就到了，拍公益广告的日程也提到了眼前。

大清早，姜凌波喝完新煮出来的八宝粥，问孙嘉树："你还不收拾行李吗？"

脚好了，那就该搬走啦。

孙嘉树正收拾着碗筷往水池里放，听到她的问话，把水龙头一扭，当作没听见。

姜凌波还真以为他没听见呢，捧着杯子又晃过去，刚要开口，结果孙嘉树突然转身，甩着湿漉漉的手，坏笑着弹了她一脸水！

！！！

姜凌波目瞪口呆，随即愤怒地冲过去，接了满手心的水，开始蹦着回击。

……

等到大堂姐来接人的时候，孙嘉树围裙一摘，哪里都清爽干净。

大堂姐瞥了眼姜凌波浑身的水，哼笑着开口："现在的年轻人，玩的花样可真多。瞧瞧，这是……湿身？"

走到姜凌波眼前，她又居高临下，扫了扫她手里拧成绳要去抽孙嘉树的毛巾："嗯……捆、绑？"

接着她指指姜凌波衣服前摆，不小心碰到的洗洁精溅出的白色斑点，暧昧勾唇，咂舌不停。

"你们这叫什么来着？厨房 play？"

孙嘉树在后面闷笑出声，被姜凌波一个眼刀扫过去，还无辜地扭开头，勾着唇角满脸坏笑，把姜凌波气得炸毛。

这浑蛋以前就可不纯洁啦，上学那会儿，成天和群男生躲角落里，拿着书啊光盘啊，嘀嘀咕咕，说着说着，就会露出这种坏笑。要不是大堂姐在这儿，她真想踹他两脚！

这时，孙嘉树还用手背蹭蹭姜凌波仍在滴水的脸颊，微笑道："你先在家洗个澡、换件衣服，我和锦绣姐先去公司。"

说完，就真的跟大堂姐走掉了。

满身都是水的姜凌波："……"

两个小时后，在经历了忘记带钱包回家拿、出租车无论如何打不到、路过的地方全都在堵车、亲眼目睹完一场讨薪运动后，姜凌波灰头土脸地跑进了公司大楼。

大堂姐这会儿正忙，挥挥手就打发她去找孙嘉树。

姜凌波拖着沉重的脚步走到休息室，费劲地推开门。里面，孙嘉树穿着雪白大褂，临窗而立，身形挺拔修长。

他垂首拨弄着窗边的绿色盆栽，看到姜凌波进来，扫了她一眼，傲慢而淡漠地开口，问："你哪里不舒服？"

……吃错药了吗？

见姜凌波没回答，他自顾自地向她走近，手越过她的头顶，把门砰地关上，低头看着被他困在怀里的姜凌波。

姜凌波："……"

孙嘉树忽然嘴角微勾，从大褂口袋里拿出根压脉带，在姜凌波还没看清时，就把她的两只手捆到了一起。

"接下来的话，我觉得我说出来你会打人，所以……"他俯身贴到她的耳边，声音低沉，"我只能这样，让你听话。"

他呼出的气息蹭着她的耳郭，高大的阴影把她罩得严严实实的。姜凌波的心像被人猛地攥了 把，整颗心都绷起来。

她强忍着形容不出的不舒服，使劲想把身后被绑住的手挣开。但也不知道孙嘉树是怎么绑的，她越挣，压脉带的结就收得越紧，累得她胳膊发酸，还是挣不开。

不得已，她只好抻着脖子远离孙嘉树，眼神警惕，声调生硬，质问道："你想干吗？"

孙嘉树也没有任何动作，就静静地低头看她。

见她挣扎中头发遮住了眼睛，他好心地帮她拂开，把那几根头发别到她耳后，还很顺手地捏住她的耳垂，搓了两把。

……

他都是从哪儿学来的这些东西！

姜凌波反应过来，呼吸滞了一拍，被他搓过的地方，就像被擦出火花的火柴梗，呼啦啦烧起来。

那股火顺着她的耳根，迅速蔓延到她的脸颊。她不用看都知道，她的脸肯定红了！孙嘉树那浑蛋肯定在心底笑话她！

但她猜错了，现在孙嘉树心里想的是以前他拿她的照片给乐队人看的时候。

当时 Yummy 盯着照片看了好久，看到他都想揍那小子了，Yummy 才很纳闷地抬头问："她到底哪儿好看了？"

什么叫哪儿好看？

孙嘉树答得理所当然："哪儿都好看啊。"

现在近距离地看着她，圆圆的眼睛，微翘的小嘴，带着点婴儿肥未褪的脸。

孙嘉树更加肯定了当初的话。

就是很好看。

他微微笑道："锦绣姐和我商量，希望我能在电影里客串出演，我同意了。"

"电影？"说到工作，姜凌波顿时恢复神志，"什么电影？"

"就是那位苏先生主演的。"

每次听到孙嘉树叫苏崇礼"苏先生"，都好像能感受到他莫名的敌意呢……是错觉吧？

姜凌波把这个心思丢开，开始寻思起电影客串的事：《My Narcissus》

开机都已经大半个月了，按之前苏崇礼的日程来看，参演人员都已经到位，这临时的，能让孙嘉树客串个什么角色？

她疑惑地打量着孙嘉树，等目光落到他的白大褂时，她先是不明所以地挪开视线，又忽地一怔，猛然把视线挪回到白大褂上。

……不能吧？

她倒吸着气瞪圆眼，很不可置信地仰头看向孙嘉树。

孙嘉树似笑非笑地瞥了她一眼，接着，他闭上眼睛，那副懒散不正经的模样忽地消失了。

等他缓缓地再睁开眼睛，那双眼睛里只剩一片冷清，透着危险的寒意，激得姜凌波浑身一颤。顿时，她没有半点怀疑地确定了孙嘉树要演的角色。

那个没有身份、没有名字，甚至都没有几个露脸的镜头，但存在感又充斥了整部电影的角色。

她颤抖问：“博、博士？”

“嗯。”

……

《My Narcissus》的故事很简单，病毒席卷世界，苏崇礼演的男主角因为不会被病毒感染，莫名其妙成了拯救世界的英雄。在拯救旅途中，他有了团队友谊和爱情，他变得坚强勇敢。

不能再俗套的灾难励志片，票房靠的除了颜值……还是颜值。

而里面无论是团队成员还是病毒受害者，都和孙嘉树客串的这个角色无关。他要演的是那位制造病毒的博士。用最通俗的词语来概括那个角色，就是俩字——变态。

孤儿院长大的天才。孤僻、可怕、没有感情，整日穿着白色实验服，徘徊在实验室里，做着各种超乎常理的实验。然而这样一个人，爱上了一个女人。他用笨拙和固执的方式，跟着作为旅游作家的Mariah，在世界各地周游。

当然，爱情很美好，结局很凄惨。

Mariah在旅行中感染了当地的传染病，最后死掉了。悲痛欲绝后，这位伟大的博士决定，他要疯狂地报复这个世界。他研究出一种毁天灭地的病毒，抱着女作家的骨灰，重新踏上他们曾经去过的国度，开始传播病毒。

姜凌波最初看到剧本和拍摄安排的时候，就觉得演博士这角色的演员，肯定贿赂导演了。因为在电影里，博士过去的展现和男主角的拯救世界是穿插来进行的。

比如发生在挪威的那段。男主角通过艰难而复杂的过程，发现了装有病毒的瓶子埋在地下。而且地下藏有很多机关陷阱，他就带着团队打地道，那个灰头土脸浑身浴血的模样，简直狼狈得没法看。

而博士要演的是在男主角的调查中被揭露出来的过往：和女朋友互相拥抱着看极光啊，自驾摆渡经过松恩峡湾顺便玩水嬉戏啊，登山远眺吕瑟峡湾冒着险做羞羞事啊。与其说是电影，真不如说就是几段 MV。

……想想看，同是拍挪威的戏，苏崇礼抹着满脸泥地踩炸弹被土埋，孙嘉树坐在船里优雅高贵看风景……

姜凌波再次感受到了孙嘉树对苏崇礼的……深深的恶意。

第四章
·神秘恋情大曝光·

　　姜凌波从震惊中回过神来，觉得大堂姐真是英明神武。

　　原本剧组请的演博士的演员，前些天刚被曝出吸毒丑闻，这时候让孙嘉树顶上，既不耽误拍摄，还能吸引粉丝提高票房。这电影要是不火，简直就没天理了。

　　但是……

　　姜凌波晃晃被捆着的手，很不解："你接这戏是好事啊，我干吗要打你？"

　　孙嘉树的表情仍旧淡漠。他扯了扯白大褂里紧扣到喉咙的衬衣，慢慢解开顶端的扣子，声音也平静得不带情绪："我在签合同的时候，顺便帮你也签了一份。"

　　你还演上瘾了是不是？

　　姜凌波盯着他骨节分明的白皙手背，不动声色地咽了咽口水："什么合同？"

　　他薄唇微张，低沉地吐出个单词："Mariah。"

　　几乎孙嘉树话音刚落，姜凌波就斩钉截铁道："你想都别想。"

　　她都要佩服自己的反应能力了，他一说 Mariah，她就明白那浑蛋是什么意思。

"这事我不会答应的，你再说也没用，赶紧把这破玩意儿给我解开。"姜凌波边说，边抬起脚就朝孙嘉树腿上踹。

他居然丧心病狂到想让她去演博士那个死掉的女朋友？她还想混吃混喝安稳度日呢。

孙嘉树随即就懒懒地笑了："大花，合同我已经替你签完了，你就算拒绝也没用。"

"滚蛋！你替我签的，又不是我自己签的，管什么……用？"

他挑眉的样子实在无赖，而且用的还是那种不正经的蔫坏腔调，激得姜凌波当场炸毛。

但她话还没说完，底气就没了，因为她突然想到，孙嘉树替她签的名字，搞不好还真的有效。

说起来，孙嘉树模仿字迹的本事，还是被她给逼出来的。

上学那会儿，每次她考砸了，老师要家长签字，她都要拿着满张红叉的卷子，哭天抢地哀号着："孙小草救命啊啊啊！"然后冲到孙嘉树跟前，把卷子往他桌上一拍，"签吧。"

他就会很头疼地转两圈笔，然后在她分数旁边签上"已阅"。

开始她还没觉出他的厉害，直到有一回，她当着老姜的面翻书，书里夹的卷子掉出来，正好落到老姜脚边，吓得她后背全是汗。结果老姜拿起来看了眼，嘟囔了句"我还给你签过这张卷子啊"，接着就把卷子还给她了，完全没看出来是孙嘉树写的。

那以后她胆子就大了，缠着孙嘉树学她的字体，然后叫他帮她抄错题、补笔记、做作业……

居然没有一次被老师认出来！

但果然便宜不是白占的，当年打发孙嘉树写作业、自己窝在被子里看漫画的姜凌波完全想不到，有朝一日，她也会被这件事坑到。

孙嘉树看她的脸色，就知道她在想什么了。他笑着从侧面把姜凌波拥进怀里，手臂搭着她肩膀，一副哥俩好的模样，轻声哄她："锦绣姐说，那个角色不用露脸。"

"哼！"姜凌波憋屈到胃都疼。

"你还能免费跟着剧组混吃混喝，到处玩。"

混吃混喝到处玩，听起来好像……还不错啊。

但她还是保持不屑脸："……哼！"

孙嘉树这会儿，心里已经有数了。

他稍稍用力地捏了把姜凌波肉嘟嘟的脸，趁她鼓着脸缓解疼痛的时候，从巨大的白大褂口袋里掏出印泥和合同，低头把她的拇指往印泥里一蘸，再往"乙方签名（盖章）"后面一按……

后知后觉的姜凌波：？！

孙嘉树轻轻帮她揉着被他捏红的脸，压抑着胸腔里的笑，叹气教育她："大花……你的名字，我签得再像，也不可能有效啊。"

……去死吧。姜凌波面无表情，暗暗诅咒。

她这时候的样子好玩得很，气鼓鼓的，还要拼命装镇定。

孙嘉树忽然就好想抱起她转个圈。可惜他的手刚碰到她的腰，门就被剧烈敲响了。

"姜凌波？姜凌波你在里面吗？"大堂姐门敲得快且用力，声音里隐约透露出恼火。

"啊！姐你等一下！"姜凌波喊完，扭头就晃着手，急切地朝孙嘉树低声说，"把这个解开啊！"早晨那事她还没忘呢，实在不想再被来句"情趣调教"。

但大堂姐在听到姜凌波声音后，立马推开门，看到孙嘉树在给姜凌波解压脉带，她没开口调侃，而是疾步走到窗边，警惕地扫了眼对面的楼，接着把窗帘一拉到底。

转过身，她的脸色很难看："你们是怎么回事？我当初说没说，你们可以同居，但出入一定要注意，不能被娱记拍到？青天白日市区主干道，口罩帽子全不戴，而且还拉着手。孙嘉树，你要是想公开恋情，能不能提前告诉我？！"

姜凌波被她说得心慌意乱。她慌张地接过大堂姐甩过来的信封，倒出了几张照片。是她去配眼镜那天，她拉着孙嘉树和五花肉过马路时的照片。

照片的角度很刁钻，她低侧着头去看五花肉，垂着的头发把她的脸遮得严严实实。而孙嘉树则整张脸都曝光在照片里，清晰得无法抵赖。

除了过马路，还有别的。

她牵着五花肉围着孙嘉树跑、她抱着五花肉跟孙嘉树闹，还有他拉着她的手，一起摸五花肉的脑袋。

……姜凌波觉得嘴里发干。

孙嘉树好笑地看着她："你慌什么？这些照片哪张都没拍到你的正脸。"

姜凌波悲怆道："没拍到，又不等于不会被找到，万一我被人肉了呢？他们会开始调查我的过去，会把我以前逃课和考试不及格的事说出去……我大学挂科的事，到现在还瞒着老姜呢……"

想想真是太可怕了！

"……"

她绝望的眼神，和发现晚餐里没有肉片的五花肉一模一样。

孙嘉树第一次不知道该怎么安慰她，只能默默地拍了拍她的头。

姜凌波这才想起他："你就不担心吗？照片传出去，大家都会知道你回国了。然后就会有铺天盖地的媒体来采访你，无数记者埋伏在你的楼下，随时'咔嚓咔嚓'……"

这么说着，她对自己可能会暴露挂科的事，也不是那么害怕了。

孙嘉树挑眉："你想用我回国这件事做重点，把牵手的话题给模糊过去？"

姜凌波：……并没有想到这么多。

孙嘉树敲敲照片，看向大堂姐："这招其实也可以，要用吗？我可以提前配合电影宣传。"

"事情要这么简单倒好了……"大堂姐揉着眉心，有气无力道，"星座网站说我这段时间木星逆行，事业受阻，前几天我还觉得不可信……"

她"啪"地把一份娱乐日报拍到桌子上，首页那张占了巨大篇幅的照片，就是孙嘉树和姜凌波过马路的那张。

"来吧，你们自己看。"

片刻后，孙嘉树皱眉："这是怎么回事？"

"就是这么回事。"大堂姐叹了口气，接着挺直腰背，又变回那个在娱乐圈内叱咤风云的金牌经纪人。

"现在的事态，已经不是用什么偏招能盖住的了。除非今天，能有对影帝影后夫妻曝出离婚，或者你领着姜凌波，咱们直接开个宣布恋情的新闻发布会。不然这闷亏，你再不想吃，也得安静地咽下去。"

……

姜凌波看着那张日报。

标题用的是超大号加粗黑体字，而且占据了首页的半个版面。

《孙嘉树惊现 B 市街头，神秘恋情大曝光，俘获巨星芳心的居然是她！》

在详细的图片对比分析，以及各种"据知情人透露"的段落后，放出的那张事件女主角照片，是 GiGi 的半身照。

B 市最近的天暗沉得厉害，正午时的天空半点阳光都没有，狂风暴雨说来就来，降温降得让人猝不及防。

这种时节，姜凌波毫无意外的，又中招了。

感冒的她把自己裹得像只要进洞里冬眠的熊，口罩、帽子、手套全副武装，背着个鼓鼓的背包，手里还抱着个保温壶，从公交车里费劲地挤下来。

没等她站稳，口袋里的手机就响了。她蹭了蹭眼镜，掏出手机，一看时间，顿时撒腿就跑。边跑边接通电话，没等里面出声，她就先喊起来："我马上就到了！我已经到楼下了……啊啊啊电梯别关还有人……别挤别挤……我要去顶楼，谁帮着给按一下……"

电话那边的周意满："……"

其实离电影检票还有半小时，慢慢走，也可以的嘛。

等姜凌波从电梯里钻出来，第一眼就看到了周意满。

明明穿的都是棉服，而且还是闺蜜同款，周意满穿着腰细腿还长，她穿着……居然像只快要走不动的笨熊！

她扶了扶被挤歪的毛线帽，跳过去抱住周意满："满宝宝！我们看哪部电影啊？"

周意满指指正前方那张巨大的海报："《Our times》。"

"讲什么的？"

"初恋。"

直到电影散场，姜凌波都没有再出声。她抱着她的保温壶，垂着眼睛，跟着离开的人群，摇摇晃晃地走路，看起来心不在焉。

看这种电影，简直就是在逼她想起孙嘉树，想到他们最好最亲密的那些时光。可她能想到的，全都是他对她的好，而她，貌似……真的没对他做过什么好事。

她把不喜欢吃的菜丢到他盘子里，把写不完的作业塞到他书包里，霸占他出门打球的时间陪自己打游戏。有女生托她给他送信，她刚拍着胸脯说完没问题，然后就把情书全偷摸着藏进自己书包里。

她开心，就要拖着他欢天喜地地讲个不停；不开心，就对着他没个好脸色，直到他把她哄开心为止。

但她从来都没有在意过他到底开心不开心。

她甚至不知道他喜欢什么，讨厌什么。

……好像，真的很渣啊。

比电影里那个迟钝的女主角还要渣。

周意满看她垂头丧气的，把她领进楼下的甜品店里，给她买了块铺满樱桃果粒的黑森林蛋糕。

姜凌波瞬间又朝气蓬勃起来："能再给我来块抹茶提拉米苏吗？"

周意满："……"

五分钟后，周意满端着托盘坐回姜凌波对面。

她把咖啡端给姜凌波，同时问："听说因为照片的事，孙嘉树要和那个女演员一起拍公益片？"

"嗯。"姜凌波抿抿嘴唇，回答得有点不情愿。

因为照片的事情闹得太厉害，大堂姐决定让 GiGi 也加入公益片的拍摄，和孙嘉树还有五花肉一组，这样就能把报道里的"情侣约会"解释成"拍摄现场"。

"但照片里的那个人根本就是你吧，我一眼就看出来了。"

周意满顿时想到各种阴谋："该不会是那个女演员想要借孙嘉树出名，所以故意找人偷拍了你们的照片，再冒名顶替？"

"应该不是。这事我大堂姐查过了，说不是崔招弟能办到的。你也知道我姐的本事，她说不是，那就真不是了。"

姜凌波无所谓地耸耸肩，抿了一口咖啡顶上的奶油，随即弯起眼睛，笑得满足："好甜。"

心真大啊。

周意满托腮看向姜凌波："这件事就先不说了，孙嘉树的事，你究竟是怎么打算的？"

"什么怎么打算的？"听完姜凌波就低头搅咖啡，声音里都没了精神。

"看照片……"周意满拖了拖腔调，直到姜凌波抬头看她，她才挑着眉问，"你们和好了？"

姜凌波的手猛地一抖，差点用搅拌棒把杯子戳倒。

"谁跟他和好了！"她双手圈住杯子，挺直背，正色道，"那天是因为我眼镜坏了，看不清路，我害怕才抓着他的！"

"嗯。"周意满露出好看的微笑，"那你还喜欢他吗？"

话音刚落，姜凌波就跟个泄气的皮球似的，又软绵绵地趴回桌子上。

半晌，她才抬起头，下巴贴着圆桌边，闷闷地问："小满，你说……我当时怎么就那么笃定，我喜欢孙嘉树，他就一定会喜欢我呢？"

她沮丧又难过："如果我是孙嘉树，我也不会喜欢一个任性、霸道、脾气又坏的人。而且我还成天闯祸，闯完祸就叫他给我背黑锅。干坏事的时候还总要拉上他，这样到时候挨骂的就不止我一个了。"然后她就掰着指头开始说以前的事。

刚开始听的时候，周意满还觉得"童年趣事很有爱呢"，到后来，她的脸也有点变色。

她没忍住打断姜凌波："……你是真的喜欢孙嘉树吗？"

五岁那年爬到树顶，要孙嘉树在树下接住她。结果她跳下来毫发无伤，孙嘉树被她压得小腿骨折住了三个月院。

七岁那年去公园野炊，看到好看的蘑菇采了熬了汤，她自己没喝，全灌给孙嘉树喝了。结果孙嘉树出现幻觉，一下午都看到有老虎和武松打架，她在跟前边听边笑得肚子疼。

……

孙嘉树到底是怎么活到现在的？！

被闺蜜的问题打击到，自认为"很喜欢很喜欢孙嘉树"的姜凌波情绪低落，头顶看起来黑云笼罩。

也不知道为什么，明明三年前被丢下的人是她，但不管是周意满、大堂姐，还是牛筋面店里的老板娘，都觉得在她和孙嘉树的相处里，她才是没心没肺的那一个。

最可悲的是，现在连她自己都这么觉得了。

她垂头丧气地和周意满告别，孤零零朝车站走去，后背还背着满满一包五花肉的狗粮。

因为前几天五花肉趁她和孙嘉树都不在家，偷偷翻进了放狗粮的箱子里，撒了欢地狂吃，结果当晚就在宠物医院里憔悴地哼唧了一宿。

想起五花肉没精打采垂着脑袋的样子，姜凌波今天出门前，狠狠心把所有的狗粮都背了出来。

但是……好沉啊！

她迎着寒风，站在公交站牌下面，边跺着脚搓着手，边活动着发酸的胳膊和脖子，感觉心情更差了。

早知道就让孙嘉树把狗粮带出去了。早晨他出门前还问要不要他带，但她一想到他是要去和崔招弟一起商量公益片拍摄的事，就完全不想理他了，目不斜视地走进卫生间，毫无理由就给他冷暴力。

难怪孙嘉树不喜欢你！她在心底暗暗戳自己。

但是已经这样了，现在又该怎么办啊？她又开始皱着眉头发愁。

再告白一回？不不不，肯定会被拒绝掉，她现在和孙嘉树的关系，还没三年前好呢。

直接冲上去然后把他嘿嘿嘿？会把孙嘉树吓跑吧？虽然已经把他吓跑一次了。

难道要她学着温柔体贴点来打动他？比如多做点家务？但是孙嘉树什么都能干，这法子对洗碗都能比别人多用两倍洗涤剂的她来说，并没有什么用。

……

就这么"不断碰壁"了半个多小时，姜凌波周身都开始散发出阴郁的气息，公交车才从拐弯处露出了脑袋。

车还没停好，一群人就哗啦啦全冲到车门口。姜凌波的脚冻得有点僵，一时没能灵活起来，就被挤到了人群的最后面。

姜凌波：……算了。她费劲地背好背包，等前面的人都上了车，才把手机往棉服口袋里一塞，掏着钱朝车上迈。

脚刚踏进公交车里，姜凌波就感到耳挽被扯了一下。她一把捞住耳机，一回头就看到她的手机被偷了，小偷就站在她身后，双手攥着她的手机。

姜凌波神色都没变，满脸的阴沉和不耐烦，看起来目露凶光，直直盯着小偷。

小偷像是被姜凌波吓到了，动都没敢动，跟木桩似的杵在那里。

姜凌波伸手抢回手机的时候，他的手都是僵的，害得她费了老大的劲儿，才把他的手指全掰开。

等交完钱，坐进座位，背靠上椅背，姜凌波才后知后觉地意识到她刚才遭遇了什么。她有点后怕，觉得心口发凉。

把背包抱进怀里，姜凌波闷闷地想：要是孙嘉树在就好了。当年带着他追到小巷里，拿石子砸小偷的时候，她可是完全不害怕的呢。

坐在她前面的大妈忽然扭过头："哎闺女，你以后可得小心点，这站点啊小偷特别多，你最好别一个人坐车。我前一阵也碰到小偷，差点把我的包都割开了，还好我老伴眼神好，没让他得逞。"说完，她推了把身边坐着的大爷，两人对视着笑起来。

"……"

她旁边站着的是对情侣。女人这时正挽着她男朋友的胳膊，脑袋歪在他的怀里，小声地说："幸亏有你陪着我，小偷不敢来偷我。不然我要是遇到小偷，东西肯定拿不回来。"

她男朋友笑道："现在知道我的好了？不过就算东西丢了也没关系，我再给你买。”

“……”

坐在她后面的两个小学生也开始说话。

梳着羊角辫的小女生：“有小偷，我害怕。”

小男生攥起拳头：“别怕，有我保护你！”

姜凌波抱臂扭头看向窗外，不想说话。

心累。

姜凌波回到家的时候，心情坏得不要不要的。隔壁大妈看到她，刚想出声吆喝，就被她的黑脸吓得把音量降低了好几度。

“小姜啊，”大妈拎着捆葱，小心翼翼地和她说，“我刚买了一车过冬的大葱，这捆你拿回家吃吧。”

“谢谢大妈！”

姜凌波抱住这捆跟自己的腰差不多粗的大葱，从心底感受到了邻里的温暖，连爬起楼梯都腿脚有力，一步能迈两个台阶！

一鼓作气冲到家门口，姜凌波刚想掏钥匙，门就突然从里面被慢慢打开，而且门开后没有看到人。

？

姜凌波眨眨眼睛，随即嘴角就露出个奸诈的笑。

她蹑手蹑脚地靠近门边，然后“哈”地大喊一声蹦到门后……

她以为是孙嘉树在逗她玩，毕竟这种游戏，算是她和孙嘉树两个人的日常活动啦。

开始是六岁那年吧，她戴着老虎面具，躲在门后面，等孙嘉树进门，“嗷呜”一声扑到孙嘉树身上。他当时就吓得呆在那里，眼眶慢慢发红，然后“啪嗒啪嗒”安静掉眼泪，真的是好可爱啊哈哈哈！

可惜长大以后的孙嘉树就没那么好玩了，每回她躲到门后，他都会淡定地走进来，再把她从门后拉出来，问她要不要吃他买回来的零食。

所以这时的姜凌波完全没有想到，站在门后的人，居然不是孙嘉树。

而令她更没有想到的是，那个人会是她整整喜欢了十年的纪明歌！

你有迷恋过哪个偶像明星长达十年吗?

你有喜欢她,喜欢到在墙上贴满她的海报,在小本子里写满的歌词;喜欢到只要听到有人提起她的名字,就会激动地冲过去,不停说出她有多好?

姜凌波对纪明歌,就有这么喜欢。

从纪明歌唱歌出道,到她进入演艺圈拍电影电视剧,甚至到她拿到影后以后结婚息影,姜凌波都一直崇拜着她。

以前她来 B 市拍戏,姜凌波就偷溜到片场,和其他 fans 一起,蹲在外面熬了两个通宵才见到她。不过有孙嘉树做靠枕,所以她在等的时候也没觉得辛苦。

后来为了看她的告别演唱会,姜凌波连着两个月,为了省钱买票只啃馒头咸菜。最后还是孙嘉树看她可怜,用他暑假打工赚的钱给她买了票。

现在,姜凌波心心念念的影后大人就活生生出现在她面前。而蓬头垢面的她抱着大葱,还"哈"地蹦出来吓唬影后大人……

姜凌波觉得自己整个人都石化掉了。

这时,她也看到在客厅里的孙嘉树了。还有个四五岁的小女孩正抱着他的腿,盯住姜凌波,嫌弃的表情很明显:"嘉树哥哥,这就是你说的那个,喜欢我妈妈的阿姨啊?"

说完她还把姜凌波从头到脚扫视了一遍,嫌弃的表情更重了,简直就是在明晃晃地说:"怪阿姨好可怕。"

……

这会儿姜凌波倒清醒了。对这种毫无道理的挑衅,她一向是不懂得宽容的,居然当着她的面儿,叫孙嘉树"哥哥"然后喊她"阿姨"?熊孩子不教育是不行的!

"小熊!嘉树叔叔和凌波阿姨都是妈妈的朋友,不准这么没礼貌!"纪明歌开口。

……既然影后大人已经教育了,那就算啦,影后大人还是这么霸气有女王范儿呢!

粉丝就是这么毫无原则!

等等!

姜凌波不可置信地看向纪明歌，眼睛亮晶晶："你知道我的名字？"嗷嗷嗷嗷嗷！

"我当然知道，你还记得你送我的那瓶折纸星星吗？我现在还摆在书架上呢。不过为了看折纸里写的内容，我把星星都拆开了，虽然后来很努力想要折回去，但我真的不擅长这个，所以……现在瓶子里面都是纸条了，抱歉。"

姜凌波觉得自己感动得都要哭了。

她实在没想到影后大人会记住她那个不起眼的礼物，而且还注意到星星里藏的秘密！

"是孙嘉树冲到保姆车前面拦住我，说要我一定看看那瓶星星。"纪明歌像是知道姜凌波在想什么，好笑地朝孙嘉树看了一眼，"当时真是吓了我一跳，我还以为是哪个影迷呢，刚想劝他以后别再做这么危险的事，他就冷着脸皱着眉，甩下一句话就走了。回去我打开瓶子才知道，原来给我送礼物的是个小女孩……"

姜凌波怔住，脑子像锈住了似的，转不过来。

纪明歌还在说："……本来今天我没打算过来，但孙嘉树无论如何都希望我能来一趟，好像是他犯了什么错，你不肯原谅他，想让我帮他求个情。所以，如果他犯的错不是罪无可赦的，能看在我的面子上，原谅他一回吗？"

她笑着靠近姜凌波，贴着姜凌波的耳朵悄声说："他真的很喜欢你啊。"

姜凌波心口颤颤的，有点热，有点酸。眼眶也是，酸得厉害。

她真的不知道，从来都不知道这些事。

因为孙嘉树对她追星，一直都是没兴趣的样子，每次都是她拼命拽住他，他才肯听她噼里啪啦讲她的影后大人。

陪她去片场也是，他一直满脸的"好困啊怎么人还没出来"。等她在"我被女神抚摸了嗷嗷嗷"的激动里平静下来以后，他已经靠在墙角扶着自行车，边等她边打哈欠了，一点去找过影后大人的样子都没有。

他怎么能为她做了那么多事，却从来不肯告诉她呢？

她如果对他稍微做过一点好事，都会忍不住大张旗鼓恨不得所有人都知道啊！

……差距好大！

纪明歌说完，又直起身，看了看缠在孙嘉树腿上的自家女儿，俏皮地表示："如果你不肯原谅他，我就要帮小熊争取了！我们家小熊可是很喜欢她嘉树叔叔的，前天过生日吹蜡烛的时候，还许愿说要给嘉树叔叔做新娘呢，对不对？"

　　小熊听完，完全不害羞，反而立马挺直腰板，搂紧孙嘉树的腿吼道："对！"跟护食的五花肉似的。

　　熊孩子你连胸都没有，还想给孙嘉树当新娘？哼！

　　姜凌波毫不示弱地瞪回去。

　　一直静观的孙嘉树，这时弯腰把小熊抱起来。小熊马上跟只树懒似的缠上去，还不忘回头，朝姜凌波做了个吐舌头的鬼脸。

　　姜凌波："……"

　　孙嘉树刚托着小熊屁股把她抱稳，沙发后面又突然冒出个圆滚滚的小肉团子，颠颠跑到孙嘉树腿边。

　　他拉住孙嘉树的裤子，吐字还不怎么清晰地说："嘉树叔叔，我也要抱。"说着，还露出个软萌软萌的笑。

　　小熊顿时不高兴："走开！"

　　小团子一点受挫感都没有，转过身，歪歪扭扭地走到姜凌波跟前，仰起头，张开手，眼睛黑黑的，里面像是洒满了星星，漂亮得让姜凌波挪不开眼。

　　她把大葱丢到旁边，又脱掉棉服、帽子和手套，弯着眼睛蹲到小团子眼前，握住他的小手，好嫩好滑！完全不想松开了！

　　"抱抱……"小团子摇晃着黏进她怀里，萌得姜凌波的心里全是粉红泡泡。她环住小团子的后背，抱着他站起来，但腰还没伸直，怀里的小团子就沉沉地往下坠，吓得姜凌波手忙脚乱，差点把他给摔下去。她只好弯着腰，拼命朝后仰，让小团子趴在她身上……没想到小孩子这么难抱。

　　孙嘉树见姜凌波要抱小团子，一早就把小熊放回了地上。看她毫无意外的失败了，他忍着笑，走过去把小团子接进怀里。

　　小团子舒服着呢，一只小脚丫还蹭进了姜凌波的衣服里。孙嘉树直接伸手进去，慢慢把他的脚拉出来。

　　！！！

姜凌波浑身都抖了一下，咬着嘴唇，睁大着眼睛，脸颊发热。

他的手碰着她皮肤的感觉太明显，偏偏她怕摔着小团子，哪里都不敢动，只能任他一点一点地蹭着她。

他的手背，他的指节，这种亲密滚烫的触摸，让她的肚皮都要烧起来了啊啊啊！

孙嘉树一把将小团子抱过去，姜凌波就立马捂住肚子，对他怒目而视。

流氓！笑什么笑啊！还笑得那么坏！

而且刚刚她没来得及收腹，小肚子上全都是肉，居然就这么被他摸到了！

孙嘉树微笑："抱小孩不能只搂腰，你要托着他的屁股。"

哼！姜凌波扭头，拒绝看他。

"看来以后，都要我抱孩子了呢。"孙嘉树微微笑。

……不要说这种有歧义的话，她听不懂。

小熊这时热情地跑过来："嘉树叔叔！我会抱孩子！我还会给他洗澡，还会换尿不湿！"

姜凌波："……"她难道是，输了？

"那明天节目里，小熊就帮嘉树叔叔照顾弟弟，好不好？"孙嘉树问。

小熊犹豫了一下，最终还是被孙嘉树的美色冲昏了头脑，"嗯"着重重点了下头。

姜凌波：等等，节目是怎么回事？到底又发生了什么？

送影后大人先出门，再等孙嘉树左边牵着小熊、右边抱着小团子地走下楼梯，趴在门边的姜凌波一脸满足，转身就扑进沙发，把脸埋到靠垫里，"嗷嗷嗷"兴奋地胡乱蹬腿。

影后大人到我家，简直跟做梦一样，没想到霸气的她原来是个话痨……显得更加亲切了！

而且，明天还可以再见到，虽然这次是孙嘉树瞒着她接受了节目组的邀请，但是只要能有机会再和影后大人来次亲密接触，她也就没什么可抱怨的啦！

说起来，这个"明星帮明星照顾一天孩子"的真人秀实在是很火。

以前苏崇礼也收到过邀请，他们请他照顾一位男影星两岁半的儿子。但在他把泡好的牛奶洒了孩子一身，又想拿擦地的抹布给孩子擦脸的时候，拍摄就停止了。

那位男影星气愤地喊着要去告节目组，还是大堂姐亲自上阵，安抚了好半天才没闹出事。

从那以后，苏崇礼再也没接过这种类型的真人秀活动。

这次节目组又找到了孙嘉树，而孩子就是影后大人家的姐姐小熊和弟弟小团子。

明天一早，摄影组就会到家里来开始拍摄，然后跟着孙嘉树去影后大人家里接孩子，至于接下来要去哪里玩，就要看孙嘉树的决定啦。

想到明天，自己还能跟着孙嘉树进到影后大人的家里，姜凌波抱住靠垫，开心地打了个滚。好幸福哦！

满脸痴样的姜凌波拿起手机，点开微博就发：

今天在家里见到了女神大人！她还带了两个小崽子！虽然其中有个熊孩子，但是另一个团子真的超级软萌嗷！[色][色][色]

姜凌波没敢直接提到纪明歌的名字，但是她相信，懂她的人一定会明白她说的是什么，比如她的闺蜜小满！

这么坚定地想着，微博提示音就响起来。

看吧看吧，姜凌波戳开评论。

周意满 v：[doge][doge][doge]

看到一排斜眼睛狗头的姜凌波："……"

这才不是她温柔体贴的小满，肯定是李昂那个熊孩子！

她立刻敲：回复 @周意满：李小昂快把手机还给你妈！

李昂秒回，但回的不是文字，而是一张图。

姜凌波点开图片，是张微博的截图，日期是三年前。

而微博里也只有一张白底黑字的图，三排加粗黑体字，清清楚楚：

谁能把影后大人带到我家。

我就给他生猴子。

生！猴！子！

……

姜凌波抖着手放大了发这条微博的用户名，上面的大字也很是清楚：

【孙嘉树你就从了老娘吧】

……

这是她三年前发的微博，那时候她刚跟孙嘉树告白，恨不得全天下都知道，连微博名都改成了这种羞耻的黑历史。

而那条微博则是影后大人粉丝群里搞的活动，群里有好多类似的图片，她也是随便挑了一张。但她当时真没想到这事儿会成真。

谁能想到啊！

没等她把图缩回去，周意满的电话就打过来了。但是姜凌波刚刚的兴奋啊满足啊，全都没有了，反而因为这张图想起三年前的事，变得心塞。

"刚才李昂拿我的手机玩了。"周意满招得很干脆，而且很愉快，"那张图是我以前截的，没想到会被他翻出来。"

……小满你居然还在笑！

姜凌波哭丧着脸表示："黑历史，求删除。"

"这不是黑历史，是证据吧？你曾经对你的上千微博粉丝说过，你要给'能把影后大人带到你家'的人生猴子。"

姜凌波："……"

孙嘉树这时正好从外面回到家里。

他换好拖鞋，就懒懒倒在姜凌波旁边，一只胳膊还随意地横过她身后。

姜凌波刚想溜，孙嘉树就一把把她勾回来，挑着嘴角，笑得又坏又无赖："我已经把人带到家里来了，你是不是该照你说的……"那尾音，把姜凌波的心都给挑得怦怦乱跳。

姜凌波声音僵硬："我……说了什么？"

孙嘉树这样笑起来真的很要命，尤其离得这么近去看，他眉眼里都带出了股危险劲儿。他以前明明不会这么笑的，三年没见，真是学得坏透了！

孙嘉树看着她装腔作势的小强硬，心里就有了数。他动动圈住她脖子的手，跟逗小猫似的，用手指轻蹭了两下她的下巴，身体又贴近了些。

没等他出声，姜凌波就紧张得背都绷直起来。

她强作镇定地抬起一只手，使劲把孙嘉树朝外推，还很凶地瞪他："有话好好说，离我远点！"

　　再靠近一点，他的嘴唇都要碰到她的耳朵了！她都能感觉到他滚烫滚烫的呼吸，全洒在她的耳朵和脖颈上，而且半天都散不掉！

　　"行吧，"孙嘉树盘腿坐起来，拿出手机开始划，"不过这事儿我要是用说的，你肯定不会承认，等我找找……"

　　姜凌波瞬间就想到那张截图，生猴子事小，但那个"孙嘉树你就从了老娘"的名字……啊啊啊她立刻伸手抓手机！

　　孙嘉树眼睛都没离开手机，稍微一侧身，就躲了过去，还说："你别急啊，我马上就翻到了。"

　　姜凌波怎么可能不急！她盯着手机，目光跟头捕猎的母老虎似的，磨磨爪子，看准就又朝手机扑去。

　　孙嘉树这回倒是没转身，只是抬抬胳膊，把手机举高了点，害得姜凌波又扑了个空。

　　这浑蛋就是故意的！简直不能忍！

　　姜凌波气势汹汹，撸着袖子从沙发上站起来。虽然踩着沙发，脚底软软的有点站不稳，但是比孙嘉树高那么多的感觉，真的很爽啊！

　　她居高临下，伸手就抓住孙嘉树的手机，然后警惕地盯着他。

　　但孙嘉树一点想反抗的意思都没有，顺势就让她把手机抢走了。

　　接着他松开盘着的腿，双手插兜站起来。

　　就在姜凌波把手机藏到身后，想着"哼，你就算站起来也没我高"的时候，他又重重倒回了沙发。

　　姜凌波脚底的沙发猛地一塌，整个身子都朝前倒去，正好扑倒在孙嘉树大腿上。

　　要不是孙嘉树还好心接了她一把，她的脸就直接砸到他腿上了！

　　她刚推了把歪掉的眼镜，还没等戴好，孙嘉树就出手，把她的眼镜抢走了。

　　她仰脸看他，语气凶巴巴："你干吗？"

　　模糊的孙嘉树捏捏她的脸，答非所问："大花你好重啊，我腿都要被你压麻了。"说得情真意切。

……压死你算了。

但是她把手机相册翻来覆去看了好几遍，都没看到她以为的那张图！

孙嘉树你这个大骗子！

她哀号着爬起来，把手机塞还给孙嘉树，又从他手里拿回眼镜。但她拿着眼镜的手还没抬起来，就被孙嘉树按住了。

姜凌波模糊地看到，孙嘉树在倾身靠近她，然后，他就用手盖住了她的眼睛。

……

姜凌波扁扁嘴，伸手就去拍他，但她的手刚碰到他的手背，她就停了下来，微微怔住。

孙嘉树右手的小拇指有点弯，总是不自觉地向里弯着，好像是种先天性的遗传。她小时候就喜欢拽着他的这个小拇指，拉住他到处跑。所以长大以后，每回她支使他去干活，他就总爱懒洋洋地举着手说："大花你看，你把我指头给拉弯了，干活不方便。"

然后她就会直接用脚踹："我怎么没把你下面也给你掰弯啊！赶紧去干活！"

接着他就会哥俩好地钩住她的脖子，没正经地笑："哎要不你试试？现在搞不好真能掰断了。"

……

姜凌波晃晃脑袋，她完全不想回忆起他耍流氓的片段！

只是……

他用手盖住她眼睛的这个感觉，这种小指微弯蹭过脸颊的动作，好像是……

姜凌波被自己的猜测弄得心都揪紧了。她咬咬嘴唇，犹豫着伸出手指，戳戳孙嘉树的手背，鼓足勇气，但声音很轻。

"喂，你是什么时候回来的？"

你是什么时候回来的？

你回来后，我们的初次相遇又到底在哪里？

是那天在公司里，还是……那场瓢泼的大雨里？

孙嘉树没出声，他静了静，接着就想松开手。但姜凌波怎么可能让他得逞！她立刻伸出双手，紧紧把他的手抓在嘴边，还威胁似的露出颗小虎牙，咯吱咯吱磨了磨："快说！不说我咬你！"

孙嘉树任她抓着自己的手，挑眉问："你真想知道？"

那语气分明在说"你肯定不想知道"。

姜凌波强撑出来的底气又不足了。

那事儿她可只有怀疑没有证据啊，甚至在几分钟以前，她都以为在雨里亲她的人是苏崇礼那个小流氓。

虽然仔细想想，苏崇礼应该没那胆子，但是比起苏崇礼，孙嘉树更不可能会亲她吧？他明明就不喜欢她！

……

姜凌波烦躁了。

以她的性格，什么心事啊秘密啊全都藏不住，要是把问题硬憋在心里，就会连觉都睡不好。当年为了帮周意满瞒住李昂的身世，她可是忍到大把大把掉头发呢。

她瞪了眼罪魁祸首孙嘉树，他正面对面地歪靠在沙发上，用没被她抓住的手支着脑袋看着她，自在到不得了。

见她看过来，他还微微笑："没关系啊，你想知道我就告诉你，我是苏先生转发婚纱照微博的那天回来的。"

……为什么感觉他笑得好吓人？

姜凌波也懒得和他再兜圈子，盯住他的眼睛，豁出去地问："你回国以后第一次见我，是什么时候？"

你是不是在回来当天就来找我啦，还亲了我？

"对呀，我回去的当天就去找你了。"

姜凌波顿时连呼吸都停住了："那你是……在哪儿见到我的？"

"在地下通道的楼梯上。"

孙嘉树笑得特别温柔："当时你和苏先生在忙，你差点踩空摔下台阶，还是我拉住的你。"

"……"居然还有这个事呢，呵呵呵呵呵。

姜凌波很心虚地松开孙嘉树的手，挤着笑慢慢站起来，眼睛东看西看，就是不敢看孙嘉树。

然后，她开始毫无技巧地转移话题："哎，五花肉哪儿去了？"说着，她还边弯腰拍手，边往屋里溜，"五花肉你在哪儿呢？快出来，我们吃狗粮啦！"

啊啊啊……好尴尬！

第五章
——·请给单身汪一片净土·——

傍晚姜凌波带着五花肉出门，到宠物店买了营养牛肉罐头。

闻到零食味的五花肉，顿时精神起来，回家的路上一直围着罐头转圈摇尾巴。

尤其到家门口的时候，五花肉看到姜凌波掏出钥匙开锁，连"汪汪"的声音都变得格外响亮了。

"小姜遛狗去啦？"

隔壁大妈正好出门丢垃圾，看到姜凌波，就站在那儿和她聊起天来："哎你们家今儿是不是来客人了？我看着还有几个小孩。"

"啊那是我表姐，来B市旅游，顺便带着孩子来看看我。"姜凌波说着心里就怦怦乱跳。

"哦。"大妈点点头。

姜凌波松了口气，正打算溜，大妈忽然又冒出一句："小姜啊，你最近是不是交男朋友了？"

"……"

"我也没别的意思，就……"大妈笑得可慈祥了，抻着脑袋，朝姜凌波半开的门里看了好几眼，"我最近吧，总看着有个男的进你家，正好前几天我外甥来我家串门，他在楼底下见着你了，就让我来帮着给打听打听。你看……"

姜凌波把门掩了掩，然后笑得眼睛都弯起来："那个是我亲哥。他家吧最近被水淹了，暂时没地方住，我就把他接过来住两天，很快就走了。"

好容易把大妈打发走，姜凌波一进门，就看见孙嘉树靠在卫生间门边。

……刚洗完澡，穿着浴衣，水珠顺着发丝、脸颊慢慢滚落，全落到露在外面的大片胸膛上。

姜凌波全当没看到，笔直朝里冲，然后被孙嘉树一个胳膊给捞了回去，直直撞进他怀里，被他头发上的水"啪嗒啪嗒"滴了满脸满脖子。

"哥哥？"孙嘉树低头，玩味地问她。

"是你占便宜好不好？"姜凌波抹了把脸上的水，嫌弃地蹭到孙嘉树的浴衣上……手感不错啊。

她又伸出指头，对着他肚子戳了两下，抬起头眼睛都放光："是腹肌吗？！"

嗷嗷嗷她长这么大，还没见过活生生的腹肌长什么样！孙嘉树以前那么懒，连运动会上跑个800米都要她威逼利诱，根本就没有腹肌这种东西。没想到现在，嘿嘿嘿……

孙嘉树不动声色，把浴衣拢了拢："嗯。有6块。"

姜凌波的爪子刚伸到他的浴衣边，就被他给拍掉了。

她贼心不死："就给看一眼呗，你哪儿我没看过啊？"你的"小丁丁"我当年都摸过呢。

"那你再叫声哥哥。"

姜凌波到底没能憋出句"哥哥"，因为她觉得，她好像又被孙嘉树调戏了！

要是叫她调戏别人，她自然是一个能顶俩，但明摆着被别人调戏……这种吃亏的事儿她才不干！

她愤愤地推开孙嘉树，口是心非道："不就是腹肌吗，谁稀罕？！"

好想看啊嘤嘤嘤嘤，既然这次不行，下次就来个偷袭好了！

是半夜溜进卧室摸两把，还是把他推进水池里扒上衣？

孙嘉树无所谓地点了点头，抽了条毛巾擦着头发，就朝卧室走。走到门口他又忽然回头，把正满脑子想着"我要把他这样那样嘿嘿嘿"的姜凌波吓得差点呛到。

姜凌波强作镇定："怎么了？"

"你今晚早点睡，明天天不亮节目组就会到家里来。"

"你说节目组要来的地方，该不会是我家里吧？"

不可能不可能，虽然说是从家里开始拍摄，但苏崇礼那次就只是临时租了间酒店。而且重点要拍的是接孩子路上的感想，谁会真把自己家给曝光出来啊。

孙嘉树："对啊。"

"……"她刚刚才和隔壁大妈说这里住的是她亲哥，节目组声势那么浩大，她撒的谎会立刻露馅，而且圆都没法圆！

"要不，你先回你自己家住一晚？就一晚，我也可以陪你回去哟。"

姜凌波在脸边竖起根指头，好声好气还有点萌萌哒。

她说的"你自己家"，是指孙嘉树的爸妈家，也就是那个学校家属房。

这些年，做植物学家的孙爸孙妈一直在国外考察，而且都是在野外丛林，连通讯都是断的。所以那个家，也早就空了好多年。

如果让孙嘉树一个人回去，他心里肯定会不好受吧？所以还是我勉强好心一回，陪你一起回去吧！

孙嘉树垂了垂眼睛，倒也没拒绝，只是问："你有我家钥匙吗？"

"有有有！"

姜凌波生怕他后悔，赶紧去翻包。她有他家钥匙，还是因为她刚上小学那年，寒假发生的事儿。

那天孙爸孙妈因为实验室临时来电话，把正在发烧的孙嘉树锁在家里就跑出去了。

当时孙嘉树病得很严重，连起床倒水的力气都没有，没走几步就腿软摔倒了。偏偏他姐姐又去上了辅导班，家里只剩下他一个。

而姜凌波那天也是一个人在家，无聊啊，就跑去敲孙嘉树家的门。门不开她也不放弃，又溜到阳台去敲窗，结果就看到孙嘉树趴在地上，一动不动，喊他也没反应。吓死她了！

姜凌波撒腿就跑去实验室找孙爸孙妈。但她没想到，不管她怎么说，孙爸孙妈就是不回家，说什么"实验出了问题，现在是关键时期"，气得她差点爆粗口，死命把他们家钥匙给要到手。

然后她就再也没还啦，没事就用钥匙溜进孙嘉树家，把他从床上拽起来打游戏、要饭吃……

姜凌波背着大包零食，站在学校的家属楼下，回忆哗啦啦地往脑海里涌。然而没等她感动完，孙嘉树就走到她旁边："你带了零食吧？"

姜凌波立刻把包捂到怀里，警惕道："你想干吗？这是我的宵夜！"

孙嘉树看她护食的小模样，没忍住揉了两把她的头发。

她就是这个样子，虽然嘴上说着"这是我的，不给你吃"，但最后总会都拿出来和他分，而且总会把好吃的那半留给他。

给他的时候，她还会嘴硬地不停说："这些都是我不喜欢吃的！好吃的才不会留给你呢哼！"想起来就觉得心口发软。

果然，姜凌波傲娇地把背包递给他："你要是实在想吃的话，也可以，不过你得帮我把背包背上去。……反正我也不是很喜欢吃。"嘤嘤嘤里面是她最喜欢的腰果，还是碳烧口味的……

孙嘉树也没戳穿她，接过她的背包甩到身后："家里肯定没吃的，要不我们去小吃街转转？"

大学城里的小吃街，里面遍布了各种油炸烧烤垃圾食品，全都是姜凌波最爱吃的！

她一时没经受住诱惑，在用帽子、围巾、口罩和眼镜把孙嘉树包得连亲姐姐都认不出了，就拖着他冲进小吃街。

然后……

孙嘉树："炸串要吃吗？"

姜凌波："吃吃吃！"

孙嘉树："烤鱿鱼要买吗？"

姜凌波："买买买！"

孙嘉树："还有小龙虾。"

姜凌波："要要要！"

……

等往家走的时候，姜凌波高兴得脸红扑扑的。她端着个盛炸串的纸碗，右手拿竹签挑着碗里的丸子、蟹棒和甜不辣，不停往嘴里塞，左手空隙里还卡着根铁板鱿鱼，没事就歪着脑袋去咬一口，忙得很。

孙嘉树就在旁边插兜走，默默看着她吃吃吃。直到姜凌波良心发现，插了块鸡胸肉，举着问他："要吃吗？甜酱真的好好吃！"语气兴奋得不得了。

孙嘉树拉掉黑色口罩，弯下腰，就着她的手把肉块吃了，顺便伸出手，用拇指帮她把嘴角沾到的酱抹掉。再把手指放到自己嘴边，舔了一下："是挺好吃的。"

孙嘉树话音刚落，姜凌波还没觉得怎么样呢，路过的俩男学生就朝他们吹起了口哨，还故意哀号着什么"请给单身汪一片净土"。

姜凌波："……"明明我也是单身汪好不好！

她冷哼着插好一块鸡排，踮脚送到孙嘉树嘴边："吃！"

就不给你们净土！

因为吃得太饱，姜凌波躺在孙嘉树家客房的床上，翻来覆去睡不着。于是她干脆抱着枕头，"嗒嗒嗒"跑向孙嘉树的卧室。

孙嘉树正靠在床头，戴着耳机拿 iPad 看电影，见姜凌波穿着睡衣站在门口偷瞄，他很自觉地往边上挪了挪，拍拍空着的半边床，然后继续看屏幕。

姜凌波嘿嘿嘿地溜过去，钻进被子，凑到孙嘉树耳边："你在看什么？"

孙嘉树拿下一个耳塞给她："《Cube》，翻译名我没记住。"

姜凌波戴好耳塞，看了看才刚演到一半的电影，特别开心地告诉孙嘉树："最后只有那个看起来是智障的人逃出去了，其他人全都死光了！"

孙嘉树："……"

剧透完的姜凌波一时十分爽，吃撑的感觉全都没有了。孙嘉树身上散发出的热气又暖洋洋的，让她觉得好舒服，没一会儿，她的眼皮就变沉了。

等电影放完，孙嘉树看着靠在他胳膊上睡得心满意足的姜凌波，慢慢把她放到枕头上。

躺好的姜凌波嘴巴咂了下，就势搂住了他的胳膊，还拿脸蹭了两下。孙嘉树想抽胳膊，但没抽出来。

他捏了捏她的脸把她叫起来，却被她"啪"地给了手背一巴掌。

他又试着想把她抱起来送回隔壁屋，结果差点被她乱蹬的脚给踢到胯下。

他想了想，也躺到她旁边，点了点她睡得嘟起来的嘴唇："你现在不起来，明天会后悔的。"

过了一会儿，他拿出手机，调到拍摄模式，对着姜凌波问："真的不起来吗？"

……

"嗯，我已经问过你了，是你自己不肯起来的，所以以后后悔了也不能怪我啊，这视频就是证据。"

……

"真乖。"

他保存好视频，笑着在姜凌波嘴上亲了一下。

姜凌波从小就有起床气，尤其是睡得正香却被突然吵醒的时候，她能暴躁到嗷嗷咬人。所以，在突然被外面乱糟糟的声音吵起来的瞬间，她猛地从床上坐起来。

她拥着被子，眼睛直直、脑海空白地蒙了半分钟，接着就掀开被子跳下床，烦躁到不行地挠着头发往外冲。

走到门口，她才发觉自己没穿鞋，又怒气冲冲地回去踩上拖鞋，顺手把孙嘉树搭在椅背上的大衣往背后一披，然后带着风般冲出卧室，打开门就怒喊："孙嘉树！"

孙嘉树正在被跟拍。

采访他的是节目组派来的编剧刘安静，但她问起八卦新闻来的架势，实在和她的名字不怎么搭。这不，关于节目的事情还没问几句呢，话题就开始向着奇怪的方向发展起来。

"嘉树，我们的节目，是允许嘉宾邀请朋友一起来照顾宝贝的，请问你有没有邀请什么朋友呢？"

孙嘉树收拾着东西，头也不抬："没有。"

"男生照顾宝贝，有时候会粗心一些，如果有女性朋友能来帮忙的话，可能会更顺利。"

孙嘉树像是没听出话里的意思，完全没搭理她。

但刘编剧还是很锲而不舍地追问："嘉树，你就没有想过，要邀请 GiGi 来和你一起参加这次的节目吗？"

孙嘉树停了一下，随意坐到沙发扶手上，挑眉问："我为什么要和她一起参加节目？"

刘编剧听到回应，语调都兴奋起来："你们的关系应该很好吧？既是高中同学，现在又搭档拍摄公益片。而且听说她演女二的那部电影《My Narcissus》，你也有参演。"

"高中同学、合作工作，"孙嘉树懒懒靠向沙发，勾着嘴角笑着问她，"然后呢？你从哪儿看出来我们关系好？"

他这一笑，倒弄得刘安静有点不敢再问了。

她想了想，决定给自己找个台阶，于是讪笑道："其实，我是因为看到过你和 GiGi 拍公益片时流出来的那组合照，我当时就觉得，哇怎么会有这么般配的两个人。"

她说着，孙嘉树的眉眼就忽然带出了点笑。

于是刘编剧胆子又大起来："后来微博和网上也有很多人这么觉得，大家都在猜测你们有没有可能在一起。所以我一时没忍住，就给问出来了。"

孙嘉树听完，就垂下眼睛，不知道在想什么。随后他拿出手机，开始下载微博的 APP。

他已经很久都没上过微博了，因为大堂姐和他说过，明星的微博打理起来很麻烦，而他那么懒，倒不如干脆不看不发，所以他就直接卸载了。

再加上这段时间，他也没什么工作，一直待在家里逗着姜凌波玩，倒是没注意舆论的走向又歪了。

刘编剧还在说:"现在微博上正在举办投票活动,猜你们会不会在一起,投你们会在一起的人数很多。"

她刚说完,身边负责跟拍的高鼻梁小哥就拍了拍她的肩膀,她一回头,就看见小哥递到眼前的手机。

屏幕上显示的是孙嘉树好几个月都没有更新过的微博,而最新的一条却是刚刚更新的。

孙嘉树 v:不会。

下面就是刘安静刚说起的"你们猜孙嘉树和 GiGi 会不会在一起"的热门投票。

被打脸的刘安静:"……"

围观的工作人员:"……"

就在这时,姜凌波把卧室的门一开,满脸刚睡醒的样子,叫着"孙嘉树"就蹦了出来。

……

孙嘉树表情特别自然地插着兜走到姜凌波跟前,用手帮她压了压头顶炸起来的头发,又帮她把快滑下去的大衣披好,然后捏了捏她写满了"懵逼"两字的呆滞脸:"先去洗脸刷牙,早饭等到了小熊他们家再吃。"

他做得熟练又亲昵,就像是最平常的家庭日常生活,丁点生硬感都没有。

刘安静瞬间觉得,比起网上叫嚣的嘉树 GiGi 配,屋里的这俩才叫"配一脸"好不好!

……不过这女孩怎么看起来那么眼熟呢?

没等刘安静想出个所以然,姜凌波就一把推开孙嘉树,把他的大衣扯到手里遮住脸,闷头朝卫生间冲。但她没想到卫生间的门是关着的,于是"咚"的一声,重重撞到了门上。

……

孙嘉树"噗"地笑出声来。

他回头和节目组说了声"抱歉",接着走到卫生间门口,打开门,把还死活盖着脸的姜凌波半推半抱弄了进去。

进了卫生间,姜凌波还是不肯露脸,感觉到孙嘉树想把大衣拉下来,她更使劲地盖住脸，闷闷说："你别管我！让我闷死算了！"

孙嘉树还在笑，顺便还把姜凌波拉进怀里抱了抱，摸着她脑袋安慰："大花没事啊，他们不会把这段播出去的。"

重点才不是这个！

姜凌波暴躁地踹了他一脚："他们来之前，你为什么不叫醒我？！说！你是不是故意的！"

"嗯，我错了，我道歉。"

孙嘉树退后两步，靠着门边举手道歉，但脸上的笑显得他非常没有诚意："但是时间已经不早了，你再不刷牙洗脸的话就要来不及了。难道你不想去小熊他们家了吗？"

……

浑蛋啊啊啊！

好容易熬到要出门，节目组全都认真起来。

姜凌波翻出件带着大帽子的羽绒服，把帽子一扣上，那毛茸茸的帽子边就能把她的脸遮住大半，这样她就能混在人群里暂时安全啦。

但她刚要跟着孙嘉树迈出家门，就浑身一抖，"嗖"地躲回屋里，蹲在鞋柜后面装作不存在。

为什么她妈单女士会出现在家门口？！说好的旅游到过年再回来呢？！

自从三年前姜凌波因为孙嘉树和她妈闹翻，挨了那一巴掌离家出走以后，她们的相处就一直隔着点什么，虽然她妈不再逼她去跟那些有权有钱的公子哥相亲，但她还是不敢在她妈面前提跟孙嘉树有关的话题。

她其实不是不能理解她妈的想法，毕竟她的爷爷是真的有钱，有钱到B市里的人只要一听到"有钱"俩字，第一个想到的肯定就是"姜老爷子"。

而且如果要算呢，她也确实是那个圈子里的一员，在圈子里随便打听下，都知道姜家小辈里有个"姜八姑娘"。

但她真的不喜欢，不喜欢圈子里的人心叵测，也不喜欢那些虚伪和算计。

所以她打小就最喜欢她大堂姐啦。哪怕在大堂姐跟喜欢的人逃婚私奔以后，其他人都对大堂姐各种笑话讽刺，她也觉得大堂姐最棒最帅！

私奔怎么了？难道和她其他几个堂姐一样，找个"门当户对"的男人嫁了，人前风光耀眼，回家后寂寞苦闷，就是所谓的幸福吗？

她姜凌波才不稀罕！

而孙嘉树也看到了姜妈妈，但他刚和她对上视线，姜妈妈就扭头回家，把门摔得砰砰响。

他抿了下嘴唇，神色黯了黯。随后，他又苦笑着抓了抓头发，走回到姜凌波旁边蹲下，稍微拉开了点她的大帽子，把脑袋凑过去，贴着她的耳朵轻声说："你妈回家了。"

姜凌波紧紧抓住她的帽子边，只露出小半张脸，胆战心惊地看着他："真的吗？"

孙嘉树很认真地点头："真的。"

"啊吓死我了！"姜凌波扶着墙颤颤巍巍站起来，腿都吓得发软。当年她翘课被年级主任迎面逮到，都没吓成这个样子。

说完她看了眼孙嘉树，又觉得不对，赶紧解释："那个，我和我妈说我最近出差了，所以……"

所以我躲我妈跟你没关系的，你别多想啊！

孙嘉树忽然就好想把她拉到怀里再抱一下。但看到周围工作人员和摄影机，他还是忍住了，只隔着帽子，笑着拍了拍姜凌波的脑袋："走吧。我知道。"

知道你对我有多好、多重要。

他们走出楼道的时间，也就是早上 5 点左右，天黑得连人影都看不清，所以虽然节目组声势很浩大，但引起的注意倒是很小。

确定姜妈妈不在，姜凌波用帽子盖住脑袋，猫着腰溜进了节目组的面包车里。

她坐的是工作人员专用车，刚进去暖气还没开，冻得她手指发僵，使劲搓手都搓不暖和。

想起节目组给孙嘉树配的那辆锃亮黑色越野，姜凌波就觉得好嫉妒！

但没等她嫉妒完，面包车门就"哗"地一下被拉开了，一堆人簇拥着孙嘉树，挤啊塞啊地钻了进来，把姜凌波看得目瞪口呆。

越野车呢？路上的单独采访呢？都跑到这车上干吗，这车破得连椅子都咯吱乱晃！

孙嘉树没理她，径直坐到她的前排，顺手把他的皮手套摘给她，然后对着刘编剧表示："开始问吧。"

接过手套的姜凌波，莫名就心动了下。就像是学生时代时，你在篮球场角落里看着比赛，突然那个大出风头、引得无数女生尖叫的前锋跑到你跟前，把他的球衣丢到你怀里的心动感觉！

孙嘉树："傻笑什么？把手套戴上。"

姜凌波："……"

看在手套的面子上，不跟你生气！

她戴好手套，继续眉眼弯弯地笑。

因为有了孙嘉树，连坐面包车的待遇都变好了。空调暖风开得十足，甚至还有人搬来了充电式电暖气，就放在孙嘉树身边、姜凌波脚底下。

再加上她的手套帽子都很厚实，很快姜凌波就暖和得想睡觉了。

再一想到自己昨晚半夜才睡着、天拂晓就被吵醒，姜凌波变得更困了。

她垂下脑袋，脑门抵着前面的椅背开始睡觉。哪怕之后车突然来了个急刹，她的脑袋"咚"地撞到了前排椅背，她都毫无知觉。

当时，刘编剧刚问完："要是一会儿你叫宝贝起床，宝贝不愿意起，你打算怎么办？"孙嘉树就感觉到了后面的动静。

他抬手示意了"暂停"，然后起身走到后排，把迷糊着的姜凌波赶到里面，自己坐到她原来的位子上，接着就小心将她的脑袋挪过来靠在他的腿上。

姜凌波刚动了动想爬起来，就被他轻压了回去："没你的事儿，接着睡吧，到了我叫你。"

做完这些，他对着摄影机回答："该起床的时候就要起床，如果有人赖床的话，就把被子掀起来好了。"

编剧以及节目组众人："……"

能别一本正经做一套说一套好吗?

姜凌波再醒过来,时间刚刚到 6 点半,天也才透了一点亮。

她甩着发麻的胳膊,摇摇晃晃跟在孙嘉树后面,半闭着眼睛,拉住帽子,打了个巨大的哈欠。等她稍微清醒了点,再抬头看向周围,顿时振奋起来。

影后大人就住在这里?

这里离她爷爷家很近啊,就在同一条路上,她每次回爷爷家都要经过这儿,甚至还曾经偷偷摸过这院子里伸出栅栏的梨花!

没想到跟影后大人离得这么近呢。

想到她要和影后大人见面,姜凌波精神更加抖擞。在影后大人打开门后,她第一时间就凑到了她跟前,获得了影后大人的一记摸头杀。

摄影小哥们都已经能很熟练地把所有和她有关的镜头回避掉了……

纪明歌在介绍完家里环境以后,就按照节目组的安排出门离开了,把家和孩子们完全交给孙嘉树。

孙嘉树看看手表,7 点整,正好是节目组设计叫醒孩子的时间。

他把还趴在门边、看着影后大人离去身影的姜凌波逮回来:"你去叫小熊起床。她是女孩子,我不方便进去。"

……我也是女孩子,但你到初中,都还会在我睡着的时候随意进我的房间!

对了,你还笑话过我的超人内裤!啊啊啊,要不是我当时睡到连睡衣卷起来都没有发觉,怎么可能被你看到我的 super man 红黄蓝内裤!

真是屈辱的黑历史!

姜凌波虽然心里各种吐槽,但出于一种"不想让孙嘉树看到别人睡觉"的心理,还是老实地进到小熊的房间。

小熊其实早就醒了,就等着她的嘉树叔叔来叫她起床,然后就可以表现出她的乖巧可爱。

结果进来的却是姜凌波。

"……"她翻了个白眼,钻进被子里蒙住脑袋,坚决不起床。

姜凌波抽抽嘴角，冷笑着走到床边："我数到三，你要是不主动起床，我就把你的被子掀掉。"

"一、二、三！"

姜凌波说到做到，边喊着三，边开始用力扯起小熊的被子。

眼看被子就要被抢走了，小熊只好不情不愿地钻出来，扁着嘴问："我嘉树叔叔呢？"

"去叫你弟弟起床了吧。"姜凌波顺手把被子整理好。

小熊很嫌弃地看了眼姜凌波叠的被子，撇着嘴走过去，重新把被子理了一遍。

嗯确实比姜凌波弄得好看。

铺好床、洗漱完以后，小熊又走到镜子前，拿着她的甜心天使梳子梳顺了头发，又整理起小公主睡袍。直到她把领口的绸带重新打好蝴蝶结，再把两边的飘带调整到一般长短，才欢快地跑出去，找她的嘉树叔叔玩。

姜凌波也顺便朝镜子里看了看自己。

被帽子蹭得乱糟糟的打结头发、没睡醒的重重黑眼圈、嘴唇还干干的……算了，眼不见为净。姜凌波自暴自弃地捂着脸，走出卧室。

外面，孙嘉树在带着小熊做早餐，而小团子正坐在自己的专用椅子里，乖乖地看着他们忙活。

见她出来，孙嘉树伸手招呼她过去，又弯下腰，对帮他端着面粉碗的小熊笑着说："小熊去帮叔叔看看弟弟好吗？"

小熊对着孙嘉树，笑得嘴角酒窝都露出来，但转身对上姜凌波，立刻就是"哼"的臭脸。

姜凌波才不理她呢。她接过小熊手里的面粉碗，就凑过去，问正在煎鸡蛋的孙嘉树："这些面粉要做什么？"

孙嘉树从盘子里拣了块不烫的煎蛋，塞到姜凌波嘴里："先给我拿个围裙去。"

姜凌波嚼着鸡蛋，颠颠跑去给孙嘉树拿围裙。

路过小团子的时候，她还戳着他的嘟嘟脸大力推荐："我跟你说哦，我们一会儿就可以吃到孙嘉树煎的鸡蛋啦！他煎的鸡蛋特别好吃，蛋清全是白嫩嫩的，边缘一点儿烧焦的颜色都没有；蛋黄更是那种刚刚凝固的，既不会流出蛋液，也不会发硬发干。我一顿能吃四五个！等我拿给你吃啊！"

小团子也很捧场，"吧唧"亲了她的脸一口："谢谢阿姨！"

姜凌波：好萌好乖啊！

拿回围裙，姜凌波就看上了盘子里剩的那个煎鸡蛋，她刚想伸筷子，孙嘉树就把盘子拿走了。

姜凌波："……"我刚夸过你的煎鸡蛋！

"先把围裙给我系上。"孙嘉树头也不回，举着胳膊边颠平底锅，边空出腰的位置。

姜凌波很勉强地同意："那你要答应给我做五个鸡蛋！"

说完她就展开白色的半身围裙，伸着胳膊绕过孙嘉树的腰，顺便还偷偷摸了把他的腹肌。

他今天穿的是件薄薄的 v 领黑毛衣，完全不妨碍手感呢。

孙嘉树任她慢吞吞地给他系完围裙，然后转身给她喂了一筷子鸡蛋，吩咐她说："去做个面包。"

"你让我做面包啊？"

姜凌波嘴里嚼着鸡蛋，等咽下去了才反应过来。

说完，她又张开嘴："啊，再来一块。"

孙嘉树又拣了一大块鸡蛋给她，她直接叼在嘴里，接着就开始混材料、揉面团。

这事儿她做起来倒还行，就是头发老爱往前面跑，用手背怎么别都别不回去，弄得她好烦躁！

孙嘉树看到了，就去向刘编剧借了根皮筋，又见姜凌波正揉着面腾不出手，就直接靠过去，低头帮她扎头发。

刚占完他便宜的姜凌波心情很好，歪着脑袋特别配合，就算被揪断了好几根头发，她都没喊疼。

但在孙嘉树手心滑过她后脖颈的时候，她还是没忍住颤了颤，抱怨道："痒！"

孙嘉树靠着她低笑："那我轻点？"

姜凌波别扭地活动了下脖子："算了就这样吧，你再给我来块鸡蛋垫垫肚子，啊——"

而这段时间，摄像小哥们正在艰难地寻找着拍摄角度，设法把姜凌波弄出显示屏！

等吃完早餐，孙嘉树帮小团子穿好衣服，他就左手一个右手一个地，拉着他们朝游乐园出发啦。

坐在车里，姜凌波也很兴奋，她已经很久都没去过游乐园了！

海盗船、跳楼机、过山车……她边看着风景，边掰着手指盘算去了以后该怎么玩。

但她刚下了车正准备开溜，孙嘉树就把小熊塞到她身边："你带小熊去玩女生爱玩的项目吧。你们想玩什么？"

小熊："过山车！"

姜凌波："跳楼机！"

刘编剧：……说好的女生项目呢？

"好啊。"孙嘉树倒是没感到丝毫意外，他抱起小团子说，"这两个项目离得很近，你们都去玩吧。"

他拉着小团子的手，微笑着朝她们摆了摆："我们会在下面等你们的。"

小熊不开心："嘉树叔叔你不陪我玩吗？"

姜凌波赶紧把她给抱走了。

小熊扭啊扭："放开我！我要去找嘉树叔叔！"

姜凌波："别闹，孙嘉树他不能玩那些。"

"为什么？"

"我跟你说完以后，你能保证不告诉别人吗？"把小熊带离孙嘉树，姜凌波很严肃地问她。

在小熊点头以后，她才闷闷地说："小时候，我家附近就有一个简陋的游乐园，我特别喜欢玩里面的旋转飞机，几乎每天都要拽着他陪我去玩……"

"……然后设备故障，嘉树叔叔为了保护你受伤了，从此以后，就对这些游乐设施产生了心理阴影，对不对？"小熊翻了个白眼，"电视剧里都是这么演的。"

姜凌波："……"说实话也要被鄙视吗？

小熊看她没有否认，顿时又腰愤慨道："嘉树叔叔都被你害成这样了，你居然还想要玩跳楼机！真是没良心！没良心！"

"……"无言以对。

虽然内心怀着深深的愧疚，但姜凌波还是没能抵挡住游乐园的诱惑。她带着小熊，两个人一起"啊啊啊"玩遍了刺激区的所有项目。

喝着她买的奶茶，小熊对她也没那么讨厌了："我听说人长大以后，胆子都会变小，为什么你都不害怕呢？"

面对这么深奥的问题，姜凌波答得很实在："因为我摘掉眼镜以后，就什么都看不清了。"看不到就不会害怕啦。

"……"

小熊的崇拜心就这么"啪嗒"碎掉了。

两人就这么聊着，走到彩虹拱门前。孙嘉树和她们说好在这里汇合的。

但是过了好一会儿，她们都没看到人。

姜凌波正想找个电话亭给孙嘉树打电话，身后就突然冒出个毛茸茸的玩偶狗熊掌，虚虚盖在她的眼镜前面。

她几乎立刻反应过来，抓住熊掌就蹦着转身，开心地喊："孙嘉树！"

除了孙嘉树，没有人会在捂她眼睛的时候，特意把手心和眼镜隔开距离，只因为她曾经向他抱怨了一次"眼镜总会被手弄脏"。

孙嘉树套在玩偶服里，笨拙地晃动着，他旁边还跟着一个小狗熊，正缠在他身边跳来跳去。

姜凌波握着孙嘉树套着熊掌手套的手，放到脸颊边蹭了蹭，笑得满足："好软！"

孙嘉树向前走了一步，把她拥进怀里。

他本来就高她很多，再戴着玩偶头套，更是显得高高壮壮。

他伸出胳膊，稍微一揽她的腰，她就完全被埋进了他的玩偶身体里。

姜凌波也张开双手抱住他，蹭啊蹭啊蹭。她觉得特别开心，好像整颗心都被幸福填满了。自从三年前孙嘉树离开以后，她就再也没有这么开心过，开心到想哭。

她紧紧抓住孙嘉树的狗熊外套，把脸用力埋进他的胸前，拼命把眼泪给憋回去。

她不知道自己是不是应该就此满足，把那些对孙嘉树的爱恋全封存进心里，装作什么都没发生过没心没肺地继续过下去，还是应该鼓起勇气，哪怕踩着桌子揪住他衣领，也要大声问出那句："你到底要不要和我在一起？！"

嗯，等到天时地利人和，她就要向孙嘉树问个明白！

打定主意的姜凌波，看这个世界都觉得更美好了。

所以在几天后，当她陪孙嘉树一起走进公益片拍摄地点，看到刚化完妆的 GiGi 时，她破天荒地露出门牙对 GiGi 笑了笑，笑容特别灿烂。

GiGi 顿时觉得，自己浑身的汗毛都竖起来了。她转身凑到助理蒋哥耳边小声问："我记得片子里的狗是姜凌波带来的，她不会是在家里训练好，让狗看到我就咬吧？"

蒋哥脖子缩了一下，眼睛盯着地板，结巴着说："不、不、不会吧……"

GiGi 翻了个白眼，差点把美瞳翻出来。她立刻闭上眼睛，活动着转了几圈眼球。

等美瞳回到原位，她睁开眼正要起身，就看见姜凌波蹲在对面，抱着条神气十足的拉布拉多，边伸手指着她，边贴到狗耳朵边说话。

见她看过来，姜凌波还立刻朝她伸手打了个招呼，这次笑得连牙龈都要露出来了。

GiGi："……"好可怕！

当然，姜凌波才没有那么幼稚呢。她对五花肉说话，其实是在安抚它，因为最近五花肉对气味特别敏感，而 GiGi 身上的香水味让它十分想撤。

五花肉嗅觉敏感症这事儿，还要追溯到前几天，也就是姜凌波和孙嘉树从游乐园回来的那晚。

当晚节目的最后，是孙嘉树送小熊和小团子回家。

走到家门口，小熊很舍不得，难过得眼泪汪汪，从孙嘉树怀里下来就开始抽抽搭搭。

没想到孙嘉树转身就从车里变出了一大捧玫瑰花，边蹲下把花送到她手里，边噙着笑，摸摸她的脑袋："小公主，晚安。"

小熊顿时就忘记哭了。

她抱住那捧比自己腰还要粗、重得根本拿不住的玫瑰，眨眨眼，踮脚亲了一口孙嘉树的侧脸。

然后，她拒绝了所有人的帮助，靠自己生拉硬拽，飞快地把花拖进了家里。

在关门的瞬间，她抿着嘴，害羞地偷偷看向孙嘉树，顺便又瞥了眼旁边的姜凌波，挑衅般地抬了下眉。

姜凌波："……"

她活了二十多年，都没收到过这么大捧的花！

……不对，别说是这么大捧，她根本就没收到过花！

仔细想想真是气死了啊啊啊！就这样还表什么白啊？！

……

坐到往家开的车里，姜凌波很不开心，捧着脸面向窗外看夜景。孙嘉树坐到她旁边，叫她几声，她都没理。

孙嘉树就笑了。他用手指圈着她的发丝，隔三岔五地拉两下，还勾着舌尖凑到她耳边，一声一声，调笑般地喊着"大花儿"。

最后姜凌波被他闹得烦躁了，没好气地刚想要扭头瞪他，眼前突然就冒出一朵花。

孙嘉树伸出胳膊，把姜凌波侧揽进怀里，又把花举到她脸边碰了碰，懒懒甚至痞气地说："哪，送你的。"

姜凌波的心，"怦"地就加速跳了下。

她偷偷翘起嘴角，装作不在意稍微转了下头，在看清那朵孤零零的花的瞬间，嘴角又"啪"地掉了回去。

……向、向日葵？！

你送给小熊的花是开得正盛的一百零一朵，给我的这朵连花瓣都要蔫掉了！你给小熊送的是又贵又浪漫的玫瑰，给我送的是漫山遍野哪里都有的向日葵！

姜凌波觉得牙根都痒，很想拿什么东西来磨一磨。

孙嘉树举着那朵连绿色根茎都有点发弯的向日葵，厚脸皮地歪了歪自己脑袋，把侧脸送到姜凌波嘴边。

她几乎只要配合地伸伸脖子，就能亲到他的脸。

姜凌波冷眼看了看他，张开嘴，露出她最尖的两颗虎牙，"啊呜"一口，就咬上孙嘉树的脸颊。

结果他的脸特别瘦，都没什么能咬住的肉，她还没使劲呢，牙齿就沿着他脸边滑了下来。

……

姜凌波捏捏自己脸颊上一戳就打战的肉，再看看孙嘉树脸上留下的口水印，立刻伸手捂脸，生怕他再咬回来报复。

但孙嘉树没有。

他一言不发地摸摸被姜凌波咬过的脸，在姜凌波看不到的角度里，轻笑了起来。

姜凌波警惕地瞥了眼孙嘉树，见他确实没反应，才松开捂脸的手，悄悄拿起腿上的向日葵，然后美滋滋地看起来。

……唔不管怎么说，这也是她第一次收到花嘛！

等回了家，姜凌波"噔噔"跑进厨房，翻出个玻璃瓶装满水，把向日葵插到了里面。

五花肉见状，好奇地凑过去，仰着脖子努力地去看那朵花。

于是姜凌波很大方地把瓶子放到它眼前，小声但得意地和它说："这是我收到的第一朵花，好看吧？"

五花肉很配合地"汪"了一声。

半小时后，姜凌波从卫生间洗完澡出来，眼镜上的雾气刚散开，就看到五花肉正大口嚼着那朵向日葵的黄色花瓣。

本来还算鲜艳的向日葵，现在只剩下个光秃秃的花盘，可怜巴巴地耷拉在瓶子里。

姜凌波："……"

感觉到气氛不对的五花肉，突然浑身一哆嗦，开始"哼哼咔咔"打起喷嚏。

姜凌波："……"

虽然无比悲愤，但姜凌波还是拖着孙嘉树，大半夜把不停打喷嚏的五花肉送到了宠物医院。

医生表示："有刺激性味道的东西刺激到了它的鼻子，过几天应激反应消了就会好。"

姜凌波听完就瞪它。

完全是自作自受好不好！不可怜你！

五花肉无力地趴倒在床上："汪呜——"

所以，拍摄期间，一钻进全是脂粉味的房间里，它就扭着身子想要跑，要不是姜凌波眼疾手快扯住绳，它都能直接跑回家门口！

姜凌波蹲着拍拍它的狗头，鼓励道："你再坚持一会儿，就可以上电视啦。到时候，小可爱就能在电视里看到你。"

五花肉不为所动，还在哼唧着想要逃跑。

正好孙嘉树路过，他冷哼一声，凉凉看了它一眼，五花肉顿时"呜呜"趴下了，连爪子都不敢再动。

姜凌波："……"

五花肉你这个欺软怕硬的坏狗！

屈服于孙嘉树的淫威，五花肉在拍摄期间特别老实，问题最多的反而是孙嘉树。

他不肯主动去摸五花肉，跟 GiGi 的几场碰触戏也演得很不走心。

姜凌波就站在导演旁边，眼睁睁看着导演的脸变黑了……

在导演喊了"CUT"以后，她立刻颠颠冲到孙嘉树跟前："你为什么没有摸五花肉？"

剧情里你应该一直在揉它的脑袋！

孙嘉树特别坦荡："我害怕。"

姜凌波："……"

你看起来一点害怕的样子都没有！

姜凌波问："那要怎么办？"

孙嘉树说："让我先摸下你的脑袋再去摸它的，我就不害怕了。"

姜凌波甩他一脸"我看起来像白痴吗？"的鄙视神情，转身去跟导演协调，把"摸狗"改成了"喂狗"。

商量完，其他人都还在休息。

姜凌波挑了个没人的台阶坐下，刚想活动下筋骨，身后就递来盒牛奶。

GiGi 自己也喝着牛奶，直接坐到姜凌波旁边，开口就问："你丫又跟孙嘉树好上了是吧？"

姜凌波撇嘴："哪来的'又'啊？我俩就没在一起过！"

"得了吧。"GiGi 白她一眼，"你知道我上学那会儿，为啥喜欢孙嘉树吗？我当时哪儿懂什么喜欢不喜欢呀，就是看他对你好，我眼热！羡慕！"

"咱俩做同桌那阵子，有段时间学校要求大课间做操，你还记得？每次做完操，孙嘉树都会拿盒牛奶给你喝，都是热的，他专门放暖气上给你烫好的，一次没落。我都嫉妒死了，你他妈还不知道珍惜，每次都是喝两口就再丢给他，他也不嫌弃你，直接用你的吸管接着喝……"

听完 GiGi 的羡慕嫉妒恨，姜凌波的虚荣心得到了极大的满足。

她蹦蹦跳跳地回到孙嘉树身边，大度地表示："你想摸我的头，就随便摸吧，不过你要答应我一件事情！"

孙嘉树正在喝水，吞咽时下颌喉结都性感得惊人。

他抹了把嘴边的水："行吧。"

说完，还没等姜凌波反应过来，他就伸出手，把姜凌波的头发揉成了鸡窝。

鸡窝姜："……"

这样我还怎么说出"你要答应做我男朋友"这种话？！

第六章
想亲我吗?

没过几天,电影《My Narcissus》里副线的剧情也要开始拍摄了。

孙嘉树带着姜凌波,前往海滨小城 Y 市和大剧组汇合。

因为还没去过海边,姜凌波显得特别兴奋,出发前的晚上一夜没睡,一直在网上翻着各种海滨图片。可等上了飞机,舒舒服服坐进软椅里,她的眼皮就开始发沉,脑袋不停地点啊点。

偏偏孙嘉树还被周围的人给认了出来。虽然粉丝们都很理智,最多也就是偷偷拍两张照片,但被四面八方炽热的目光包围着,姜凌波还是浑身都不自在,闭上眼睛,神经反而绷得更紧。

孙嘉树没事儿人一样靠在窗边看着书,见姜凌波跟如临大敌似的,他随手把身上外套一脱,直接兜到她脑袋上:"别管他们,睡你的。"

孙嘉树的外套是厚重的羊毛大衣,盖到脑袋上,什么声音啊目光啊全都阻隔住了。姜凌波心也大,摘了眼镜就这么闷头睡了过去。

没一会儿,她就睡得东倒西歪,头靠在孙嘉树的肩膀上,不停调整着舒服的姿势,嘴里还不时"噗噗"地打个小呼噜。

孙嘉树把她的脑袋往肩膀按了按,对周围抱歉地笑笑,比画了个"不要拍照"的手势，接着低头看书。只是在每次姜凌波要滑下他肩膀的时候，伸手拉一把。

过了一段时间，他又怕姜凌波闷在衣服里不透气，小心地把衣服掀开个口子。

姜凌波睡得脸红扑扑的，睫毛被自己呼出的气吹的直战。

孙嘉树看得手痒，伸出手指轻轻拨了一下她的睫毛。

她皱了下眉头，晃着脑袋微微睁开眼，模糊看到是孙嘉树，就一把攥住他捣乱的手指，当成抱枕似的硬拉到自己胸前，接着又安心地闭眼睡过去。

孙嘉树愣了一下，随即轻笑。福利有点大呢。

所以当姜凌波下了飞机，捂着脸冲进大堂姐准备的保姆车里的时候，她的精神头特别足，但脸色特别黑。

醒来就感觉到孙嘉树的手盖在自己胸口，而且还是被自己攥在手里拖过来的……她的脸都丢得根本捡不回来了啊啊啊！

就这样还要怎么表白啊？！

难道要说"你摸了我的胸，所以要对我负责"吗？

姜凌波钻进车，就扑向正在开小会的大堂姐："锦绣姐！"请给我个地洞让我躲进去吧呜呜呜。

但她还没抱住大堂姐，就被旁边窜出来的人给猛地拉过去了。

"姜凌波！"

苏崇礼拽着她的胳膊，晃着小卷毛脑袋委屈又气愤："你怎么可以答应给别人当助理！你知道我最近过得有多苦吗？！"

然后他就开始哼唧着告状，比如大堂姐不给零食吃还没收他的手机等等。

姜凌波："……"

她都快忘了，孙嘉树刚回来那会儿，苏崇礼就因为"婚纱门微博转发事件"被大堂姐赶去拍电影了，去的还都是些荒山野岭，好长时间都音讯全无。

仔细看看，好像确实憔悴了很多呢。

"好吧，我知道你辛苦了，等过几天没事，我带你去吃大餐好不好？"

姜凌波很不走心地安慰着，打算张开手臂给他个敷衍的拥抱。

但她胳膊还没伸开，就被迈进车门的孙嘉树拎着领子给拽了回去。

孙嘉树冷冷看了眼苏崇礼："你今年三岁吗？抱什么抱！"

苏崇礼不服气地挑衅："哎你是不是没被她抱过，所以嫉妒我啊？"

孙嘉树冷眼挑眉："你真想知道？我们刚刚还……"

"停！"姜凌波一下子就想起飞机里的那桩事儿，立刻心虚地打断孙嘉树。

孙嘉树特别听话，他勾勾嘴角，懒懒靠进椅子里就再没说话。

但是，车里坐着的所有人的脸上，都浮现出了"我们懂的嘿嘿嘿"的神色。

姜凌波："……"

并不是你们想的那样啊！

好容易装傻装到下车回酒店，孙嘉树和苏崇礼都被大堂姐叫去开会，姜凌波自己回屋收拾行李。

刚进电梯，同在一辆车里的花苞头萌妹子就跟着冲了进来。萌妹子用力攘住姜凌波的手，盯着她眼睛发亮地问："果然，你才是那组照片里的人吧？"

姜凌波吓蒙了，颤抖道："是是是……是吧？"

萌妹子顿时激动："我是孙嘉树的铁杆粉，我支持你们！你一定要跟他好好的！"

说着，眼眶都湿掉了。

姜凌波突然就很能理解她。

当年她知道影后大人要结婚息影，也默默摸到影后大人老公的微博里，私信了一条："祝福你们，但你一定要对她好！！！"然后蒙着被子在床上哭成狗。

后来影后大人的老公居然还回复了她，说了一句"谢谢，我会的"。姜凌波看到后，哭得更厉害了。

孙嘉树当时在旁边，被她哭得都无奈了，边帮她补着家庭作业，边给她递纸擦鼻涕。

姜凌波越哭越伤心，扑到他背后扯住他的衣服，脑门抵着他的背，号啕大哭。最后还是他说带她去吃好吃的，才勉强把她哄好了。

后来孙嘉树问她："你当时为什么哭得那么伤心？"她又不知道该怎么

回答了，反正就是想哭想哭很想哭！

不过那时候，她可真没想到，孙嘉树以后也会和影后大人一样，也会有像她这么贴心的崇拜者呢。

姜凌波反握住萌妹子的手，也很认真地说："你放心，我会的！"

绝对会把孙嘉树拿下！

萌妹子很振奋，跟着姜凌波进了屋，嘴巴不停说着："我在网上说照片上那个不是 GiGi，结果被骂得好惨。你是没看到，最近网上冒出来了一堆 GiGi 的脑残粉，硬把她和孙嘉树凑成一对，炒得特别厉害，看得我都气死了！"

这事儿姜凌波还真知道。

前一阵，因为孙嘉树微博里发的那个 [不会] 的投票，绯闻已经慢慢消失了。可最近，因为孙嘉树加盟的电影里有 GiGi 扮演女二，所以各种猜测又"砰"地全爆出来。

她连随便打辆出租车，都能在车广播里听到主持人肯定地说："孙嘉树肯定会承认他和 GiGi 的关系，只是时间早晚的问题罢了。"

……去他的早晚罢了！

不仅是网络流言，媒体也跟被打了鸡血似的，全盯上了这条新闻，甚至连孙嘉树和 GiGi 同在一所高中的事儿都给抖了出来。

最可恶的是，他们挖出了孙嘉树高中时的一张旧照，画面是运动会时孙嘉树刚跑完 800 米，GiGi 站到旁边给他递水。

姜凌波看完就想摔手机！

那瓶水明明就是她的，她不过是因为尿急，临时溜掉去厕所，所以托崔招弟帮她给孙嘉树送个水。就那么一次一个瞬间，居然被媒体瞎写成什么"美丽初恋瞬间"！

啊呸呸呸，简直气死了！

……

两个同仇敌忾的女人，很快就熟悉起来，原来萌妹子名叫裴月半，就是苏崇礼的那个新助理。

在姜凌波答应帮她拿到孙嘉树的全套签名后，她也拍着胸脯保证，绝对会把苏崇礼死死看住，为姜凌波和孙嘉树的独处制造条件！

等孙嘉树开完会，天都已经开始发暗了。他回屋冲了个澡，刚走出浴室，就看见姜凌波抱着枕头躺在他床上，不耐烦地滚来滚去。

见孙嘉树出来，姜凌波跟只乌龟似的趴在床上，抬起脖子，笑出两颗小虎牙："我们去海边玩吧。"

孙嘉树坐在床边擦头发，没搭腔。

姜凌波立刻心领神会，拱过去，扯走孙嘉树的干发巾，亲自给他擦起来，还振振有词："剧组不是把整个海滩全包下来了吗？我们去玩是不会被娱记发现的！"

她没给别人擦过头发，手劲没轻没重，把孙嘉树的脑袋蹂躏来摧残去。

"锦绣姐他们打算在沙滩上组织个聚餐，现在不少人都在那边弄篝火堆。"

孙嘉树低着头，声音都跟着脑袋的晃动发颤。他伸手捏了捏后脖颈："我先陪你去海边玩会儿，晚上咱们一起去聚餐？"

姜凌波一听到他松口，立刻把毛巾撇开，光着脚就跳下地，还不停蹦跶着催他："那我们走吧！"

再不走天都要黑了！

孙嘉树抓了两把半干的头发，随手捡了件近脚踝的长大衣穿上。正要出门，他又看到了姜凌波露在外面的脖子。

转身到箱子里翻出条围巾，孙嘉树把姜凌波的鼻子嘴巴都包得严严实实，又拉着羽绒服上的帽子给她扣好，才带着她出了门。

走廊尽头的门从里面被推出一条缝，裴月半在门后悄悄露脸，朝着看过来的姜凌波比了个 fighting 的手势。

姜凌波："……"

"嘶——好冷好冷好冷！"

站在北方冬天的海边，海风猛地一吹，那股寒劲儿就能渗进骨头里。死活不肯再戴围巾的姜凌波被冻得直哆嗦，缩着脖子嗷嗷乱叫。

可她冲进沙滩的劲头丝毫没减。"噔噔噔"跑下石阶，脚刚踩上沙滩，就开始不停地蹦着乱跑。这可是大海边的沙滩，都能看到沙滩上的贝壳、海星还有水母了。

啊啊啊，大海的味道真好闻！

姜凌波心里尖叫着，欢腾地朝海面跑去，但沙都是软绵绵的，不好落脚走路，没习惯的姜凌波刚走出几步，就脚底一软，"扑通"一声直直跪倒在沙面上。

她穿得厚，也不觉得疼，摔倒了还满脸笑嘻嘻。

见孙嘉树走近，姜凌波背过手，悄悄抓起一把沙，等他走到眼前正要弯腰拉她，她突然扬起手，哈哈大笑着把沙朝孙嘉树身上撒。

这时，一阵大风吹向姜凌波。

……

孙嘉树眼睁睁看着，姜凌波扬着下巴张大嘴，笑得既放肆又张扬，然后，她就被她自己丢出的沙，糊了满满一脸。

姜凌波呆滞地摘下眼镜，抖了抖，才记起合上她的嘴。

"咯吱"——

……

牙齿把沙子都咬出动静来了！

孙嘉树："……"

姜凌波捂住自己咬到沙子的牙，痛苦的脸皱得像块风干的橘子皮，看得孙嘉树直接笑蹲下了。

"别、笑、了！"

姜凌波这么说着，却突然就跟着孙嘉树一块笑起来。

……

等两人玩沙子玩得累了，姜凌波活动着脖子站起来，接着往海边跑。

孙嘉树一把揽住她，解下自己的长围巾，就往她脖子上绕："你别又被冻感冒了，到时候耽误拍摄进程，是要罚款的。"

姜凌波先看了一下围巾的质地，确定上面没有毛，才放心伸着脖子，配合孙嘉树的动作。

只是孙嘉树这围巾太长了。孙嘉树185的个子戴着，随意缠个两三圈就行，但给姜凌波这种160出头的戴，就不得不在脖子上绕啊绕啊绕，让她觉得脖子好沉。

等孙嘉树停手，姜凌波拿出手机，对着自己看了一眼，然后立刻开始摘围巾。戴这围巾，就像脖子上卡了一个大铁饼！

孙嘉树果然是在报复她刚才抹他一脸沙！

但刚摘到一半，海风就嗖嗖地往脖子里灌，冻得姜凌波再也摘不下去。

她看了看手里已经摘掉的一半围巾，觉得再戴回去很没面子，干脆伸出手，硬扯住孙嘉树的衣领，把他拉到眼前。

孙嘉树毫不挣扎地靠过去，双手撑着膝盖弯腰，和姜凌波面对面。

姜凌波看了几眼他的姿势，觉得眼熟。

她想了想，这不就是她六岁以前，老姜跟她说话摆的姿势？孙嘉树居然把她当成小朋友了！

她正想纠正孙嘉树的姿势，孙嘉树就挑眉问：“你是想亲我吗？”

姜凌波：“……”只是想把围巾套到你脖子上而已。

不过这个架势，好像真有那么点像她要强吻他的意思呢。

姜凌波在“干脆直接亲吧”和“还是矜持一点”中为难了几秒，但当目光落在孙嘉树坏笑着的嘴唇上时，她还是决定拼一把！

她心一横，把孙嘉树拽得更近了。

只要再踮一点脚，她就能亲到他的嘴角。

姜凌波盯着他的嘴唇，慢慢踮起脚，紧张得心里怦怦乱跳。

这时，又一阵海风刮过，她鼻子一痒，没忍住，“阿嚏”一声，打了个重重的喷嚏。

……

吸着鼻子的姜凌波急中生智，把手里的围巾快速围到孙嘉树脖子上，还凶巴巴地嘴硬道：“别做梦了，谁想亲你？”

差点就亲到了嘤嘤嘤。

和她戴了同一条围巾，孙嘉树自觉地走到她身后，几乎是伸手就可以把她搂到怀里的距离。

而姜凌波却开始烦恼，和别人戴一条围巾走路，真的好艰难。

海水近在咫尺，她都感觉到海浪溅起来的水花了。但身后的孙嘉树慢吞吞，害得她一跑就被围巾勒住脖子！

她回头扯着两人间的围巾，就像在拉五花肉："你走快点啊！"

孙嘉树插兜站住："不想。"

这种时候任什么性！姜凌波才不管他想不想，绕到他身后就开始推他："马上就到了，走啦走啦走啦。"

走了几步，姜凌波闻到的海水味道越发浓了。

她雀跃地叽叽喳喳："现在海里面还有鱼吗？我们明天没事来钓鱼吧！"

孙嘉树止住脚步，转身把围巾一下子脱掉，边往姜凌波手里扔边说："你在这儿等我。"

说完就往回跑，擦肩而过时，他还拍了一下姜凌波戴着毛线帽的脑袋。

姜凌波看着孙嘉树跑没了的身影，扁扁嘴，扶了下被拍歪的帽子，拿出手机拍了几张落日海景图。

拍完她打开微博，准备把这些图片发出去。但她刚打开微博，就看到有条私信，是她高中班里的体育委员发给她的。

说起来，今天是他们班举办同学聚会的日子，她本来很想去玩的，但被孙嘉树威逼利诱给拖到了 Y 市，一个老同学的面都没见到。

难道是群发的 party 照片吗？

姜凌波戳开私信。

显示出来的图片是条微博截图，图的内容是转发了知名娱乐大 v 对"GiGi 和孙嘉树高中照片"的调侃，转发人正是发私信的体育委员。

图片中，体育委员在转发时写道：

【孙嘉树跟 GiGi 高中时根本不熟好吗，老子是 GiGi 的同班同学，和孙嘉树也同校同级，我可以用脑袋做证，当年跟孙嘉树好上的是另一个人！！！】

姜凌波看完图片，又继续看体育委员的私信。

"之前曝出那组牵狗照片的时候，我就看出那人是你，还用小号发了条微博出来。可没几个小时，我的号就被封了。

前几天我又申请了个小号发了上面的微博，结果也是瞬间删封，还好我

提前截图了。[怒]

　　我当时就觉得不对劲，没想到今天同学聚会，我们互相一通消息，所有澄清过 GiGi 和孙嘉树关系的账号，全都在短时间被封，光咱们班就有十几个。这事还是该告诉你一声。

　　还有，你现在跟孙嘉树又好上了吧？嘻嘻，那就帮哥们儿跟孙嘉树要几张签名照呗，你嫂子可迷他了，把他设成手机桌面，还整天对着手机嗷嗷叫唤。"

　　……

　　姜凌波看到最后一段，刚提起来的心又啪唧掉回去了。体育委员真是破坏氛围的一大神器。

　　不过 GiGi 和孙嘉树的绯闻确实炒得太凶，而且舆论又惊人的一致。再看看体育委员和同学们的遭遇，说是没人在后面操控，姜凌波也不太相信了。

　　她正在心里掂量着这事，孙嘉树就跑回来了，手里还拿着一个小钓竿和一个小网兜，还有一瓶矿泉水。

　　"鱼应该是钓不到了，钓螃蟹吧。现在天差不多黑了，还在退潮，应该能钓到。"他说着把小钓竿和小网兜给她。

　　姜凌波歪着脑袋，晃了晃钓竿线上系着的饵料，纳闷道："我怎么记得，螃蟹是要用抓的？"

　　孙嘉树看了看她已经被水打湿了的长筒雪地靴，面不改色："就是钓的，你记错了。"

　　姜凌波这时候才不会较真呢。她举着钓竿、网兜就往下冲，刚站到岸边的礁石上，就急冲冲地朝海面甩鱼线，还不忘回头喊孙嘉树："你快点过来呀！"

　　孙嘉树拧开矿泉水瓶，边仰头喝着，边慢慢走到姜凌波身边，几口就把水喝完了。

　　然后，他就站在离她几步远的地方，看着她。

　　她期待地盯着脚下的海面，开心得整个人都朝气盎然。

　　而此刻的太阳正缓缓落入海面，那片红得耀眼的夕阳就如同烧在她侧脸旁。

　　孙嘉树晃了一下神，随后垂眸笑了笑，拿出手机，对着她拍了几张照片。

镜头里的姜凌波又提了一次鱼竿。

她看了看饵料，不可置信地睁大了眼，接着眼睛就骤然亮起来。

"我钓到啦！钓到啦！"

她猛地扭头，兴奋却又不敢大声地朝孙嘉树喊。

"哦。"

孙嘉树又连拍了几张，才把手机丢进大衣口袋里，捏着矿泉水瓶走过去。

姜凌波已经激动到不行，盯着饵料上挂着的小螃蟹，动都不敢动，生怕自己手一抖，就把螃蟹给抖没了。倒是完全忘了自己左手还拿着个网兜。

孙嘉树走到她跟前，看着那只拇指大的小螃蟹，伸手就捏住，接着丢进了他刚喝空的矿泉水瓶里。

姜凌波："……"

居然这么简单，有点不服！

没过一会儿，天就彻底暗下来，姜凌波今日斩获的小螃蟹数，仍旧只有那一只。

不过这并不影响她的好心情。

往篝火聚餐地点赶的时候，姜凌波拿着矿泉水瓶蹦蹦跳跳，不停问孙嘉树："你说，我给它起个什么名字好？"

孙嘉树看了看那只被晃得奄奄一息的螃蟹，建议道："倒霉蛋。"

姜凌波："……"

哼。

他们磨磨蹭蹭走到聚餐地点，篝火都已经燃起来了。姜凌波看到，立刻把"倒霉蛋"塞给孙嘉树，撒腿就往篝火边冲。

孙嘉树反应比她快，没等她跑出第二步，他就钩住她的羽绒服帽子，直接把人拖了回来。

遗弃"倒霉蛋"失败的姜凌波，还在无力挣扎着，做出向前奔跑的姿势："我好饿啊！我都闻到烤肉串的味道了，还有烤鱼干和烤鸡翅！"

看她在原地卖力挣扎，孙嘉树低笑一声，提着矿泉水瓶口在她眼前晃晃：

"怎么，这么快就喜新厌旧、见异思迁了？"

姜凌波："……"

孙嘉树猜她的心思，就从来没猜错过。看到那堆篝火以后，她对小螃蟹的新鲜感的确没剩多少了。但孙嘉树说的话，怎么感觉调调有那么点深意呢？

她从他的胳膊下面钻出去，强词夺理道："它的名字是你给起的，你就要负责照顾它！"

孙嘉树挑眉轻笑看她一眼，正要说话，大堂姐就在远处朝他挥手吆喝。

"嘉树！来！"

"锦绣姐叫你！快去快去！"姜凌波可劲儿殷勤。

孙嘉树似笑非笑瞥她一眼，转身走了。临走时，他还不忘再一次拍歪她的帽子。

逃脱孙嘉树魔掌，姜凌波扶着帽子就朝篝火堆跑。

跑近了她才看清，火堆旁摆着几个烧烤架，剧组成员是撒料的撒料、翻串的翻串、盛盘的盛盘，那辣椒、孜然和肉的香气混着炊烟味，把她的肚子勾得咕咕叫。

"我要吃烤大虾。"

苏崇礼突然就从后面冒出来，把下巴往姜凌波肩膀一压，就开始提要求："你帮我把虾皮剥掉吧。"

姜凌波翻了个十分完整的白眼。我给自己剥都嫌麻烦，以前要不是孙嘉树弄好放我碗里我都不会主动去吃，你居然还想让我给你剥虾！

"不要。"姜凌波伸出手，按住苏崇礼的后脑勺，毫不留恋地把他推开。

苏崇礼委屈地嘟了下嘴："孙嘉树一回来，你对我的态度就变了。"

要不是他确实长得好看，连嘟嘴这种娘气的动作都做得赏心悦目，姜凌波早就把他一巴掌拍出老远了。

老大不小了，就不能有点男人的样子吗？！

"说得跟孙嘉树回来之前，我给你剥过虾似的？"姜凌波冷哼。

苏崇礼噎了一下，随即讨好地帮她去拿了盘螃蟹，还邀功般地说："你看，还是我对你好吧？孙嘉树现在正和那个崔招弟你侬我侬呢！"

姜凌波看着盘子里火红的大闸蟹，一下就想起还在矿泉水瓶里爬来爬去的倒霉蛋。幸亏没把倒霉蛋带来，不然，这场面还真是有点残忍呢。

但这螃蟹看起来，真的好好吃啊嘶溜。

姜凌波把盘子拿过来，笑得眉眼弯弯："谢谢啊，等孙嘉树回来，我让他剥给我吃。他剥螃蟹壳超级厉害，咔嚓几下就能把蟹肉都捣鼓出来。"语气很有种与有荣焉的调调。

苏崇礼的酒窝顿时就消失了。他有点焦躁地问："孙嘉树有什么好？没我帅还比我老！"

姜凌波："……"

她其实没仔细想过这种问题，因为不管老不老、帅不帅，他都是她的孙嘉树！

"而且我问过大堂姐了，她说你们是从小一起长大的。姜凌波，你认识他那么多年，都看不腻吗？你对他的亲近，真的是因为爱而不是习惯吗？"他气呼呼地问。

姜凌波被他问得恍惚了一下。

她真的喜欢孙嘉树吗？这个问题，她有想过，但也不敢细想。

三年前，她的确对他告过白，而且告得轰轰烈烈，无人不知。

但没有谁会比她更清楚，她之所以会那么做，只是为了逃避妈妈塞来的相亲，想找一个合理的借口。

但把喜欢说出来，她又恍惚觉得，那些告白是真的了。她觉得，自己就是喜欢上了孙嘉树，就是想跟他在一起。

为什么不喜欢他呢？

她告诉自己：姜凌波你看啊，从小到大，陪在你身边的只有孙嘉树。他对你比所有人都好，所以和孙嘉树过一辈子，就是你最好的选择啦。你一定要相信自己，你就是喜欢他的！

但喜欢上一个人，该是件这么自私，而且可以理智分析的事情吗？

喜欢，难道不是该看到他就面红耳赤、想到他就怦怦心跳、看不到他就焦虑挠心吗？

啊啊啊，真的好烦！

苏崇礼见姜凌波眼神闪烁，丝毫不给她再沉思的时间，又再次进击："你不能把小时候的那种友情和爱情混淆，可能你根本就不喜欢孙嘉树，只是习惯了和他在一起玩而已。"

他盯着她的眼睛，慢慢地轻声蛊惑："你现在吧，应该试着去接受别人，看看和别人在一起恋爱是什么感觉。到时候你就会明白，你对孙嘉树的喜欢，那就是个错觉。"

姜凌波心里憋着股焦躁，没好气地挑眉："别人？"

苏崇礼的小酒窝立刻就漾出来："对呀，比如说……"他羞涩地朝她靠了靠。

姜凌波冷笑着睨他："行了，说吧，前面那段话是从哪本情感杂志上背的？"

苏崇礼又被噎住了，过了好久，他才傲娇地哼了一下："他现在还和崔招弟不清不楚，就你傻乎乎地觉得他好！"

姜凌波皱起眉，很有骨气地把螃蟹塞还给苏崇礼，严肃道："孙嘉树怎么可能和崔招弟有关系，那都是媒体瞎写的！"

苏崇礼急了："为什么不可能？她长得比你好看那么多。"

姜凌波："……"

哪有"那么多"？也就好看一丁点！

而离姜凌波和苏崇礼不远，站在坡上面的GiGi正拦住了孙嘉树。

她的思路跟苏崇礼惊人的一致，开口就是："我就纳闷了，姜凌波有什么好的？脾气差总惹祸，想一出是一出，而且长得也没我好看，你怎么就看上她了呢？"

孙嘉树看起来是真的诧异："她没你好看？"

GiGi："……"

他居然是发自内心的质疑！孙嘉树这人有病吧！长得这么帅竟然美丑不分！

孙嘉树还在很真诚地低笑："我不知道别人眼里的她是什么样子，但在我很小刚能分辨美丑的时候，我就觉得天底下最好看的人，就是她了。"

GiGi："……"这还怎么聊！

于是她放弃了："算了。不过我得跟你告个状，高二那年我给你写了封情书，被姜凌波给偷偷藏起来了。"

孙嘉树："……"

告完状的 GiGi 舒爽了，又开始操心："你觉得姜凌波喜欢你吗？她那人我也算了解，除了对她喜欢的明星，她对其他东西的兴趣，最多持续三天。昨天说最喜欢吃章鱼丸，明天最喜欢的就变成了烤鱿鱼。"

孙嘉树下意识看看手里被她抛弃的"倒霉蛋"，没说话。

"而且姜凌波还没心没肺，说好听点是不会记仇，说难听点，那就是你对她再好，她都未必记得，估计对感情更是迟钝。"

GiGi 用怜悯的眼神看着孙嘉树，啧啧着摇头："前路漫漫啊。"

孙嘉树轻笑："我知道。谢谢。"

GiGi 又想开口，被孙嘉树堵回去："媒体那边，我也知道不是你做的，我会去查。"

GiGi："哦对，我本来就是想找你说这事的，不过刚刚我想说的倒不是这个。"

她伸手朝坡下指指，那边苏崇礼正靠在姜凌波身边，从孙嘉树的角度看，那两个人几乎是贴在一起。

GiGi 幽幽感慨："说起来，'树'顶都是'绿'的呢。"两个重音读得很清楚。

孙嘉树："……"

而那边，姜凌波还不知道自己"大限将至"。

她正拍着苏崇礼的肩："我就算不跟孙嘉树在一起，也不可能跟你有什么。咱俩是真不合适，你就别再想这事儿了啊，乖。"

苏崇礼一脸"我不要听不要听"的表情，很不服气地问："那你当年为什么要来给我送水？"

姜凌波狠狠心："因为你那会儿看起来很像孙嘉树。我把你当成孙嘉树了。"

苏崇礼顿时怔住。

他面无表情地盯着姜凌波，直到把她看得浑身都发毛了，他才冷冷说："姜凌波，你这人没心！"

姜凌波心里也不好受，但不管她对孙嘉树感情怎样，她和苏崇礼确实没可能，她不能这么吊着他。

想到这些，她决定再加把劲："你说得对，我的确不清楚我是不是真的爱孙嘉树，但我知道，如果将来有一天他被人绑架了，绑匪要求一命换一命，我愿意拿我的命去换他的！"

"停！"苏崇礼眼神飘忽了一下，接着又露出了那对小酒窝。

他轻声跟她撒娇："我已经明白你的拒绝了，不过你至少得安慰我几句吧。"

听到自己的劝说有效，姜凌波很开心："你想听什么？"

"那你就说说，我跟孙嘉树比，都有什么优点吧。"

姜凌波觉得，和说什么"你以后会遇到更好的姑娘"比，夸苏崇礼简直太容易啦。

她张口就来："你比孙嘉树年轻！

"你演戏比他好！

"你笑起来有酒窝！

"你的鼻梁比他高！

"你……哎哎哎！"

姜凌波感觉帽子突然被钩住了，有股劲儿拖着她就朝后扯。她回头一看，孙嘉树正站在她身后，低着头，对她笑。

她心虚道："你你你，什么时候过来的？"

孙嘉树："就是你说那句'你比孙嘉树年轻'的时候吧。"

说完，他把手里装着"倒霉蛋"的矿泉水瓶放进她手里，俯身贴在她耳边，一字一句说："别总想着朝秦暮楚、朝三暮四，没有好下场。"

刚质疑完自己对孙嘉树的感情，接着就说他坏话当面被抓，姜凌波很是心虚。

所以接下来，哪怕是面对大虾和螃蟹的诱惑，她都愣是没敢伸出手让孙嘉树帮她剥壳。

眼巴巴看着孙嘉树一个虾仁接一个蟹腿地吃，姜凌波咽着眼泪，费劲吃掉盘子里的烤土豆块。

边戳着土豆，她又忍不住在心里想：孙嘉树怎么还不来找我说话呢？他如果过来，我肯定把他夸得比老姜还好！

可孙嘉树和大堂姐说完和导演说，和导演说完和制片说，连临时招来的几个道具师傅都和他说上话了，就是没有轮到姜凌波。

很快姜凌波就坐不住了，端着烤好的肉串就凑到孙嘉树身边。

但她一时又学不出那种娇滴滴的撒娇道歉，只好生硬地把盘子举到他眼前，连眼神都不敢和他对视："烤肉串，要吃吗？"

孙嘉树嘴角弯了一下，把盘子接过来，换了另一个盘子给她，里面全是剥好的虾肉和蟹肉，还有她爱吃的鱿鱼板和马步鱼干。

她刚刚才去抢过鱿鱼板，但还没等她挤进去，鱿鱼板就全被抢光了，她还以为今天吃不到这个了呢。

姜凌波肚子里的馋虫顿时滚来滚去，她舔舔嘴唇，偷偷去瞄孙嘉树。

要不是刚做了点亏心事，她对孙嘉树盘子里的东西，向来都是直接抢，才不用看他的眼色呢。

孙嘉树看到她委屈的模样，跟只想爬到床上却被赶下去的狸花猫似的，好笑到不行。

他低笑："吃吧。"

姜凌波的眼睛唰地就亮了，歪着脑袋大口啃起鱿鱼板，表情满足得不得了。

但她刚吃了几口，孙嘉树就突然说："不过也不是白给你吃的。"

正在嚼着鱿鱼尾的姜凌波："……"她就知道孙嘉树没安好心！

要是她听到他在背地里说她坏话，她也不可能给他好吃的！就算她给他……那也肯定是在里面下了泻药！

姜凌波立刻拼命咽食物，结果差点噎出泪来。

她边拍着胸口顺气，边警惕地问："你想要我干吗？"

孙嘉树道："一会儿剧组里重要的几个人，会一起再聚一聚，你陪我去。"

"……就这么简单？"姜凌波很是狐疑。

"对，"孙嘉树笑着说，"你陪我一次，今晚所有你想吃的我都给你拿来。"

姜凌波："……"不要说得这么有歧义好吗？

对面的道具大叔和旁边的打光小妹，都开始用异样的眼神在看我了！

姜凌波正想教育孙嘉树，却忽然发现，道具大叔和打光小妹的眼神里透出赤裸裸的羡慕。

……

孙嘉树你太过分了，打光小妹就算了，你竟然连道具大叔都不放过！

等第二拨聚餐结束，都已经是后半夜了。姜凌波喝了几口酒，本来就晕乎乎的，这会儿又困得眼睛睁不开，更是走得东倒西歪。

刚走出电梯，她就拐着弯朝墙面撞去，孙嘉树轻笑一声，拦腰把她抱起来。

姜凌波靠着她仅存的理智表示："我要回我自己房间！你别想趁机把我带去奇怪的地方！"

说完她就闭上眼，圈着他脖颈睡过去。

孙嘉树顿住脚步，本来他还真没想到……原来还可以不把她送回她的房间啊。孙嘉树抱着姜凌波转身，往自己房间走。

"站住！你要干吗？！"

苏崇礼刚打开房门，就看见孙嘉树在"鬼鬼祟祟"地做坏事。

他立刻冲过去，伸手就要抢姜凌波，抢了几下没抢到手，他就胡搅蛮缠地想把姜凌波给硬扯下来。

孙嘉树被苏崇礼扯得晃了一下，差点没能抱住怀里的人。

他皱着眉松开手，任苏崇礼得意地把姜凌波接过去。

"我就说你对姜凌波不是真心的！"苏崇礼耀武扬威地笑，"如果你真喜欢她，刚才怎么可能把她放开？"

孙嘉树冷眼看他："不然呢？让你把她扯到地上？你倒是真喜欢她，为了把她抢到手，连她的安危也不顾了。"

苏崇礼愣了愣，低头就看到怀里的姜凌波一脸难受，很不舒服的样子。

他抿紧嘴角："我不是有意的。"

孙嘉树没理他。

苏崇礼顿时就没底气了。他在原地站了一会儿，最后还是气急败坏地把姜凌波送回到孙嘉树怀里："我把她还给你，这件事你不准对她说！"

孙嘉树抱好姜凌波，然后嗤笑："如果你真的喜欢她，现在又怎么可能把她放开？"

"……"

"如果是我，不管用什么手段都会把她抢到手。而那以后，就算她知道了再生气再恼怒，我也绝对不会再放手。"

苏崇礼："……"

喂喂喂，这跟你刚才说的可不一样！

收拾了情敌的孙嘉树心情颇好，抱着姜凌波进了自己的房间，走到床头，却没有把她给放下去。

姜凌波的睡相还是老样子，不时会"噗噗"地打个小呼噜，嘴巴嘟起来再慢慢松开，然后再嘟起来，像只吐泡泡的金鱼。

孙嘉树看得饶有兴趣，在她"噗噗"的时候，用手去点她的嘴唇。

一次两次倒还好，但等到第三次，睡梦里的姜凌波也不知道梦到了什么，神情一下子变得凶巴巴，"啊呜"一口，就把孙嘉树的手指给叼进了嘴里。

孙嘉树好笑地抽了抽，没抽出来，反而被姜凌波咬得更紧了。

孙嘉树干脆让她咬着，把她放在床上。感觉到他没再挣扎，姜凌波也微松了牙齿。就在他要缩回手指的时候，她舔了舔他的指腹。

孙嘉树低声笑，这是把他的手指当成什么好吃的了？

姜凌波这一觉睡得并不是特别好，因为她总是莫名其妙咬到自己的舌头。

不过当她醒来，看到身边的孙嘉树，心情就又好起来了！尤其是当她看到，她随身背着的小包就在床头打开着，而里面的口红正滚落到包外的时候……

姜凌波嘿嘿地闷声偷乐着，蹑手蹑脚地拿过口红，打开盖，拧出一点，对着孙嘉树的鼻尖就比画起来。

口红是粉嫩粉嫩的浅桃红，最少女心的颜色，当初会买还是因为导购员说什么"男人看到都会想咬一口"。

买回家她才反应过来，啊呸，她连男人都没有，能被谁咬啊！所以口红就一直被丢在包里……直到今天派上用场。

画个什么呢？姜凌波对着孙嘉树的脸端详了一下，小心翼翼地在他鼻尖画了一颗心，又在他的左右脸颊分别加了两条胡须。

居然很好看！真的会想要去咬一口！

她拿出手机，把孙嘉树的睡脸拍进去，然后俯身就亲了下去。

不料孙嘉树突然歪了下脸，她的嘴唇堪堪蹭过他的鼻尖，落到了他的侧脸上！

姜凌波吓了一跳，心跳骤然漏了一拍。

好在孙嘉树似是没有察觉，眉头微动了动，接着就舒展开了。她这才无声地舒了口气。她慢慢坐起来，舔了舔嘴唇，上面有新沾上的唇脂。是蜂蜜味的，好甜。

"好吃吗？"

男人刚睡醒的声音还带着鼻音，慵懒性感，勾得人心头微颤。

他的手指抹过她刚亲到的侧脸，沾了点浅桃红色的唇脂，送到唇边舔了舔，继而轻笑："蜂蜜味的？"

姜凌波手一抖，直接把手机摔到床上。

朝上的屏幕里，并不是她以为的孙嘉树的睡脸，而是她偷亲他时，不小心拍到的虚影。

姜凌波觉得目前的情况有点复杂。

她脑子不怎么灵活地分析了一下，好像是她刚刚偷亲完孙嘉树，接着就被他当场抓到了现行？

……

姜凌波想了想，决定先糊弄过去再说。

于是她表情自然得像什么都没发生过，拿过那管口红就递给孙嘉树："你喜欢就多吃点啊。"

孙嘉树的表情比她还自然，也不说话，就那么懒懒散散地露出笑，伸手去摸她的嘴唇。

他的手指微微发凉，但他在她嘴唇上摩挲过的地方却仿佛蹭出了火花，烫得姜凌波缩着脖子就朝后躲，没躲几下，后背就贴到床头了。

她看着孙嘉树俯身靠近，紧张得直接闭上了眼睛，但心里却还在不断尖叫：这这这……难道是要"床咚"？！

就在气都要喘不过来的时候，她听到孙嘉树轻笑了一声。

接着，他身上传来的热度慢慢消失了，那种刚变得强烈的逼迫感也逐渐不见了。

姜凌波偷偷睁开一只眼，孙嘉树已经边抓着脑袋，边下床往卫生间走了。

"……"有点不开心，不过至少偷亲的事蒙混过去了！

姜凌波听到孙嘉树在浴室里打开热水的哗哗声，捂住自己滚烫的脸，拎起包和外套就想要开溜。

谁知道她脚刚伸进雪地靴里，孙嘉树就从浴室里探出脑袋："帮我从箱子里找条浴巾出来。"

……要找浴巾？那不就是没穿衣服！

姜凌波脚下一顿，眼睛嗖地亮起来，一下蹦到箱子前面扒拉浴巾。

但孙嘉树的箱子塞得满满当当，虽然找到了浴巾，却把箱子里的东西全弄乱了。

她犹豫了一下，决定当作没看见，起身就朝浴室走。但刚抬脚，她就踢到了个巴掌大小的盒子，捡起来一看，居然是她几年前给孙嘉树买的耳钉。

虽然她也算是给孙嘉树送过很多东西，不过需要花钱买的，就只有这对耳钉呢，没想到他一直都带在身边。

姜凌波心里甜甜的，好像在盛夏里吃到了绵软薄冰沙上撒满的甜芒果丁，嘴角止不住地弯呀弯。

但是等走进浴室，看到正在系浴衣腰带的孙嘉树，她的嘴角又啪唧滑下去了。

虽然穿着黑色浴衣是很禁欲很性感啦，但你都穿好浴衣了，还叫我来送浴巾干吗？！

姜凌波撇撇嘴，把浴巾丢在架子上，转身就要走，结果被孙嘉树一把抱住，给举到了洗手台上。

孙嘉树倾身靠近，单手撑在她身侧。接着他侧侧脸，对还蒙着的姜凌波指了指他脸颊上的两道粉色胡须。

然后，他用他惯有的那种懒洋洋的腔调，嘴角眉梢带着笑地问："说吧，怎么回事？"

声音温柔得不得了。但是……好可怕！

姜凌波颤抖着伸出一根手指，在他一直盯住她的目光里，把他脸上的粉色胡须给来回擦掉了。

"看，已经没有了！"她眉眼弯弯地讨好道。

……

孙嘉树只笑，不说话。

姜凌波的笑撑不住了，好在她灵机一动，从口袋里掏出那个小盒子。

"我在你箱子里看到了这个！"她献宝般地打开盒盖，纯金的耳钉在昏黄的灯下闪着光晕。

姜凌波笑嘻嘻地露出两颗小虎牙："你还记得吗？这是我送你的耳钉！"

孙嘉树看向耳钉，但还是不动声色地圈着她。

姜凌波试探地问："我好久都没看到你戴耳钉了，我帮你戴上好不好？"

她说的也是实话，自从回国，孙嘉树就没有戴过耳钉，他以前耳朵上可是一直闪闪的呢。

她最喜欢闪闪的东西啦！

孙嘉树没搭腔，不过还是把头朝她那边歪了歪。

姜凌波立刻手忙脚乱给他戴起耳钉来。

孙嘉树打耳洞是他们初升高暑假的事儿。当时影后大人新出了一张专辑，在专辑封面的照片里，她就在耳朵上戴了一整排的钻石耳钉，那样子实在太帅太美，让姜凌波心动得不得了。

但是她自己又怕痛，于是就怂恿孙嘉树先去试试，并正色表示："女生都喜欢戴耳钉的男生，孙小草你打了耳洞以后，一定会收情书收到手软的！"

……不过他一封情书都没收到，因为全被她没收了。

而他当时好像只问了她一句"你喜欢吗？"，看她猛点头以后就乖乖去打了。

哪像现在，不就给他画了几道胡须嘛，居然就要把人按到洗手台上审问……

给他戴着耳钉，姜凌波又有些心猿意马。他现在贴着她很近很近，呼吸都扑到她的脖子上，痒痒的，痒到她心里。

好想再亲他一口。

住嘴啊姜凌波！姜凌波拼命抑制住这个念头，在帮孙嘉树把耳钉戴好的瞬间，就立刻推开他，捂住脸冲出浴室，闷头朝自己房间跑。

直到跑到房间门口，她才靠着墙面，开始慢慢回神。她果然还是喜欢孙嘉树的，不然刚刚她才不会脸红呢。她心跳的声音大到震得自己耳膜都疼了！

"想什么呢？"孙嘉树学着她，也靠在墙面上，歪头问道。

……

啊啊啊，吓死了！你怎么走路都不出声？！

姜凌波迟钝地吓了一跳，刚要溜，就被孙嘉树的长胳膊揽了回去。

他把她落下的小包挂到她脖子上："你的东西。"

为什么感觉自己好像被套上狗绳的五花肉？

孙嘉树又揉揉她的脑袋，微笑道："看你没拿房卡就跑出来，还以为你要去找锦绣姐，没想到你会直接跑回房间呢。"

"……"姜凌波不想和他说话，专心低头找房卡开门。

但等门打开，姜凌波却被眼前的情景惊呆了。

雪白的墙面被红漆喷满了"贱人""快滚""去死"，房间里的东西基本都被砸烂。连姜凌波带来的箱子也被砸碎，被扯烂的衣服撒得满地都是，还喷上了红色的油漆。

随着她开门的动作，原本插在门框顶端的照片碎屑撒了她一身。

她手指僵硬地拿起一片，被戳烂的是昨晚她和孙嘉树玩沙子时的，她的笑脸。

第七章
·粉丝袭击·

姜凌波的心向来大得很,眼前的场景看得孙嘉树的脸色都凝重了,她反而"扑哧"一声笑了出来。

"该不会是你的激进粉丝弄的吧?"

她饶有兴趣地蹲下,拼了几张还能看出大概的相片,接着仰起脖子,俏皮地举起来给孙嘉树看:"你看,照片都是只有一半的,有你的那半全都不见了。这些被撕碎的,全都是只有我的部分。"

孙嘉树没说话,看了看她的笑脸,然后蹲下把她按进了怀里,声音低沉:"对不起。"

"事情还没查明白呢,你急着道什么歉啊?"

姜凌波还在笑嘻嘻地安慰他:"咱们住的酒店里出了这种事,都不用咱们自己去查,锦绣姐就能搞定了。"

语气轻松极了,只是揪住他衣服的手却稍微用了点力气,微微在抖。

清晨突然打开房间,毫无准备就看到这种场面,就算是再坚强的人,又怎么可能一点不害怕呢?

她强装不在意,不过是不想让他担心,不想让他有负担。只是她没想到这样，却会让他更加心疼呢。

孙嘉树垂眸，眼角眉梢都漫上层冰霜寒意。他低低地"嗯"了一声，把她拉起来，带到门外，关上房门。

"孙嘉树，我真没事儿。"姜凌波笑着踮起脚，两只手各伸出根手指去拉弯他的嘴角，"别这么严肃，锦绣姐的起床气你又不是不知道，一会儿你板着这张脸去敲门，她看到就会把你踹出来的！"

孙嘉树看着姜凌波，一声不吭地捏了捏她的脸。

姜凌波：……

孙嘉树叹了口气，松开手，牵着她转身去找大堂姐。

大堂姐的房间在走廊的另一端，姜凌波跟着孙嘉树一路小跑，正好撞见去吃早餐的裴月半。

裴月半盯着他们握在一起的手，眼睛顿时闪出八卦的光芒，向姜凌波又做出了那个 fighting 的手势。

姜凌波："……"

她小声向孙嘉树说："我们拉着手不太好吧？都被人看到了。"说着她就想把手抽出来。但她越使劲抽，孙嘉树就握得越紧，最后干脆和她十指相扣，皱眉训她："别闹。"

……居然敢训起我来了？你怎么不上天呢！

姜凌波没好气地"哼"了他一鼻子，然后偷偷地不停去看两人扣在一起的手，美滋滋的。

大堂姐听完事情原委，又去姜凌波房间看完以后，本来就要炸的起床气更严重了。

她披着件垂到脚踝的豹纹披肩，长鬓发用簪子随意一盘，就打电话叫酒店的客房经理上来。

姜凌波本来想找个房间再补会儿觉，却被孙嘉树押到大堂姐房间里。但她又觉得实在太无聊，于是从包里翻出了根绳子，满脸期待道："我们来玩翻花绳吧！"

孙嘉树："……"

几乎过了半个小时，姜凌波都要把各种花式在孙嘉树手上玩遍了，穿着精致职业套装的客房女经理才姗姗而来。

大堂姐正在化妆间里描眉，见她进来也没搭理，等她把那些职业性的客套话说完，又晾了她一会儿，大堂姐才慢慢放下眉笔走出来："不用和我们说这些废话，把你们这层楼昨晚至今早所有的监控摄像画面都调出来给我。"

姜凌波和孙嘉树就坐在床头。姜凌波的小短腿都够不到地板，垂在床边晃啊晃的，一不小心就"咚"地踢到了床板，引得大堂姐和客房经理都看过去。

孙嘉树好笑地把她拎回床上，又捏了把她的脸："老实点，别说话。"

姜凌波："……"孙小草你还真要上天了！

客房经理回过神，对大堂姐笑道："姜小姐，这件事恐怕不合规矩。出了这种事，我们酒店也很抱歉，各种责任不会推卸。但调查，需要由我们内部派人去做。毕竟贼喊捉贼的情况，我们也遇到过不少。"

大堂姐歪倒坐着，点燃一根烟，嗤笑着呼出一口："是谁贼喊捉贼，我看还说不定呢。"

话音刚落，对面客房经理的脸色就有些微变。但她迅速又笑起来："姜小姐，不管您怎么说，事情就是这样。您给我们一些时间，我们会把问题调查明白，但您如果想要插手，恐怕我们不能答应。"

看大堂姐并没有妥协的意思，客房经理嘴角笑容不变，但声音却挑高了点："您预订我们酒店的时候，应该知道，我们虽然是在小城市里，但也是裴氏的一分子。我们的杨董在裴家二爷面前，都很能说得上话。娱乐圈里来我们酒店住的，也不只一两个剧组，我们可不能光为了您就坏了规矩。"

客房经理话音刚落，姜凌波就鼓着腮帮子憋起笑来。

孙嘉树看她笑得跟偷吃到灯油的老鼠似的，没忍住，伸手去戳了戳她的腮帮子。

姜凌波还是笑得不行，捂着笑疼的肚子靠倒在他肩膀上，抖着声音说："她居然抬出裴二来压锦绣姐，裴二小时候被锦绣姐打得内裤都保不住……哈哈哈笑死我了……哎你还记得裴二吗？在小满的婚礼上，我做伴娘，裴二做的伴郎。"

"嗯。"孙嘉树懒洋洋应了一声，很不感兴趣的样子。

姜凌波顿时想起来，那桩婚礼对孙嘉树来说，可能并不算是愉快的回忆。毕竟他最好的兄弟，在那场婚礼里失去了最爱的女人。

她抿抿嘴，有点笑不出来了。

而大堂姐看到客房经理眼睛里的那抹轻蔑，也懒得再跟她周旋，直接当着她的面儿拿出手机拨电话。

"喂裴二？对，是我。"

"……住得怎么样？别说，你还真会问，我就是为这事儿给你打的电话。我们家小八……对，就是李嘉和婚宴上当伴娘的那个，昨儿晚上房里进贼了。"

大堂姐往烟灰缸里点点烟头，勾着嘴角，笑得妖娆。

"……别急着说赔，东西没丢，倒是多出一堆来，什么剪碎的照片啊、行李上喷满的油漆啊。哦，还有墙上，被用红漆画了不少字儿呢。"

听到"裴二"两个字，客房经理的脸色顿时就变了。

她慌忙地招呼来身边的小助理，耳语几句后，小助理快跑着离开。而她则硬着头皮，继续候着大堂姐打电话，但神色变得极为小心。

大堂姐睃了她一眼，接着和电话里的人聊："……人倒是没事，昨晚上正好不在屋里，只是这事儿不算小，我把人带来了，现在总得给个交代……好，有你这句话就成，"大堂姐笑意越发浓，"那我就去见见能主事的人。"

挂断电话，大堂姐站起来，对还在床上看戏的两个人勾勾手指，一副黑道大姐大招呼小弟的模样："你们两个，赶紧跟上。"

"好嘞！"姜凌波拉着孙嘉树，元气满满地蹦下床。

大堂姐出手，那可向来是所向披靡大杀四方！这么好的一场戏，绝对不能错过！

而那边，小助理直奔顶层的董事长办公室。

刚进屋，她就看见有个全身奢侈品的女孩，正坐在杨董身边，拽着他的胳膊撒娇。

"爸，反正他们剧组全都住在咱们家的酒店里，你就出面说说，大不了咱们少要他们点钱，就让我和孙嘉树吃个晚饭吧，我都喜欢他好几年了。"

"不行。"杨董皱眉，看也不看就甩开她，拿起笔签文件。

"为什么不行？！上次不是都办成了吗？还是你跟我说，对付娱乐圈里的人，用钱砸就好使，让我好好去玩的！"

女孩拍着桌子就闹起来，把杨董的文件抽走摔了一地。

"胡闹！上次那还是个刚出道的小明星，没权没势的，你说想吃个饭，我稍微使点手段也就让人帮你办成了。结果隔天你就又哭又闹说他有女朋友，还派人去把那女人的家给砸了。我花了多少钱才给你摆平？这才过了几天？这种事以后不准再提，我绝对不可能再任你胡闹！"

他还想说，却被电话铃打断了。

接通电话，杨董很是恭敬地应了几句"是是是，一定配合"，但挂断后，却还是满脸的不解。

"……杨董、丽丽小姐。"小助理心惊胆战地出声。

杨董按了按眉心："什么事？"

小助理走到跟前，把事情小声说了一遍。

杨董听完，眉头皱得更紧："姜小姐，羊角姜的那个姜？那名字呢？"

小助理："我也记不清了，好像是个很古典的名字。"

"是锦绣、繁花、落雁、采桑、庭溪、皓月、迎眉、凌波里面的一个？"

小助理还没回答，旁边的杨丽丽就嘲讽地"噗"笑出声："现在居然还有人取这么恶心的名字？还沉鱼落雁，也不知道长得有多难看！"

"那真是不好意思了，我那个三堂妹，是我们家这辈儿里长得最好看的。"

大堂姐踩着双 Christian Louboutin 红底鞋，抽着烟靠在门边，居高临下地瞥了杨小姐一眼。

"你……"

"闭嘴！"没等杨丽丽梗着脖子再说话，杨董就先把她吼了回去。

他抱歉地朝大堂姐笑道："教女无方，让您看笑话了。我是酒店的董事长杨毅，请问您是？"

态度倒是很得体大方，不卑不亢。

"姜锦绣。"

大堂姐也微笑着："不知道杨董您的手下已经跟您汇报清楚了没有？我手下的工作人员，今早在您的酒店里，遭遇了一些不太开心的事情。"

"我已经知道了。"杨毅点头道，"按照规定，确实是不可以把内部监控内容外传的，但我刚刚已经接到裴先生助理的电话，所以这件事，我们一定全力配合，我现在就通知人去调监控录像。"

"爸。"杨丽丽神色不安地拽拽他的衣角。

几乎是瞬间，杨毅就明白过来了这是怎么回事。

他恨铁不成钢地低声骂道："难不成又是你？"

大堂姐在旁边拿出手机，眉头一挑："我看也不用麻烦去调录像了，裴二已经把有证据的这段录像传给我了。我看这里面上蹿下跳跟只母猴子似的女人，倒是跟令千金有点像呢。"

"你骂谁呢你！"

杨丽丽甩开杨董，拎着她的铆钉包就想扔大堂姐。结果被大堂姐一脚踹中膝盖骨，疼得直接跪倒在地。

"见过蠢的，没见过你这么蠢的。我随便一句试探，你居然就自己冲上来认。"

大堂姐把包踢到一边，对着还在咬牙不甘心的杨丽丽冷笑道："我要是没猜错，你是看上了孙嘉树，见他和助理关系密切，心里不舒服，就串通那个客房经理在房间里做了手脚？"

"对，是我做的，那又怎么样？我不就弄坏了她几件破衣服吗？还全是地摊货，我赔她就是了！"杨丽丽狠狠瞪她。

"闭嘴！"杨毅恼怒不已，"你这是什么态度！你知道这是谁吗？这是B市姜家的大小姐！"

"B市姜家……"

杨丽丽听到这句话，气焰顿时小了不少。但她只示弱了几秒，就又站起来，毫不知错地对杨毅嚷："B市姜家我是得罪不起，可我也没对姜家小姐做什么呀！我不过是弄坏了一个小助理的东西，我翻倍赔给她不就完了，你们还想要我怎么样！"

她突然看到正在门后晃悠着看热闹的姜凌波，气得哭喊起来："她算是个什么东西！你们为了她来为难我！我都让人去查过了，她爸就是个普通大学老师，她妈连工作都没有，家里住的还是学校分的家属楼，穷得连车都开不起！连她能进 MN 娱乐公司，都是靠苏崇礼的关系走了后门……就凭她这种人，怎么配在孙嘉树身边？！怎么配和他那么亲近？！"

姜凌波刚刚赶来，正沉浸在大堂姐的威武霸气里，暗搓搓给大堂姐鼓着掌呢，没想到突然间所有人目光都转向了她。她立马心虚地把手背到身后："怎么了？"

"啊！"她回过神来，从大堂姐身后钻过去，走到杨丽丽跟前，"你说的吧，也都没错，我爸确实是个普通的大学老师，不过他下个月就能升副教授啦。我妈呢，虽然没有工作，但她画画特别厉害，还开过个人画展。至于我家的房子……其实我家有好几栋房子呢，只是离学校太远，我爸上班不方便，所以就没去住。没买车，倒也不是因为没有钱，只是我爸我妈都不会开车。"

她掰着手指说完，然后点点头："嗯，就这些。"

一点都不生气不恼怒，甚至还对着杨丽丽露出个笑脸。

杨丽丽对着这样的姜凌波，满心的火憋在心里发不出来，难受得简直要吐血。

虽然天不亮就因为房间被毁的事儿闹得人仰马翻，但该进行的电影拍摄还是不能中断。

大堂姐看看时间，就把姜凌波和孙嘉树打发回去准备拍摄，自己留下来谈解决方案。

姜凌波看着杨丽丽憋屈到发黑的脸，心里正乐到不行，但又得撑住脸不能笑。

听到大堂姐发话，她自然是乖乖就走，转过身顿时笑得扑哧扑哧，肩膀抖啊抖。

孙嘉树的表情却还没缓和，刚走了几步，他就停下揉揉姜凌波脑袋："我出去一趟，你先回我房里等我。"

说着把房卡递给姜凌波。

"哦。"姜凌波正笑得眼睛都睁不开，冲他摆摆手就自己先跑掉了。

没想到刚拐了个弯，她就碰到了在角落里偷偷看热闹的裴月半。

裴月半盯着她手里的房卡，又激动地摆出了那个 fighting 的手势。

姜凌波："……"跟你想的差太多了。

裴月半就势跟上她，在电梯里好奇地东问西问："你刚刚为什么不说你也是姜家的小姐呀？"

姜凌波挑眉："你怎么知道我是？"

"呃……"裴月半很快就机智地找到理由，"因为苏崇礼说，他喊锦绣姐'大堂姐'是随了你，那既然锦绣姐是姜家小姐，你也肯定是了！你还没告诉我，你为什么不把这个身份说出来？说出来，那个什么丽丽肯定不敢对你那么嚣张！"

"那多没意思啊。"姜凌波傲娇道，"再说，对付她这种人，才用不着靠我爷爷的名头呢。我刚刚随便说几句话，不也把她噎得不行？她觉得我家里穷，我就该自卑，就该对她低三下四？我就不！气死她！"

裴月半只有点赞。

五分钟以后。

姜凌波走到孙嘉树房门口，和裴月半告了别。但她没有进门，而是转身回了自己的房间。

她在那堆照片前蹲下，重新翻出几块碎片拼到一起，用手机拍了几张照。

拍完以后，姜凌波把那些碎片弄乱，跑回了孙嘉树的房间。

一进门，她就给周意满打电话，很兴奋地告知："小满小满，我今天居然遭到孙嘉树粉丝的袭击了！"

周意满："……"被袭击，有这么开心吗？

"但是！"姜凌波又盘腿坐到床上，托腮故作严肃，"我觉得事情有点不对劲，有件事想找人帮忙查一下。你不是认识一家'只要给钱啥都干事务所'里的人吗？你帮我联系一下吧，我想见一见。"

"你说钱百万？"周意满应得干脆，"可以啊，你什么时候回 B 市，我带你去见见他。"

"小满你最好啦！"姜凌波雀跃。

"作为报答，你帮我带几天李昂，还有九斤。我和孙嘉卉最近在忙着公司开业，都没时间陪他们玩。"

"……"李昂那个熊孩子，她真的是很不想照看！

刚挂断电话，孙嘉树就开门走进来。

姜凌波心虚地先开了口："我在给小满打电话，她说要我帮忙照顾她儿子李昂，哦还有你外甥，宋九斤！"

"九斤？"孙嘉树好笑道，"我姐能把九斤交给你？我要是有了孩子，绝对不会放心让你照顾。"

姜凌波："……"谁稀罕！

孙嘉树边笑，边从包里拿出瓶热牛奶，插好吸管递给姜凌波，又拿出个刚烤好的香橙麦芬放到她眼前。

姜凌波喝了几口牛奶，就拿起麦芬开始吃，吃得腮帮子鼓鼓囊囊："你不知道吗？你姐和小满的那家公司最近要开业了，前一阵还在为公司是叫'周意满＆孙嘉卉律师事务所'还是'孙嘉卉＆周意满律师事务所'吵得不可开交。"

孙嘉树看她边吃边说话的费劲样，伸手捂住她的嘴："老实吃你的，吃完再说。"说完就顺手拿起她喝了几口的牛奶喝了起来。

安静吃了一会儿，等姜凌波干掉一个麦芬，孙嘉树才说："等过几天电影戏份拍完以后，我会闲很长时间，到时候可以把九斤和李昂接过来，到咱们家里住几天。"

姜凌波："……你这次回来，还没见过李昂吧？"

"我见他做什么？我跟他爸妈都不熟。"

孙嘉树帮她抹掉嘴角的点心渣，敷衍着说。

"瞎说什么呢，你和李重年……"姜凌波意识到自己说了什么，嘴角的笑顿时僵住，后背吓出一片冷汗。

这是一个不能说的秘密。

四年前，周意满怀着李昂，接受了李嘉和的求婚。外界都以为他们是奉子成婚，但只有姜凌波知道，那个孩子的父亲，并不是李嘉和，而是李嘉和的亲弟弟、孙嘉树的好哥们儿李重年。

这件事，她发誓要为周意满保守一辈子。哪怕是对孙嘉树，都绝对不可以说。

"什么？"孙嘉树眉梢一抖，看向她。

"我是说……"姜凌波吓得手指冰凉，脑袋里也空白得厉害，但她还是费劲地圆着，"你和李重年是最好的哥们儿，而李昂的爸爸是李重年的亲哥哥，所以，你也不能算和他不熟。"

说得磕磕绊绊，还咽了好几次口水。

孙嘉树忽然一笑："大花，你脸都白了。"

……我都快吓哭了好吗！

看着姜凌波的眼泪都在眼眶里打转了，孙嘉树没再问，而是拍拍她脑袋："走吧，时间差不多了，我带你去拍戏。"

姜凌波的心情更沉重了，抱住床柱不肯走："我是真的不会拍戏，就算你说不用露面没有台词，我还是不想去！"

孙嘉树一把横抱起她，微笑道："不去是要赔违约金的。"

姜凌波："……"

啊啊啊，合同明明不是我自愿签的！孙嘉树你这个浑蛋！

因为害怕孙嘉树已经知道了什么，姜凌波的心一直悬着，生怕一不注意，他就跑去向李重年通风报信。

所以接下来，她跟条小尾巴一样黏在孙嘉树身后，连他上厕所都等在门口，还殷勤地帮他拿着手机。

连大堂姐都看不下去："你们两个能不能收敛点，都认识二十年了，现在在这儿玩什么热恋？"

旁边裴月半拿着苏崇礼的外套路过，听到"热恋"两个字，立马眼睛发亮地跑过来，又对姜凌波做出了那个招牌式的 fighting。

姜小尾巴："……"随便了，反正我是不会离开孙嘉树半步的。

第八章
———•拍戏陷阱•———

在《My Narcissus》这部电影里，姜凌波需要扮演的角色，是那位天才博士的女朋友。而无论是她，还是饰演博士的孙嘉树，都不会出现在剧情的主线里。

换句话说，他们都是活在回忆线里的人物。

只有当苏崇礼饰演的主角成功捣毁博士埋下的一个病毒库，再从病毒库里发现了某些和博士有关的线索，比如一本满是灰尘的日记，再比如几张模糊不清的照片。这时，电影里才会镜头一转，伴着音乐和光晕，开始出现有关他们的故事场面。

当初看剧本和人物设定时，姜凌波还觉得很美很好玩，不就是在沙滩里跑一跑，到海里朝孙嘉树踹两脚水，再荡会儿秋千看看电影，顺便进厨房混点好吃的？

拍戏也很简单嘛！

然而，当她穿着件简单的雪白无袖棉布裙，赤着脚踩在沙滩上，冻得鼻涕都流出来却还要做出欢快奔跑的样子时，她觉得自己真是蠢哭了。

"这种戏为什么要在大冬天拍？！"

姜凌波捧着热水杯、穿着棉大衣，毫无形象地蹲在拍摄棚里，冻得不停发抖。

裴月半好心往她杯里撒了包感冒冲剂，边倒边和她解释："剧组穷啊，这地方夏天租金太贵了，租不起，只能趁现在便宜赶紧拍。"

姜凌波震惊了："说好的斥巨资打造呢？！"

"是斥巨资啊。所有的钱都付给演员了。你看，苏崇礼、孙嘉树，哪一个现在的身价是低的？哪一个不得花巨资来请？还好当时 GiGi 没跟孙嘉树传出绯闻来，不然剧组绝对破产。"

"……"全都是骗子！

说什么斥巨资打造，原来钱全都用来请明星了！

剧本里明明写着博士和女朋友不停在世界各地周游，这个月冰岛挪威，下个月夏威夷巴厘岛，姜凌波还真以为自己能跟着剧组出国享受了。

结果呢！她唯一免费旅游的地方，就是国内的海滨小城镇！至于那些浪漫的景色，不是靠后期制作，就是靠临时搭景。

……这种电影拍完，真的会有人看吗？！

没等她拉着裴月半哭诉完，换好衣服的孙嘉树就走过来了。他穿的是那件博士常年穿着的白色实验服，里面的英伦定制黑衬衣严谨地扣到喉结，下身黑色西装裤、Silvano Lattanz 定制手工皮鞋，看起来……好暖和。

姜凌波看着自己露在外面的胳膊和小腿，觉得更冷了。

她哀怨地盯着孙嘉树的衬衣，幽幽问道："你里面穿了保暖衣吧？"

"嗯，"孙嘉树可恶地笑出声来，还蹲下摸着姜凌波脑袋补充，"还是加厚加绒的。"

姜凌波："……"

讨厌你。

因为孙嘉树和姜凌波要拍的镜头全靠后期剪辑，所以导演对他们也没什么要求，简单讲了几个点，就坐回椅子上喊"Aciton"。

这会儿刚好是正午，阳光晒到身上暖暖的，风也不再刮了。

姜凌波被孙嘉树拖到外面晒了好久的太阳，又在衣服里能贴的地方都贴满了暖宝宝，这会儿全身都暖洋洋的。

听到导演发话，她连忙把棉大衣脱给工作人员，边念叨着"反正只拍背影不拍脸"，边横下心提着裙子跑出去。

被太阳晒过的沙滩也温温的，光脚踩上去并不难受，姜凌波跑到事先安排好的地方，慢慢跪下去，捡起几个贝壳，拿在手里看。

按照剧本，当她拿起一个贝壳，举起来对着阳光看时，孙嘉树会走到她身后，抓住她举起来的手，把她抱进怀里。

姜凌波挑了一个最大最好看的贝壳，仰起脸，迎着风，把贝壳举了起来。

透过阳光，她好像看到贝壳上写了什么字。

My Narcissus？

后面好像还有汉字……

没等她看清，孙嘉树就走到她身后，握住她拿着贝壳的手，慢慢把她拥进怀里。

他的嘴唇轻蹭上她的耳垂，甚至轻轻吮了一下，才轻而缓地低声说："怎么起得这么早？"

剧本里可没有这些！

姜凌波微红着脸挣开他，把贝壳塞进他实验服的口袋，然后也不等他再靠近，飞快地跑进海水里，用力踢着水花，赌气般地看着他。

孙嘉树不紧不慢地解着领口的扣子，目光紧盯着姜凌波的脸。那种目光，姜凌波从未见过，里面的那种疯狂和露骨，一时间激得她动弹不得。

"Cut！Mariah！你发什么呆！"导演冲姜凌波喊，"你要朝他泼水，朝他发脾气，而不是被他迷住被他镇住！"

……

谁被他迷住了！

被戳中心事的姜凌波回过神来，觉得有点丢脸，抿着嘴角，不敢抬头去看孙嘉树。

但他却勾起唇角，走到水里探身看她。她越低着头不想让他看，他却越要弯腰去看她的眼睛。

"怎么，被导演训了不开心？"他用手轻轻捏了捏她的脸，"等今天的戏拍完，我带你出去吃海鲜大餐好不好？”

他这样一说，姜凌波倒真觉得自己是因为被导演训了才不开心的。

她鼓着腮帮子，闷闷不乐地点点头，还拉拉孙嘉树的实验服，抽着鼻子提出：“我要吃最贵的！”

孙嘉树帮她顺了顺头发：“好。”

然后他顿了顿，嘴角突然滑出抹坏笑：“你刚刚是不是看我看呆了？”

她就知道他没有那么善良！

被孙嘉树笑话了一通，姜凌波接下来扮演“闹脾气的女朋友”无比成功，手脚并用朝孙嘉树身上泼水，被他扛到肩上还晃着脚丫踢他，直到导演喊了“Cut”，她才勉强解气。

精疲力竭的姜凌波，跟一根软面条一样趴在孙嘉树肩上，大头朝下的姿势，更是让她连说话的劲儿都没有了。

都拍完了怎么还扛着啊？

她懒懒地戳戳孙嘉树的后腰，边戳边有气无力地喊：“放！我！下！来！”

“别乱动！”孙嘉树浑身一僵，蹙着眉抬手拍了一下她的屁股。

“孙嘉树！”

姜凌波羞恼地从孙嘉树肩上跳下来。

为这事儿，中午吃盒饭的时候，姜凌波坚决不理孙嘉树，连他拨到她碗里的辣年糕她都没有吃！

孙嘉树看她把年糕拨到一边，又给她夹了两块咕咾肉，还贴近她笑着说：“你要多吃点才有体力，我们下午还有床戏要拍呢。”

……

摄影棚瞬间安静了下。

角落里，灯光小妹和道具大叔互换了一个眼神，接着凑到一起“小声”议论。

“大叔，我咋不知道，咱们这电影还有那啥镜头呢？嘿嘿嘿嘿嘿。”

“我哪知道啊，这还没接到清场通知呢。呵呵呵呵呵。”

姜凌波："……"

是在床上拍的戏！不是床戏！这部电影还是要审批上映的好不好！

她皱着鼻子瞪了孙嘉树两眼，然后愤愤地把碗里的咕咾肉和辣年糕全吃了。

拍内景的地点，是海岸边一座民国时期的红砖洋楼，推开院门再下几级石阶就是沙滩。

剧组临时在院子里搭了个秋千，秋千上缠满了碧绿的藤蔓和白色的碎花，至于其他的装饰……资金就不够了。

姜凌波很难得没嫌弃那个吱嘎作响的秋千，反而凑过去摸来摸去，很是喜欢的样子。

她对身边的孙嘉树说："你还记得小时候，我推你荡秋千的事吗？"

以前是找推你，现在就该你推我啦。

孙嘉树语调平平："记得，当时我正在公园里一个人荡秋千，你突然从后面把我从秋千上推下去了。"

姜凌波："……"我明明是好心，想帮你荡得更高，谁知道你那么不经推啊，居然还记仇！

姜凌波眨眨眼，很有深意地看了看他的腰，然后恍然大悟道："啊我想起来了，当时你甩出去以后，腰正好磕到了石头上。难怪我今天就轻轻戳了你的腰一下，你就疼得那么厉害！"

她坐到秋千上，仰着脸托着腮，很同情地看着他，大声说："原来孙嘉树，你腰不好呀。"

在偷听的花苞头妹子："……"

在偷听的灯光小妹："……"

在偷听的道具大叔，摸了摸自己的腰，露出了谜样的微笑。

孙嘉树一脸无辜地挑眉："我腰不好，难道不是你的错吗？"

在偷听的花苞头妹子捂脸："嗷嗷嗷我听不懂！"

在偷听的灯光小妹害羞："嗷嗷嗷我脸要红了！"

在偷听的道具大叔跺脚："……哼！"

姜凌波："……"

难道又是我输了？

　　他们在院子里闹，屋里剧组已经准备妥当，先要拍的是内景里两人一起坐在地板上看电影的镜头。

　　姜凌波接过剧组工作人员递来的水果拼盘，笑得眉眼弯弯，拿起叉子就想叉草莓。

　　"草莓不能吃！"工作人员连忙阻止，"这些草莓下面还要用。"

　　姜凌波转而去叉猕猴桃。

　　"这个也不能吃！"

　　火龙果。

　　"不能吃！"

　　……

　　姜凌波哭丧着脸："那我能吃什么？"

　　工作人员艰难决定："吃香蕉吧，这个我们有赞助商直供。"

　　穷成这样就不要拍戏了！

　　姜凌波心塞地叉着香蕉块，工作人员还在旁边嘱咐："少吃点啊，慢点吃。"

　　……

　　孙嘉树一进屋，就看见姜凌波对着盘水果，垂头丧气。他惊讶："有水果吃，你还会不高兴？"

　　姜凌波没理他。

　　他自顾自地走到姜凌波旁边，靠着她坐下，大长腿伸展开，长胳膊把她圈进怀里，然后伸手就从她的水果拼盘里捏了颗草莓吃了。

　　姜凌波顿时来了精神，"嗖"地抬起头去看工作人员，眼睛亮晶晶。

　　你看他吃草莓了！快点批评他！

　　工作人员："孙先生，您要是喜欢草莓的话，我再去给您添一点。"

姜凌波："……"

居然还是个两面派！

　　姜凌波心里有了主意，等导演一喊 Action，她就按剧情歪进孙嘉树怀里。

随着电影开始，黑白的画面，熟悉的交响乐曲，带着沉重怀念的倒叙，又让她慢慢沉浸到剧情里。

直到看到男女主人公在饭店里初次约会，她才想起刚刚没吃到的水果。

她仰着头蹭蹭孙嘉树的下巴，抿着嘴唇轻声说："我想吃水果。"

孙嘉树摆出的是博士那副禁欲而冷漠的脸。

他低头亲了亲她的额角，问："你想吃什么？"

姜凌波笑眯眯："草莓、火龙果、猕猴桃，不要香蕉。"

正在旁观拍摄的工作人员："……"

等转战到厨房，姜凌波才明白工作人员那句"下面还要用"的意思。

她端着那盘已经见底的水果拼盘刚走进厨房，就看到几个工作人员正在角落里窃窃私语，还不停对她瞪一眼，瞪得她浑身不自在。

她随手拉住刚路过那群人的裴月半，问："他们说什么呢？"

为什么有种会被半夜扎小人的不祥预感？

裴月半："你不知道呀？这盘水果，本来是打算在接下来的戏里让你做水果沙拉用的，现在都被你吃光了。经费不足，只能改做蔬菜沙拉了。那些蔬菜还是他们去菜市场现买回来的，跑了好远的路呢！"

姜凌波："……"

这种满满的负罪感是怎么回事？我明明只是吃了一盘水果拼盘啊！

但等她拿到那捆皱巴巴的生菜，她的负罪感就消失了。

……要做蔬菜沙拉，你们好歹给点紫甘蓝和西兰花啊！只有生菜和黄瓜，一盘全是绿色根本就没有食欲好吗？！

裴月半看了看那堆绿色，也面露嫌弃，接着很大方地从包里拿出两根胡萝卜："我本来打算当晚上加餐的，还是给你用了吧，至少添点黄色！"

姜凌波："……算了，刚才水果拼盘里还剩下几个圣女果没吃完，我拿出来切一切用好了。"

孙嘉树一进来，就看见姜凌波在拿着菜刀比画圣女果。

他忽然想起，上小学时，他生病，家里没人，她跑到厨房给他做凉拌西红柿，却不小心削掉了小半边的指甲盖。

已经变得很高的孙嘉树快步走到她身后，握住她拿刀的手。她现在比他矮好多，他可以很轻易地把她抱进怀里。而当年，他只到她眉毛。

他记得，那时她左手的食指被刀切伤，出了好多血。可她怕他担心，用水胡乱冲了冲就找纸巾包上，然后像什么都没发生似的，把凉拌西红柿端到他床前，守着他，看他吃完。

她甚至还很发愁地盯着他刚量完体温的温度计，不停嘟囔着"烧怎么还没退下去啊""孙小草你不要死呀"。至于还在流血的手，她那么怕疼的一个人，硬是一个字都没有提。

直到他退完烧，可以去上学了，她才把还没长好的指甲露给他看，并且假装凶狠地威胁道："孙小草你看！为了给你切西红柿，我的手都受伤了，我不能做手工作业了！你快去帮我做好，明天老师就要收！快去快去！"

"疼吗？"他当时问过她。

"哎呀不疼，不就是块指甲吗？我没事经常啃着玩。……别废话，你快去给我做手工作业，明天要是交不上，老师要扣我小红花的！"

她把受伤的左手背到身后，又是一脸的凶巴巴，推着他就往家赶。跟她每次撒谎的时候一模一样。

她没本事在他面前骗他。那时如此，如今也如此。

"疼吗？"

孙嘉树从姜凌波身后圈住她，伸出左手，轻轻摩挲着她那根受过伤的食指。

靠外侧的指尖，还留着细小的疤痕，是那时没及时处理导致的印记。

姜凌波被他突如其来的拥抱弄得愣了愣，然后一脸好笑："都什么时候的事儿了你还记得。我不都和你说过好多遍了吗，就是被刀蹭了一下，看着流血流得吓人，其实一点都不疼。"

孙嘉树没出声，只是低着头，把她揽得更紧。

姜凌波看看自己的手指，摸了一下那块疤，眼睛微微弯了弯，轻声说："你不提我都忘了。你后来还给我用纸做出了一个城堡当补偿，老师把那个作业拿到全年级做展示，还给我奖励了三朵大红花。"

"因为你说你喜欢。"孙嘉树低声说。

"嗯？"姜凌波侧了侧头，没听懂。

"你说你喜欢城堡，我就给你做了一个城堡。那个城堡很难做，我一整晚都没睡。你都不知道。"

他说得又轻又慢，声音低低沉沉。姜凌波的心，忽地就漏了一拍。

孙嘉树以前，从来不会讲这种事。他默默为她做了很多很多，但是从来都没有告诉过她。

可今天，他第一次说出他为她做的，哪怕一点委屈的腔调都没有，都让她的心软得一塌糊涂。

她在他怀里转了个身，看着他盯住她的眼睛，伸出手，慢慢地拍了拍他的脑袋。

"哦。我知道了。"她说。说得有点严肃，有点紧张。

孙嘉树忽然就笑了。

他握住她拍他头的手，把她的手按到自己心口，然后又看了看她，笑着低下头，亲上了她的眼睛。

姜凌波下意识地闭上眼，气还没来得及吸，他的吻又顺着她的眼睑鼻梁，慢慢滑到她的鼻尖，握着她腰的手心微微用力，似是在克制什么。

最终，他的唇还是停留在她的鼻尖，没有继续亲吻下去。

姜凌波不敢睁眼，无法呼吸，心慌意乱，手脚发软。

他的嘴唇只是在她的鼻尖和眼睛上轻轻蹭着，甚至都没有落下一个真正算是吻的力气，却让她慌得要哭出来。

在这一刻之前，姜凌波一直坚信，自己从来都不是一个矫情的女人。她甚至设想过，如果孙嘉树有一天主动亲吻自己，那自己一定会像女流氓一样张牙舞爪就扑上去反客为主。可她没想到，这一天真的到来时，自己居然只会慌在那里，连动都不敢动，仿若灵魂出窍。

直到孙嘉树的嘴唇离开她的眼睛，直到他的手指抚摸上她微湿潮红的眼角，姜凌波才猛地睁开眼，直直地盯向孙嘉树。

"孙……"

"嘘。"孙嘉树拇指覆上她的嘴唇，眼神也凝在那里，他的嘴唇饱满微翘，手指压上去，指腹一片湿润。

想亲她。

孙嘉树眼里压了点火，又用指腹把她的嘴唇细细摩挲了一遍，他甚至用了些力气，把她的嘴唇揉得殷红，才放开手。

"已经开始拍了。"

随着这句话，姜凌波一下就从方才那种柔软飘忽的感觉里醒过来。

……所以，刚才的吻，也只是演习？

她下意识想要扭头去看导演和摄影机，下颌却被孙嘉树突然捏住。

他眯了眯眼睛，傲慢而矜持道："别去看镜头。专心，看着我。"

这时，孙嘉树的眼神，已经变成了那种混着野性和疯狂的眼神，但他的表情却看起来既禁欲又冷静。

这种震慑的反差又再次让姜凌波失神，让她根本没法再去仔细思考刚才那段吻，也让她真正意识到她该进入剧情。

她只能立刻给自己暗示：已经开始拍摄了，你不是姜凌波，你是Mariah，是那个能把博士迷得神魂颠倒的女人。……嗯，你能把孙嘉树迷住，就算迷不住，他也得装作被你迷住！

想好了，她慢慢闭了闭眼，再睁开，眼里又是一片清明。

甩开拖鞋，姜凌波赤脚踩到孙嘉树的脚上。

孙嘉树配合着扶住她的腰，任她调戏般地笑着挑起自己的下巴、朝着自己的嘴唇吹气，冷漠的表情没有丝毫动摇，只是眼神更暗了些。

姜凌波做完了剧本里要求的事情，刚想要装作无趣的下来，目光就转到了孙嘉树的耳朵上。

或许连孙爸孙妈都不知道，孙嘉树的耳朵很敏感，只要朝他的耳朵边吹口气，他就会立刻没了力气。

自从孙嘉树比她高、她靠蛮力打不过他以后，她想叫他起床，或者有事要他帮忙他不答应，她就拿根狗尾巴草去扫他的耳朵，简直是百试百灵。

姜凌波看了看孙嘉树的耳朵，嘴角忽然露出个不怀好意的笑，眼睛也弯成道月牙。

她在他脚背上踮起脚，伸出胳膊圈住孙嘉树的脖子，把他的头微微拉低，然后，像是要亲吻他的耳垂一般，吹了过去。

孙嘉树当场就僵住了，握她腰的手都软了一下。但紧接着，他更用力地掐住她的腰，扭头朝着她脖子咬了一口。

真的是咬，惩罚性的、报复性的、很用力很用力的那种。但等牙印深深烙上肌肤后，孙嘉树又伸出舌头，轻轻在她脖子的牙印上舔了几下。

姜凌波的脖子顿时麻木了。

她感觉不出孙嘉树的舌尖是温是热，只觉得浑身都战栗起来。

她恍惚着，孙嘉树却还在有一下没一下地用舌尖舔着她，有时轻轻碰一下就离开，有时却又细细地、用力地用牙齿刮着她，就像是在戏弄般，漫不经心。

伴随着他的舌尖，落下的还有他的嘴唇。姜凌波看不到，也不知道那到底算不算是吻，他只是含住她脖颈上的肉，然后吮吸。偶尔牙齿碰到她肌肤，他还会再用力的咬一下。

咬得她很疼，很麻，很乱。

就算知道这是在演戏，就算知道这并不算是现实，姜凌波还是觉得不知所措，因为这些亲密，全都不在剧本剧情里！

剧情里，Mariah 和博士一共有六场戏。

准确说，是姜凌波演的 Mariah 有六场戏：海边、看电影、做饭、睡觉、实验室和荡秋千。

在海边玩，是最初的慢慢熟悉；

一起看电影，是产生了微妙的爱情；

一起做饭，是开始恋爱；

在床上玩，是最好的热恋时期；

实验室的争吵，是冲突爆发；

而荡秋千，是 Mariah 怀孕后的休战和复合，也是最后的温暖时刻。

那以后，就是 Mariah 的葬礼，不需要姜凌波出演。

这些，姜凌波都记得很清楚，甚至连里面她需要跟孙嘉树做什么亲密互动，她也都提前问明白了。

当初还是大堂姐亲自告诉她的，吻戏除了吻额头，其他全部用借位。偶尔会有搂抱的场景，但也不会太过分，至于床上那场，也就是亲亲脸颊，靠借位就行。

而最亲密的戏份，就只有摸小腹的那几段，而且孙嘉树只会隔着层衣服摸，不会直接触摸到。

至于其他更激烈的，全部都删掉了。之所以会保留摸小腹的片段，还是因为这是原著里最能体现博士性格特征的一点，作者要求不能删除。

这个姜凌波知道，在原著里，博士就有这个奇怪的习惯，或者说是特殊的情趣。

他喜欢抚摸 Mariah 的小腹。

作者对他的这个习惯说得很唯美，说他是出于对母亲的潜意识思念，还用了一些专业术语来诠释。

那些术语姜凌波都没弄懂，不过她只要确定，她跟孙嘉树不会有什么过分亲密的接触就可以了。

可刚拍到第三场戏，她就被他又抱又亲，连脖子都被咬了。

这可跟当初说好的完全不一样！

姜凌波边切着生菜和黄瓜，边感受着后背的炽热，连拿刀的手都快不好使了。

从她被咬完脖子，到转过身切菜，孙嘉树一直在她身后抱着她，呼吸全喷洒在她的脖颈耳边，烫得她心烦意乱。

偏偏他还爱给自己加戏，她好容易切好几颗圣女果，正打算往碟子里摆盘，他就伸手拿出一颗，一半咬到自己嘴里，再低头要她去咬另一半。

……这个类似 Pocky game 的游戏，是要等到第四场才演的，谁会现在陪他玩啊！

姜凌波傲娇地把他的脸推开了。

导演没喊 Cut。

孙嘉树也没出声，直接把圣女果吃了，然后拿起一根切好的黄瓜条咬到嘴里，再低头送到姜凌波嘴边。

姜凌波：“……”你是把博士的执拗都用到这里来了吗？

她实在扛不住孙嘉树的这种捣乱，只能把刀放下，手抵着流理台转身，想迅速把黄瓜条咬断。

反正像 Pocky game 这种游戏，只要中间咬的东西断掉就算结束啦。

但她刚仰着头咬住黄瓜条，还没使劲咬，孙嘉树就微侧着头快速吃了几口黄瓜，转眼黄瓜条就短了一半，他的嘴唇也靠近了她的很多。

感觉到孙嘉树的呼吸扑到自己的嘴唇上，姜凌波的脸有点发热。

"Cut ！"

听到导演喊停，姜凌波浑身一轻。但还没等她从孙嘉树的怀里钻出来，导演就要求准备重拍咬黄瓜，还强调："Pocky game 是用来增添情趣的，不是用来竞赛的！速度要慢！注意眼神交流，重点是调情！调情！"

眼神？不是说好我连正脸都不会露吗，还需要眼神交流吗？！

姜凌波看看那个因为穷到雇不起足够数量的摄影师，所以亲自上阵拍摄的导演，感觉牙根好痒，好想咬人。

孙嘉树就像知道她在想什么一样，又拿了根黄瓜条堵进她嘴里："你咬好了别动，这次我来。"

"唔唔。"她刚想抗议，导演就喊"action"了。

……

孙嘉树完全不等她反应，张口就含住了另一头的黄瓜条，一点一点地吃着，然后慢慢靠近，浓密的长睫毛忽闪着，在眼底落下层漂亮的阴影。

姜凌波忽然想到了后面的一段剧情。她在做好蔬菜沙拉以后，会拿沙拉酱当奶油一样抹到孙嘉树的脸上和他嬉闹，他可是完全不可以反抗的，因为博士对 Mariah，就是好得毫无底线和原则。

要是真的该多好。

姜凌波看着孙嘉树眼底的阴影，有些出神。

要是平日里孙嘉树提出和她玩这个游戏，她肯定会"咔嚓咔嚓"就把黄瓜条啃完，就等着他亲上来。

可是演戏，一切就变得好不情愿。因为演戏所以得到孙嘉树的一个吻，她姜凌波并不会感到开心。

虽然这么想着，但当孙嘉树的额头抵上她的，当两人鼻尖相蹭，当他的嘴唇只要稍微再朝前碰碰就能亲到她的嘴唇，姜凌波的脸还是不争气地红了。

她一点点松开嘴里的黄瓜条朝后退，但她本来就抵着流理台，就算向后弯腰也逃不开多远，很快就又被孙嘉树的嘴唇追上。

就要被亲到了。

还有一点嘴唇就碰上了。

她的心跳得越来越快，越来越响，脸红得不成样子，眼睛也染上了一点湿气。

咔嚓。

黄瓜条断掉了。

……

"Cut！好！这条过！"

孙嘉树嚼着被他咬断的黄瓜条，慢慢直起身，看着还在呆呆望着他的姜凌波。他捏了一下她的耳垂，挑眉问："你刚刚在期待什么？"

姜凌波的脸一下涨得通红。

她恶狠狠瞪了他一眼，气势倒是很足，就是半天都不知道该说点什么。

"好吧，亲你一下。"孙嘉树低头，在她额头上留下一个响亮的吻。

然后他拍拍傻在那里的姜凌波的脑袋，蔫儿坏笑着说："好啦走吧，后面还有床戏要拍呢。"

语调里使坏使得不要不要的。

姜凌波捂着自己被亲的额头，皱着眉，气得只想踹他。

她跑过去问正在帮忙搬道具的导演："郑导，厨房这段咱们不是还有抹沙拉酱的情节吗？不拍了吗？"

还没抹孙嘉树一脸酱呢，她怎么可以就这么离开？！

"啊对呀，还有那一段呢……"导演恍然大悟，然后一挥手，"算了，把刚才的剪一剪也够用了。先去把下一场的拍了，不然赶不上酒店提供的免费晚餐了。"

姜凌波："……"重点是"免费"晚餐吧。

孙嘉树这时又折回来，双手扣住姜凌波的两侧腰，跟搬雕像似的，把她拎得脚离地面然后转了半个圈。等她背对导演了，他才摸摸她的脑袋："大花，你要想跟我玩沙拉酱，我们可以回家再玩，别在这儿打扰导演工作。"

这语气跟他之前哄小熊时一模一样!

就这么乱七八糟拍过了三场戏,等到了床上这场,姜凌波反而觉得简单多了。因为这场戏,Mariah一直在装睡,直到最后被博士识破,她装不下去,才从床上爬起来和他玩闹。

所以前面,她就舒舒服服躺在床上装睡就好。

然而事情并没有她想的那么简单。

姜凌波刚在床上躺好,孙嘉树就在她的背后也躺下了。接着,他就直接伸手去摸她的小腹。

并不是说好的隔着一层衣服抚摸,而是直接伸到了所有衣服的最里面,摸到了她的肚皮!

当初听说要被摸肚子,姜凌波还在庆幸,自己肚子上没有什么会发痒的神经呢。

但是她忘了,她的肚子上,有肉!

尤其是她这种侧躺姿势,肚子上的肉全都赘到一边,伸手轻轻一捏,就能捏出一个游泳圈……

姜凌波当时就想伸手去阻止孙嘉树。但他比她更快地贴到她耳边,咬了一口她的耳朵:"已经开始拍了。"

姜凌波只能继续装睡。

可孙嘉树却越发没了规矩。

腿搭到了她的腿上,身体紧贴上她,嘴唇把她的耳垂、脖颈都蹭了个遍。

他就是轻轻地蹭,丁点力气都没用,却蹭得她浑身发软。

她用盖在毛毯下的脚,小心地踢了踢他的小腿。但他除了用腿把她的腿压得更用力,还扒开了她睡裙的肩带,用嘴唇去蹭她的肩膀,还有肩窝。

姜凌波形容不出那种感觉,她甚至想,如果孙嘉树再用点力气,或许她都会好受些,但他却总是这么轻飘飘地撩着她,让她难受得好像都要哭出来。

她忍不住用盖在毛毯下的手推了他一把,也不知道推到了哪里,却激得孙嘉树直接起身,猛地抓住她的胳膊,把本来侧躺的她给扯成了正面朝上。

"Cut!"导演不怎么好意思对孙嘉树严厉,只是好声好气地提醒,"博士啊,你要让 Mariah 自己忍不住醒过来,你这么……啊,是吧,她就算真睡着,也被你给弄醒了。"

那个"啊",说得也很意味深长。

导演要和孙嘉树客气,姜凌波可不用。

她盘着腿就坐起来,顺手把肩带拉回去,然后扯住孙嘉树的白色实验服衣领,把他拽到跟前就薅了毛:"你刚刚是怎么回事!那一下抓得我疼死了!你看!上面都有你的手印!青的!"

"让我死了算了。"孙嘉树听她喊完,抓着头发就倒进床里。

……

奇耻大辱!跟我拍场床上的戏,居然都活不下去了!

姜凌波居高临下盯着孙嘉树,趁他没防备,就开始戳他肚子。

"别闹。"孙嘉树声音发哑,攥住姜凌波的手指不松,也不再说话。

倒是姜凌波这么戳呀戳自娱自乐了一会儿,也不觉得生气了,反而想起另一件事。

"哎孙嘉树,你一会儿亲我,能不能用力点?"

孙嘉树闭上眼,还伸出胳膊盖到自己眼睛上:"你先别说话。"

姜凌波想了想,觉得她刚才的话果然有点歧义。

于是她表示:"我说的用力,不是那种用力,怎么说呢,就是你别用那么奇怪的力道。你现在都是这样的……"

她说着伸出根手指,贴到孙嘉树露在外面的喉结上,用他蹭她的力道,轻轻地在他喉结上刮了一道,又一道,再一道……

"操!"

孙嘉树猛地爆了粗口,从床上坐起来。

刚想说话,他就看到被自己吓了一跳的姜凌波。他用力抓了抓自己的头发,把火给压了下去。

"用力是吧。"他眯着眼看着她,"我知道了。用力。"

他说得简直咬牙切齿。

第九章
·相依为命·

　　孙嘉树的"用力"最后还是没能实现。

　　因为导演接到电话，今晚酒店方愿意免费为他们提供 ktv 娱乐包房，而且是 vip 的豪华间，水果、饮料、酒水统统都不要钱！

　　穷到连土都吃不起的导演顿时眼睛发光。

　　他细细看了一遍刚才拍完的片段，然后表示："可以用！不用重拍了！快点吃饭，然后包厢集合！"

　　孙嘉树弯着腿坐在床头，气不顺。妈的，好想把她拉回来揉捏搓团。

　　而姜凌波完全没有注意孙嘉树眼底的恼火。她一听到晚上要通宵唱歌，就立刻拿出手机，开始摩拳擦掌找歌单。

　　她对自己的歌喉可是很有信心的呢！……只要有原唱或者陪唱在。

　　"孙嘉树你想唱什么？"姜凌波去问陪唱。

　　她可是一个有心计的麦霸，每次去唱歌之前，都会提前把歌名先记下来。

　　陪唱面无表情："我想睡觉。"

　　姜凌波拽着他的胳膊，拖他下床："快点出戏，我们今晚要去唱歌。"

　　孙嘉树坐在床头丝毫没动，依旧面无表情道："我想睡觉。"

姜凌波："……"你这种态度，很容易失去我的！

她冷哼着松开孙嘉树的胳膊，刚想去找裴月半，就看见苏崇礼站在门口，脸色阴郁地盯着她。

见她看过去，苏崇礼收了刚才的神色，嘴角露出浅笑，手里拿着杯果汁递给姜凌波。

"渴不渴？这是刚榨出来的新鲜橙汁，喝吗？"

他开口问她，语气温柔得不得了，看她的眼神里像是融了蜜糖。但他的笑容里没有那两个酒窝。

姜凌波愣住了。眼前的人分明是苏崇礼，但如果他给她买了杯果汁，他肯定会特别骄傲地黏过来，用撒娇般的腔调，神气十足地说："你看，这是我特意为你带的果汁，鲜榨的呢！怎么样，还是我对你好吧！你是不是特别爱我？快说是！"

可他现在却站在她对面，伸手举着杯子，笑得温柔而慵懒，让她有种异样的熟悉和别扭感。

苏崇礼看了看她，轻笑道："你喜欢这样的男人，对吧？"

他又向前一步，笑着低头看她："成熟、体贴、温柔，你看，我也可以变成你喜欢的样子。"

意识到了什么，姜凌波心里猛地掀起滔天巨浪。

他在学孙嘉树！苏崇礼在学孙嘉树！

虽然她并不觉得孙嘉树哪里成熟、体贴、温柔，但苏崇礼今天给她的感觉，就是在模仿孙嘉树！

"你没必要变成这样。"姜凌波咬着嘴唇，心里乱得厉害。

"你不就是觉得我年龄小，不够成熟体贴，不能把你照顾好，所以才拒绝我的吗？"

苏崇礼还是笑着，但手指却早已攥紧："这些缺点，我现在已经在改了。如果有做得不好的地方，你告诉我，我还可以再改。"

他的样子决绝又认真，还有细微的小忐忑，看得姜凌波非常难过。

她没想过，也没想到，自己犯的错会是这么大。

"不是说要去唱歌吗？"

孙嘉树突然站起来，冷着脸走到姜凌波身前，挡住苏崇礼的视线，头也不回地对姜凌波说："早点回去吃饭，晚上我陪你去唱歌。"

他的个子比苏崇礼稍稍高那么一点，冷峻起来的气场压得苏崇礼眉头紧皱。

但孙嘉树并不管苏崇礼什么表情，拉住姜凌波的手就朝外走。

姜凌波边走，边忍不住想回头看。可脸才侧了一点，就被孙嘉树直接用手掰了回去。

"瞎看什么？"他拧了一把她的脸，手上用了点力气，疼得姜凌波捂脸瞪他。

他这才勾起嘴角，又轻轻捏了捏她的另半边脸，低笑道："我早就和你说过，朝三暮四没有好下场，现在知道了吧？"

姜凌波低下头，头一回没有和他争辩。

等那两人慢慢离开，苏崇礼才转身往回走。

他咬着牙走过拐角，把果汁猛地扔进垃圾桶里，然后在那里站着不动，眼圈越来越红。

裴月半从墙边探出脑袋，看着他很是发愁："你可千万别在这儿哭出来啊，这外面可是有娱记的，万一被他们拍到照片再配上奇怪的标题，我肯定会被锦绣姐辞退的！"

苏崇礼气得踹了一脚垃圾桶："你不是说'学孙嘉树'这招对姜凌波管用吗？！我都学得那么像了，你教我说的话，我也原封不动说了，为什么姜凌波她还是不喜欢我？！"

"你懂什么？你是你，孙嘉树是孙嘉树，你学他学得再像也没用，这招的关键，是让姜凌波心疼。心疼你懂吗？这女人一心疼，她的心就软了，她心软了，你才有机会。"她循循善诱。

苏崇礼委屈地吸吸鼻子："我不信！"

"爱信不信。"裴月半懒得理他，"我要去吃晚饭了，今晚有海鲜套餐，去晚了就没好的了，你去吗？"

苏崇礼揉揉眼睛，红着眼圈问她："你给我剥虾吗？"

"……剥！"

和孙嘉树到了餐厅，姜凌波面对丰盛的海鲜饭，却完全吃不进去。

她很难过，越想越难过，难过得两手发抖，连筷子都拿不住。她比谁都清楚，对苏崇礼，她到底做了些什么。她把他当成了孙嘉树的替身。

只是因为他的身形声音和孙嘉树很像，她就总是忍不住去靠近他。甚至当她觉察出苏崇礼对她的亲昵和不同时，她都没有说过拒绝的话。她明知道自己是在给他机会，但她就是没办法拒绝。

因为他真的很像孙嘉树。

在孙嘉树不在的日子里，她听苏崇礼用那个和孙嘉树很像的声音跟她道一句"晚安"，她都能自欺欺人地做个好梦。

可现在，因为孙嘉树的回来，她毫不留恋就把苏崇礼推开，甚至连理由，都只是用了一句"不喜欢"。

她其实是存了侥幸心的。她希望苏崇礼对她只是普通的好感，听到她的拒绝，他就能干脆地和她说再见。

看，她多坏啊。自私、卑鄙、没心肝。

虽然她一直不愿承认、不愿去想，但事实就是这样。事到如今，她已经没办法再欺骗自己。内疚感快要让她的心爆炸了！

姜凌波鼻尖酸得厉害。

孙嘉树坐在对面，手撑着脸静静看了她一会儿，然后从调料盒里舀了一勺辣椒粉，送到她嘴边，用勺子碰了碰她的嘴唇。

姜凌波下意识张开嘴，他就把辣椒粉喂了进去。

"好辣。"姜凌波哽咽地喊了一句，接着眼泪就掉下来，滚进眼前的浓汤里。

孙嘉树走到她身旁坐下，伸出手，用手背给她擦泪。但他的神情却像是没看到她在哭一样，嘴角还带着点笑。

"姜凌波，"他的语调甚至还带着痞气，"我这辈子就喂你吃这一次辣椒，你记住了。"

因为哭的人是你，所以哪怕知道你是为别的男人哭，这次我也不生气。

但你为别的男人哭这种事，这辈子，我也就忍这么一次。

姜凌波一顿，哭得更凶了。

几分钟后，苏崇礼一进餐厅，就看到了正在哭的姜凌波。

他愣了愣，转身就兴奋地抱住裴月半，用力地晃："啊啊啊啊干得漂亮！你支的招居然真的有用，姜凌波她为我哭了！"

裴月半纳闷："你怎么知道她不是吃辣椒被辣到了？"

苏崇礼傲娇得像个小公主："我就是知道！"

我就知道，我这么帅，她肯定会为我动心的！

裴月半心想：呵呵呵。

哭过一场以后，姜凌波心里舒服多了。

她的情绪向来来得快、去得也快，哭完就想明白了，反正不管怎么样，她和苏崇礼都绝对不可能。以前做错的没有办法改变，只能在今后坚决地和他表明态度，不能再让错误加深！

这事想好以后，她就又记起晚上要唱歌的事儿了。于是她边抽抽噎噎，边拿出纸笔开始记歌单。

孙嘉树瞥她一眼，觉得好笑："你一会儿真要唱歌？"

"要唱。"姜凌波眼睛通红地看向他，"你要陪我唱。"好像如果他不答应，她又要立刻哭出来一样。

孙嘉树笑："好。"

又是这种不怀好意的笑！姜凌波瞪了他一眼，接着埋头写歌单。

但是没想到，到了晚上，她满满一大张的歌单竟然全无用武之地。

因为导演用点歌机玩起了真心话大冒险。

……

谁会专门到 ktv 用点歌机玩真心话大冒险！姜凌波暴躁了。

孙嘉树拿了片小西瓜送到她嘴边，笑得不行："郑导这癖好在圈里还挺有名的，每次拍戏都要带人来玩一回。你要想唱歌，我下次单独带你去。"

……你居然早就知道了。

没等姜凌波悲怆完，导演已经把抽签的道具准备好了。

抽签筒里装着和玩游戏人数相同的签，里面只有一支签的底端被用黑笔涂上了颜色，谁抽到就要按点歌机上的程序玩真心话或者大冒险。

姜凌波看着一屋子人，觉得自己抽中的几率很低，于是放心地在旁边吃水果和点心。

因为哭得太伤心，所以她晚上都没有吃成饭呢！

很快，游戏开始，第一个抽签的人是孙嘉树。

孙嘉树随手抽了一支。

中了。

姜凌波刚咬了一大口西瓜，嘴里塞得满满的，抬头就看到那签底的黑色，差点没把自己给呛着。

第一个抽居然就中了，这也太倒霉了吧。她暗地里捧着西瓜乐到不行。

孙嘉树看了一眼躲在角落里吭哧偷笑的姜凌波，轻笑着把签放回筒里，扭头看导演。

导演发愁："要不孙嘉树，你就唱首歌吧，当是给咱们游戏开个场。"

他就是怕孙嘉树抽中黑签，所以才安排他第一个抽，谁能想到他运气这么"好"，上来就中。

这游戏他玩过很多回，所以他很清楚，点歌机里无论是真心话还是大冒险，内容都有那么点嘿嘿嘿。孙嘉树和他又不算熟，万一到时候孙嘉树玩不起翻了脸，那收场就太麻烦了。

孙嘉树坐到点歌机前，靠着沙发边敲屏幕边笑道："不用，我既然抽到黑签，那就按游戏规则来。不过既然郑导你提了，那我就先唱一首当热场？"

导演自然是点了头。

姜凌波一听到孙嘉树要唱歌，赶紧把嘴里的西瓜咽下去，挤到孙嘉树背后用手背敲他。

孙嘉树回头，她立刻开始猛地眨眼睛。

唱歌不要忘了我啊，我可是有歌单的麦霸呢！

孙嘉树微微一笑，从盘子里拿了颗圣女果塞进她嘴里，然后转身接着点歌。

他拿着话筒，到台上的高脚椅坐下，音乐的前奏曲也慢慢传出来。

姜凌波听到那个熟悉的前奏，怔住了。

她以为，他会选一首他们乐队自己的歌，会选一首他的代表作，但他没有。他选了一首十几年前的粤语老歌——《相依为命》。

这首歌在大陆流传的时候，他们还在上中学，姜凌波周末偶然在音像店听到，觉得好听，就跑回去叫孙嘉树唱给她听。

当时孙嘉树还在家里睡觉，猛地被她掀开被子，吓得直挺挺坐起来。

看清是她，他又无奈地抓着头发倒下，呻吟道："大花你下次要再乱掀我被子，我就不穿内裤了啊。"

她才不受他威胁呢，立刻笑眯眯地表示："我现在就可以帮你'不穿'哦。"说着就朝他伸手。

孙嘉树顿时一个鲤鱼打挺蹦起来，随手捞了件 T 恤罩到姜凌波脑袋上。等她把 T 恤拿下来，他已经把裤子穿得严严实实，连运动裤松松垮垮的带子都系好了。

她撇撇嘴，坐到床边掏出刚买的 CD，很兴奋地说："我听到一首超级好听的歌，你快点学，然后唱给我听！"

"哦。"听完，他又跟没骨头似的赖回床上去了，看得姜凌波伸直脚想去踹他。

隔了两天，他们一起放学回家，她在校门口买了糖葫芦慢慢吃着，突然就想起来，他答应给她唱的歌还没唱呢！

她立刻向外跳了一步，把串糖葫芦的签子当剑一样指着孙嘉树："说好要给我唱的歌呢？"

他垂眸问："你知道那首歌唱了什么吗？"

她特别理直气壮："不知道！"全是粤语谁能听懂啊。

"那我不唱。"他说着就继续往前走。

她怎么可能放过他，马上跑到他跟前把他拦住："为什么？"

"我现在不想给你唱。"他看着她的眼睛，没什么表情。

"那你什么时候给我唱？"

"等我想给你唱的时候。"

"那是什么时候？"她皱眉。

"等你变聪明一点以后。"

"孙小草你居然敢说我笨！"不能忍！

"你就是笨，"他又用那种欠揍的腔调说，"在你变聪明以前，我才不会给你唱这首歌。"

……

那现在，你为什么要唱这首歌？是因为我变聪明了吗？

姜凌波愣愣地看着孙嘉树，他也在看她，边用他独有的、轻而温柔的嗓音唱着歌，边看着她。

"旁人在，淡出终于只有你共我一起，仍然自问幸福虽说有阵时为你生气，其实以前和你互相不懂得死心塌地，直到共你渡过多灾世纪。"

她依然听不懂他在唱什么，却觉得整颗心都变得滚烫，烫得快要沸腾起来。

"即使身边世事再毫无道理，与你永远亦连在一起，你不放下我，我不放下你。我想确定每日挽住同样的手臂。"

他嗓子哑了哑，看着她的眼神却澄澈而明亮："不敢早死要来陪住你，我已试够别离并不很凄美，我还如何撇下你。"

姜凌波恍惚得厉害，仿佛这世界除了他和他的声音，其他的，她都看不见，也听不清。

他的声音敲在她心里："不敢早死要来陪住你，我已试够别离并不很凄美，见尽了云涌风起，还怎么舍得放下你。"

他唱着，忽然从椅子上站起来，笔直坚定地，朝姜凌波走来。

周围的尖叫更加剧烈，摇铃和沙锤的刺耳声音几乎要掀翻屋顶，每个人脸上都是兴奋和激动，只有姜凌波，一脸的呆滞。

他走到她跟前，并没有做什么，只是坐到她旁边，接着唱着："……证明爱人又爱己，何以要那么悲壮才合理，即使身边世事再毫无道理，与你永远亦连在一起……"

他看着屏幕，没有再看她，他的神情也是自然轻松的，嘴角微微带着笑，并没有方才她感觉到的那种专注，还有深情。

甚至直到他唱完，他都没有再看姜凌波一眼。但姜凌波的眼睛，却没有办法再从他身上离开。

在孙嘉树看着她，轻声唱出那句"我怎么舍得放下你"，她就知道，她没办法了，她对孙嘉树的喜欢，已经没办法否认了。

她逃不开了，彻彻底底地栽了。

不过这也没什么不好的。喜欢上孙嘉树，真是这个世界上最好的事情啦！

姜凌波得意地想，孙嘉树长得好看还会做饭，唱歌好听对她还好，再没有比他还出色的男人了！

真不愧是她喜欢的男人！

于是她眉眼弯弯地笑起来，看着孙嘉树被起哄的人群带到点歌机前，在"真心话 or 大冒险"的界面上点了"开始"。

这个界面其实就是一个转盘，"真心话"和"大冒险"所占的比例都是50%，看指针最后停在哪里，就要做哪一项。

指针慢下来，最终慢慢停在了"大冒险"，界面随即切换成"大冒险选项"，上面只有简单的一个框，里面无数大冒险选项在不断变换。

孙嘉树又按了"开始"。

过了几秒钟，包房诡异地出现了几秒安静，紧接着，一阵震耳欲聋的尖叫声猛地爆发出来。

孙嘉树看了看屏幕上的那行字，嘴角噙着笑，朝瞪大了眼睛的姜凌波扫了一眼。

音响里的音乐顿时变成热烈的西班牙鼓点，混着电子乐器尖锐的嘶鸣，一下子把包房里的气氛掀上了高潮。

姜凌波看着屏幕上那行字，心里也跟敲鼓似的咚咚咚响。

【选在场其中一位异性，与 Ta 面对面做 20 个俯卧撑】！

那画面光是想想，就莫名有种小兴奋呢，毕竟孙嘉树现在的身材，看起来就知道超级棒！

不过姜凌波还是觉得，自己应该矜持一点，三年前那次告白失败的教训告诉她，毛遂自荐这招对孙嘉树可能不怎么管用。

所以该怎么办呢？

……

孙嘉树就在一旁看着，姜凌波先是眼睛发光，接着满面愁容，随后又皱着眉头开始严肃沉思，那样子真的是生动得不得了。

他低笑着垂了下眸子，抬起头却又收了笑意。

孙嘉树走到导演跟前，正好背对着姜凌波："郑导，你说我要怎么选？"

他刚开口，周围尖叫的声音就全都停了下来，所有眼睛都盯在导演身上。

那些虎视眈眈的目光，看得导演鸡皮疙瘩都起来了。

他勉强笑着说："要不就再抽一次签，谁抽到就选谁？"

"好！"道具大叔说着就往里挤，还边挥着手，边用粗壮的声音喊道："我先来！我先来！"

导演："要异性。"

道具大叔："……哼！"

姜凌波刚竖起来的手，立刻缩到背后去了。她有点忐忑地朝孙嘉树张望，生怕他就这么答应下来。

她的运气可是向来都不好，剪刀石头布都很少有赢的时候。

孙嘉树开口："好。"

姜凌波："……"

抱着那么点期待，姜凌波把手伸进抽签筒里，然后飞快地拿着签跑开了。

避开人群，她偷偷地看了眼签，果然没有抽中。

但是！

经过她刚才的观察，那些签看起来就像是冰棍吃完以后剩的木棍，随便拿黑色记号笔在下面划拉两下，就能完美伪造出一支有标记的签。

反正现在还没有人抽中，谁也不知道筒里面是否还有一支真正的标记签！

姜凌波把手背到身后，偷偷摸摸在签上画了几笔，然后装作意外地轻轻"啊"了一声，又钻进人群里，把签交到孙嘉树手上。

她很平静，甚至有那么点不情愿地说："哪，我抽到了。"

其他人顿时失望地散开了。

孙嘉树摸了摸那支还待在自己口袋里的记号签，轻笑着收下了姜凌波递来的这支假的。

"笑什么？"姜凌波心虚地瞪他一眼，"你以为我愿意抽中啊！谁知道今天手气这么差！"

"哦。"孙嘉树似笑非笑地点了下头。

姜凌波更心虚了。她严肃地表示："不是要做大冒险吗？赶紧的，别浪费时间，别人还要继续玩呢！"

她这边说着，那边导演已经拖来圆地毯，在宽敞的地方铺开了。

姜凌波扭头去看时，不知从哪儿冒出来的裴月半正挎着个竹篮，从篮子里拿出玫瑰花瓣撒到地毯上。

对上姜凌波的目光，她用力点了下脑袋，然后，做了个 fighting 的手势。

姜凌波："……"

我什么都没看到没看到没看到。

孙嘉树用脚尖点了点姜凌波的脚尖，等她回过头，他朝地毯那儿扬了扬下巴，语气几乎是命令式地说："去躺下。"

那神情自然得就好像是他想吃苹果但懒得动，让她去给他洗个苹果一样。

姜凌波觉得，"躺下"什么的好羞耻哦，并不想做。

孙嘉树在她犹豫的时候走到她身边，和她并肩站着，歪头去看她。

见她赖在原地半天不愿动，他无奈地叹口气："行吧。"

没等姜凌波想明白"行吧"是什么意思，他就弯腰侧身，把姜凌波直接抱了起来。

是公主抱。

包房瞬间又炸了。灯光小妹和剧组姐妹们抱在一起，痛哭哀号着："单身 dog 命好苦！！！"

裴月半篮子里的玫瑰还没见底，见状马上跑过去，对准姜凌波就是一通乱撒。

至于被排挤到角落里的道具大叔，他也冷哼："恋爱的酸腐味最讨厌了！"

然而姜凌波并没有什么恋爱的感觉，从小到大，她都不知道被孙嘉树这么抱过多少次，还有背啊扛啊的，她早都习惯了。现在她全神贯注在做的，是阻止落到她脖子上的玫瑰花瓣滑进衣领里去。

但随着孙嘉树胳膊一抬，她还是没能抓住那片花瓣。

那花瓣直接滑进了她的内衣里，卡住了。

凉凉的，晃来晃去，好不舒服，但大庭广众还没办法伸手进去掏……

直到孙嘉树把她平放到地毯上，她还在纠结该怎么把花瓣给弄出来！

孙嘉树看出她的心不在焉，几乎在放下她的同时，他就双手撑在她耳边，把她压在了身下。

围观的人已经开始欢呼。

"一！"

鼻尖被轻微蹭了一下，额头也被他的碎发扫得发痒，姜凌波晃了下头，抬眼看他。

"二！"

"三！"

他覆在她身上，四肢把她完全笼住，下压时的呼吸微微沉重，交融的气息让她的嘴唇都莫名发麻。

……

"六！"

"七！"

"八！"

……

她头一回深切感受到，孙嘉树作为男人的力量和威慑。他每一次撑起身后的快速下压和骤停，都让她有种坐跳楼机下降时失重的眩晕感。

有一两次，姜凌波真的觉得，他的嘴唇碰到了她的，但又或许，碰到她的只是他滚烫的呼吸而已。

鬼使神差地，她拿了一片玫瑰花瓣，盖到了自己的嘴唇上。

孙嘉树本来脸上是没有表情的，连嘴角都是绷紧的。

但当她笨拙地捏了片花瓣盖到嘴上，还无意识地把花瓣含进嘴里，他眯了眯眼睛，眼神里隐约露出猎豹看到食物时的幽光。

"十四！"

孙嘉树低笑着把左手背到了身后，然后猛地压了下去。

"十五！"

"十六！"

"十七！"

用一只手来做俯卧撑，离开得更慢，靠得也更近。

他的动作简洁而标准，有力而帅气，每做一个都能听到旁边赞美的惊呼。

但姜凌波却没有心思去感受，因为他的前胸和大腿不时蹭到她的，还轻喘着气发出如同呻吟般的性感声音。

他不出声还好，姜凌波还能闭着眼假装镇定。他一出声，那喘息混着呼吸，就像轰然爆炸的炸药，把她的心都震得酥麻起来，连脚指头都下意识勾起。

她软着身子偏过头，想躲开他。

孙嘉树看着她露出的大片雪白脖颈，有种仿佛他只要张嘴，就能咬断她喉咙的冲动。

这么想着，他的喉咙发干，动作越发狠厉。

"十八！"

"十九！"

啊啊啊怎么还没做完！

姜凌波闭紧眼睛装死，心里不断哀号着盼望游戏快点结束。

"二十！"

终于做完了！

姜凌波整个身子都松下来，软塌塌地呼出口气。

她回过头，睁开眼。

孙嘉树还撑在她上面看着她。

……

她张嘴，想催他让开，才意识到刚才的那片花瓣还在她的嘴唇上，甚至被她抿了一点到嘴里。

姜凌波刚想把花瓣吐出去，孙嘉树就突然俯下身，张开嘴唇，用牙咬住那片花瓣。

孙嘉树咬到了那花瓣，也咬到了她的唇瓣。隔着那层花瓣，姜凌波清晰感受到了，被他牙齿咬磨的微微刺痛。她的手抵上他的胸口，里面的心，在剧烈而有力地跳动。

直到他把那片花瓣完全咬住，孙嘉树的嘴唇才慢慢离开。

但他并没有抬起头，而是边咀嚼着那片花瓣，边贴到姜凌波耳边，用极轻的声音笑着说："我还没把签放回去呢。"

"什么？"

姜凌波不自觉侧头，对上孙嘉树的眼睛。

"那支有标记的签，根本就不在抽签筒里。"

反应过来，姜凌波顿时有种被雷劈到的感觉。难得当一回心机 girl，就被抓了个现行……

但孙嘉树说完，却没逮着她不放，而是连看都没再看她一眼就站起身，朝屋里人点头示意了一下，然后推门出去。

姜凌波这会儿才后知后觉地想起来，她刚刚好像是被孙嘉树亲了。

他亲完她就跑了！一句交代没给就跑了！这怎么能忍？

姜凌波从地毯上爬起来，撸着袖子就追出去。

她身上还沾着不少裴月半撒的花瓣，有些刚才被她压在身下，都碾碎了，她这一走，身上的花瓣纷纷往下掉。尤其是之前那片滑到她内衣里的花瓣，让她随时有种冲动，想要把手伸进去直接掏出来。

……还是先去卫生间收拾一下好了。

她这么想着，往卫生间走去。谁知道刚一拐弯，她就看到苏崇礼站在卫生间门口。

苏崇礼也看到了她，眼睛一亮，快步走了过来。

姜凌波下意识就想跑，但她脚才刚往后挪了一点，右侧房间的门突然打开，里面伸出一只手把她拽了进去。

"是我。"孙嘉树边说着，边把跟跄着的姜凌波拉进怀里。

接着，他"砰"地关上门，把已经跑到门口的苏崇礼关在了外面，还很响亮地上了锁。

姜凌波几乎是撞进孙嘉树怀里的，鼻子也不知道磕到了哪儿，生疼。

她揉着鼻尖推开他："你干吗？"

"我帮你怎么样？"孙嘉树顺着她的力道退开。

"帮什么？"

房间里没开灯，姜凌波的眼睛在晚上又很难看清东西，没了孙嘉树在旁边，她只能自己靠着墙壁，慢慢伸手去摸索灯的开关。

"我帮你打发走那个姓苏的，"孙嘉树随便找了个沙发靠着，看着姜凌波，"你不喜欢他，却被他缠上，很麻烦吧？"

姜凌波还在墙边一点一点地蹭呀蹭："那你想怎么帮我？"

"装你男朋友怎么样？"

他的语气太过随意，就好像在说"今晚吃米饭怎么样"，姜凌波一时都没能反应过来。

"你不同意？那就算了。"孙嘉树起身，插着兜就往门口走。

"等等！"姜凌波急得差点跳起来。

别说装男朋友，就是做男朋友我也愿意呀啊啊啊！

她清了下嗓子，严肃道："我接受你的帮助。"

孙嘉树听到，也没说话，直接把门打开。拧开把手的同时，他拉过墙边的姜凌波，把她按在门上，接着就低头亲下去。

苏崇礼一直在门口站着。

听到开门声，他抬起头，看到的就是孙嘉树和姜凌波亲吻的场景。

他看了几秒，就咬着嘴唇转身跑掉了。跑了两条走廊，他才在一个空旷的拐角里蹲下，闷闷不乐地打了个电话。

裴月半拿着电话，跑得气喘吁吁的，好容易才找到他。

看到他可怜兮兮地蹲在角落里，跟只被主人抛弃、还倒霉到淋了场雨的大猫似的，她叹着气走到他跟前："好啦小公主，我来安慰你啦。"

苏崇礼耷拉着脑袋没理她。

裴月半无奈地蹲到他前面："说吧，孙嘉树又怎么欺负你了？跟你讲他和姜凌波小时候的故事，还是说他长得比你帅？"

苏崇礼还是不说话。

裴月半笑："总不会是他当着你的面亲了姜凌波吧？"

苏崇礼猛地抬起头，一脸泫然欲泣的表情。

裴月半："……"居然说中了，真是抱歉啊。

她发愁地看着泪眼汪汪的苏崇礼，挺没辙："要不你放弃吧，你家里不是还有个安排好的未婚妻吗？其实……"

"坚决不！"苏崇礼惶恐地摇着头，还一脸痛不欲生地看向她，"我那个未婚妻比我老还比我丑，而且听说还喜欢暴力。你能相信一个女人能徒手捏爆核桃，还能徒手掰开苹果吗？！"

裴月半"咔嚓"一声，捏碎了口袋里一大把还没拿出来的花生。

苏崇礼说完，又想起坏蛋孙嘉树。他很生气地骂道："孙嘉树他就是故意在气我！真是太幼稚了！"

……

"真是太幼稚了！"姜凌波也在跟孙嘉树强调，"难道就没有别的办法可以让他死心吗？"

被亲嘴角了有点小开心呢。

"那姓苏的多幼稚，"孙嘉树说得理所应当，"对付幼稚的人，就要用幼稚的办法。再说，我不是在装你男朋友吗？男朋友亲你一下怎么了？"

他甚至还伸手指勾了一下她的下巴："不让亲？"

姜凌波歪着脑袋看他。

也不知道是不是错觉，她怎么觉得孙嘉树挺喜欢她的？

不然，怎么可能提出这种"帮忙"，还主动亲她，而且亲了两次呢。

"看什么？"孙嘉树摘着她头发里夹着的花瓣，漫不经心地问。

姜凌波笑眯眯地试探他："刚才做完游戏，你为什么要亲我？"是不是因为喜欢我，所以情难自已啊？

"我没亲你啊，"孙嘉树无赖地笑笑，"花瓣，还挺好吃的。"

姜凌波笑得更甜了："是吗？那我这样，是不是也可以说是在咬花瓣？"

她说着拿了片花瓣，踮起脚，把花瓣按到孙嘉树的脖子上，然后隔着花瓣，用力地咬了他一口。

孙嘉树轻笑："我是想提前适应一下，明天要拍的实验室戏份里，可能会有接吻的戏份。"

现在孙嘉树的脸皮，已经厚到连接吻这种事都可以这么自然地说出来了！

姜凌波哼道："不是说可以借位吗？"

"原来的那个摄影师可以做到，但他因为剧组太穷，已经辞职离开了。"孙嘉树笑得一点都不心虚，"现在的摄影师可不会拍借位的接吻。"

姜凌波："……"真当我傻吗？

孙嘉树笑着拍拍她的脑袋，走了两步又回头朝她伸手。

"走吧，女朋友。"

第十章
━━━ 说你爱我 ━━━

到了第二天，剧组又回到红砖洋楼继续开工。姜凌波到的时候，阁楼已经完全改装成了实验室的样子，各种试管器皿，都摆得有模有样。

导演一看到她，立刻十分正经地表示："这些道具都是租来的，千万不能打碎！"

他想了想，又补充道："里面的液体也不能喝！"

姜凌波："……"

对于昨天把道具水果全吃光这件事，我真的已经很后悔了。

孙嘉树就跟在她后面，听到导演的话，他毫不掩饰地笑出了声音。

姜凌波："……"说好的假装男友呢！这种时候，难道不是应该安慰我吗！

她冷哼着瞪了孙嘉树一眼，扭头走开。走了两步，她停住回头，孙嘉树居然在跟导演有说有笑，完全没有在意她的意思。

过了没多久，拍摄就开始了。

这场戏说简单也简单，说难也真的很难。

因为博士对 Mariah 近乎变态的爱，他不希望她接触异性、不希望她关注其他人，甚至不希望她出门离开他半步。他的这种控制欲让热爱自由的Mariah很反感，几番争吵之后，赌气的Mariah提出了分手，并收拾行李离开。

在她离开前，她来到博士的实验室，和他告别。

这一场戏，演的就是那段告别。

姜凌波站在门口，看着实验室里忙碌着的孙嘉树。他的腰背挺拔笔直，侧脸英俊秀美，严谨冷漠的神情让她既爱又恨。

她敲了敲门，他举着试管的手就顿了顿，但并没有停下来。

"我要走了。"姜凌波轻声说。

孙嘉树没有说话，也没有反应。

"你多保重。"她说完，转身离开。

这时，孙嘉树手里握着的试管突然炸开，发出剧烈的声响。

姜凌波立刻按剧本安排跑过去，抓住他正在流血的手。

以前她听导演说过，这支试管是特殊道具，并不是真的玻璃，孙嘉树手上的血也是染料。

但现在，她明显看到，孙嘉树的手心里确实扎进了几块玻璃的碎片，血也是从他的手心里流出来的。

她睁大眼睛，顿时慌张地想要导演停止拍摄。

可她还没行动，孙嘉树就一把抱住她，把她用力按进了怀里。他的胳膊用了很大的力气，好像要把她给按进自己身体里。

"你别走。"

他几乎是咬着牙把话说了出来，虽然脸上依旧没有什么表情，但他的眼圈已经红得厉害。

"你别走。"

"你别走。"

他面无表情，却反复地、缓慢地，在重复这一句话，好像把生命里所有的力气都用在了发声上。

姜凌波只能照着剧本，胡乱挣扎。她猛地推开孙嘉树，喘着气站起来，眼睛里全是泪。

她其实没有必要哭的，虽然这时的 Mariah 的确在哭，但导演说过这场戏需要的只是她的背影，她只需要做几个安排好的动作就可以了，但她还是红了眼睛。

孙嘉树真的很厉害，他强抑着带着哭腔的沙哑嗓音，把她完全带入了 Mariah 当时的心境。她根本克制不住自己想哭的情绪，鼻尖毫无理由地就发酸了。

孙嘉树缓慢地站起来，逼近她，直到把她逼到墙上。

他的动作缓慢，却有种让人害怕的决绝，姜凌波的眼泪不争气地掉下来，为他演的博士心疼。

"你是我的。"

孙嘉树单手撑着墙面，另一只流血的手不断地帮她擦着眼泪。姜凌波按照剧本，伸手想拍开他的手，手却被他紧紧攥住，压到了墙上。

几乎是同时，他低下头吻住她的嘴唇。

跟以前所有的吻都不同，他这次的吻凶猛而剧烈，唇齿间的撕咬和吮吸，让姜凌波的嘴唇很快麻胀，连疼痛都感觉不到了。

就这样亲吻了很久，孙嘉树才轻喘着抬起头，盯着她的眼睛，有如洗脑般地重复着："你不会离开我。"

"你爱我。"

"Cut！好！"导演的声音从旁边传来，周围变得嘈杂起来。

孙嘉树闭上眼，身体因为刚才的情绪还在轻微发抖。他低头靠在姜凌波肩上，轻轻地、慢慢地，呼出一口气。

姜凌波拍着他的后背，偏头亲了一下他的耳朵，然后小声说："嗯，爱你。"

因为孙嘉树的手受伤，所以下一场拍摄临时取消。孙嘉树回到酒店房间，等医生上门做处理。

裴氏旗下的每家酒店内都会配备专职的医生，这也是大堂姐最初选择这家酒店的原因之一。

一回到房间，孙嘉树就懒洋洋地躺到床上，看着姜凌波围着他的伤手急得转来转去，觉得挺好玩。

他用手抓住姜凌波，笑着逗她："就是扎进了两块碎玻璃，有什么可急的？小时候我从旋转飞机上摔下来，流的血不比现在多？也没见你放在心上。"

姜凌波："……"我知道我那时候渣，你不用再重复了！

她严肃表示："那我现在补偿你好了。在你手伤好起来以前，就由我来勉强照顾你一下。"

孙嘉树莞尔："哦。"语气很不信任嘛。

姜凌波强调："我会照顾好你的！你有什么需要就告诉我，我全都可以帮你做！"

孙嘉树想想："我想喝水。"

姜凌波马上跑去给他倒水。

等她把杯子端回来，孙嘉树又说："我不想喝烫的水，你先喝一口试试温度吧。"

姜凌波："……"已经不想干了。

"你刚刚还信誓旦旦说要照顾好我呢。"孙嘉树微笑。

姜凌波只好喝了一口。水温正好，不热不烫，完全可以直接喝。

孙嘉树突然起身，拉着她的胳膊把她扯到跟前，嘴唇轻轻碰上她的。接着，他的舌头就在她唇瓣的缝隙间轻轻划过，吓得姜凌波一口把水咽了下去。

"你怎么……"

她想质问他怎么敢如此大胆，明明还只是假装的男朋友呢。

"你怎么来了？"

孙嘉树对着门口说。

姜凌波一回头，就看见大堂姐带着医生和苏崇礼，站在房门口。

……哦，有苏崇礼在。姜凌波把要说的话咽了回去。

大堂姐睨他："我怎么来了？要不是听说有人受伤，我用得着火急火燎赶回来吗？"

她走进屋里，看了眼姜凌波还微肿着的嘴唇，没好气地笑话孙嘉树："你是昨晚上把脑子都射出去了，所以今天连哪支试管是道具都分不清了是不是？"

孙嘉树笑得一点都不害羞："姐，那是拍戏的时候弄的……"

"别跟我说那些没用的，"大堂姐打断他，"知道我昨天为什么出去吗？就是你们俩成天给我惹事。上次的教训记不住？说了多少遍，有人的地方给我收敛点收敛点，就是不听。"

"又怎么了？"孙嘉树站起来问。

"还能怎么，不就是你和 GiGi 的绯闻又添了笔新料。"

大堂姐说着，从信封包里拿出几张报纸。"我昨天接到消息，就去了几家杂志社，虽拦住了几份，但估计用处不大。"

孙嘉树看着铺在床上的报纸，跟上次"公益片"的爆料风格很像，都是把他和姜凌波在一起的照片做一个处理，把女主人公说成是 GiGi，再添些杂七杂八的"据内部消息"什么的。

虽然没有真凭实据，但语言够生动，处理过的图片也足够吸引眼球。

就连孙嘉树自己，要是不动脑子随便看一遍，搞不好也会相信他和 GiGi 有事，更别说那些对娱乐圈一向持跟风态度的媒体和群众了。

"网上怎么看？"

他翻着报纸，上面居然连他刚到 Y 城当晚，搂着吃完海边烧烤的姜凌波回酒店的照片都拍到了，看来是早就被盯上了。

"网上昨晚就炸了。"

大堂姐拿出手机刷微博："怀疑的也有，毕竟照片没有一张是带女方正脸的，不被怀疑才奇怪。但麻烦的是，上次那些照片我们没否认，还就势默认下来说是在拍公益片，所以他们就拿以前的照片和这次的做对比，确定就是一个人。……现在倒好，难道要说你和 GiGi 是在拍新电影？就你和姜凌波照片里这样子，能糊弄得了谁？"

孙嘉树也随手拿起手机，登上他的那个橙 v 号，顿时无数留言和私信都涌进来。

他点开随便看了几个，说法居然还很一致，都是支持他和 GiGi 快点公开在一起。只有零星几个叫他出来澄清，相信那个人肯定不是 GiGi。

孙嘉树想了想，把每个说"不是 GiGi"的微博都点了赞。

手滑嘛。

大堂姐在旁边，眼睁睁看着孙嘉树挨个点赞，居然没法像教训苏崇礼一样教训他。

她又回头去看那个硬跟过来的苏崇礼。他从见到她开始，就在不停地说孙嘉树的坏话，还怂恿她说："大堂姐你就把孙嘉树赶走，把姜凌波还给我吧！我保证以后乖乖拍戏，再也不偷懒了！"

……

真是没一个省心的。

苏崇礼正走到姜凌波身后，刚想和她说话，孙嘉树就牵住姜凌波的手，把她拉到腿上坐下。

大堂姐："……"有完没完？

"我们不用回应，随便他们去写。我现在手受伤了，需要一段时间的治疗，外面的事不清楚，也管不了。"

孙嘉树说着，伸手捏了捏姜凌波腰上的肉，本来想起身的姜凌波顿时满脸惶恐，挺胸收腹不敢再动。肚子上的赘肉被捏到了，好像噩梦……

孙嘉树轻笑着松开手，看向大堂姐："我的戏还差一场就杀青了，结束了我就回 B 市养伤。其他的，就要麻烦锦绣姐了。"

他又指了指正瞪着他的苏崇礼，微笑道："这个也麻烦锦绣姐了，我的手要包扎，近期可能不方便做剧烈动作。"

大堂姐捏了捏眉心，点头说了句"那你好好养伤"，然后就把苏崇礼给拖了出去。

后面等着的医生随即走上前，打开药箱准备给孙嘉树处理伤口。

"喂，苏崇礼已经走了，不用再演啦。"姜凌波轻轻推他。

孙嘉树把头靠到她肩头，皱着眉轻哼："你别动，我手疼。"

姜凌波本来没想理他，但一看到医生拿着镊子，从他的伤口里一下一下拔着玻璃碎片，她又心软得不敢动了，还笨拙地摸了摸他的脑袋。

孙嘉树低笑出声。

没想到李重年的这招还真管用。以前李重年跟周意满在一起的时候，总是没事就找个理由支使周意满在他跟前忙活。周意满但凡有点不情愿，他就哼唧着说自己这儿疼那儿难受。孙嘉树当时还觉得李重年幼稚，现在看来，偶尔幼稚一下也挺好。

一想到这个身在国外、已经杳无音讯了四年的哥们儿，孙嘉树的眉头又皱了起来。

李家在 B 市地位极高，这辈一共就两个儿子，李重年，还有他的大哥李嘉和。

关于李嘉和，周围的人很多年前就知道，李嘉和有个未婚妻，但他把她保护得很好，所以不管是李重年还是孙嘉树，谁都没见过她。

李重年和周意满的事儿，孙嘉树也是很早就知道了。只是他怎么也没想到，周意满就是李嘉和的那个未婚妻。

做弟弟的喜欢上了亲哥的未婚妻，而且还是那种铁了心要抢到手的喜欢，还好周意满果断和李重年分了手，和李嘉和订了婚，不然这桩事，只怕是要在 B 市掀起轩然大波。

后来，李重年就出国了——在周意满生孩子的当天。

没有人知道他去了哪儿，谁也联系不上他，连他这个最好的朋友也不知道，就这么过去了四年。

周意满的孩子都四岁了。时间过得真快。

"你想什么呢？"姜凌波问。

"李重年。"

姜凌波顿时睁大眼："你有他的消息吗？！"

"你想知道？为什么？"孙嘉树挑眉，又露出那种痞气的笑。

姜凌波扁扁嘴，不说话了。

上次说漏嘴的事，她到现在还觉得心有余悸，以后还是不在孙嘉树跟前提小满和李重年比较好。保守秘密什么的，真的好痛苦！

她刚想把话题岔开，包里的手机就响了。拿出来一看，来电人是周意满。

心好虚。

姜凌波小心翼翼地接通电话："小满？"

"凌波阿姨，我是李昂。我妈妈和我说，你会带我和九斤哥哥去游泳，你有想好具体的时间吗？我建议你最好选这周六，因为我和九斤哥哥周一到周五都要上幼儿园，周日我还有散打班的课要学，可能会没时间。"

……所以她就说，全世界的熊孩子里，她最讨厌的就是李昂！

每次见面他都用一种很不放心的眼神看着她，好像只要她办的事情，都会搞砸一样！

"你妈呢？"她才不想跟熊孩子一般见识呢。

"妈妈在忙。"李昂顿了顿，问，"九斤哥哥问，他的舅舅跟你在一起吗？"

姜凌波看了一眼躺在床上玩手机的孙嘉树："在呀，九斤要跟他说话吗？"

"哦我骗你的，我没跟九斤哥哥在一起。"李昂毫无歉意地表示，"我只是前几天听到妈妈和嘉卉阿姨聊天，好奇来问你一下而已。"

"……"

姜凌波恼羞成怒地挂断了电话。

孙嘉树的手看起来伤得严重，其实也只是皮外伤，抹点药再包几圈纱布，就完全不影响生活了。

他和导演商量了一下，还是决定尽快完成拍摄，早点回 B 市。

于是，当天下午，还负着伤的孙嘉树，就带着姜凌波回到了那个小院子里，准备最后一场戏的拍摄。

这场拍的是 Mariah 怀孕后的片段。在那次实验室的争吵以后，Mariah 最终还是没有离开，而不久之后，她就发现自己怀孕了。对于自己肚子里的宝宝，Mariah 很是期待，每天都过得幸福又欢喜。

这场戏要拍的，就是博士陪着她荡秋千晒太阳的画面。

姜凌波在腰上绑了个椭圆形的塑料壳，外面穿了件蓬松的白纱裙，撑着腰摸摸肚子，还真有那么点孕妇的感觉。

她慢慢走到秋千前坐下，头靠在缠着花草的铁链上，微微晃着身体。

孙嘉树坐到她旁边，伸手揽住她的胳膊。她看着他笑弯了眼睛，把头靠到了他的肩膀上。阳光是温热的，暖和而不刺眼，洒在他们身上，镀上层柔美的色彩。

孙嘉树亲亲她的侧脸，轻声问："你想要儿子，还是女儿？"

……又胡乱加词。

姜凌波想了想："都行吧。"

"我想要个女儿。"孙嘉树的声音更轻了。

"你说过了。"姜凌波看向他，"九斤满百天的时候，你就跟我说过了。"

"哦。"孙嘉树摆着那张博士特有的冷漠脸，很认真地问，"那你知道我为什么想要女儿吗？"

"为什么？"

"因为女儿长得像爸爸，会比较好看。"

姜凌波："……"

瞎说什么大实话！

拍完电影的当晚，两人和导演吃了顿简朴的庆功宴，姜凌波开心地拿着导演塞来的红包，跟孙嘉树坐车去了机场。

在车上，姜凌波摇着红包扬扬得意："导演只给了我红包！"

导演那么穷都舍得给我红包，肯定是为了感谢我出色的表演。

孙嘉树笑道："那你要拆开吗？"

"当然！"姜凌波小心翼翼地拆起红包，但导演把红包粘得很牢，根本拆不开，只能用撕的。

于是她"哗啦"一下把封口撕开，捏着红包朝里面看。

10 元。

1 张。

……

姜凌波又仔细地朝里面看了一会儿，还不死心地晃了晃，直到确定不是自己眼花，她才抖着手把那张 10 块钱抽出来。

孙嘉树在旁边低笑："郑导还挺大方，我以为他能给你 5 块钱就不错了。"

姜凌波怎么能输在这里！她立刻冷哼："你连 10 块钱都没有呢！"

"我演的角色又没死，我哪儿来的红包？"孙嘉树好笑地看她一眼，"圈里的传统，凡是像你这样演的角色在剧中死掉的，等到杀青了以后，导演都要包个红包，算是冲霉运。"

姜凌波："……"

说起来，Mariah 真的是全剧死掉的人里唯一一个有名字的，其他死掉的全部是群众演员，一死一大片的那种。而别的露脸的主角，一个都没死，连孙嘉树演的博士，到最后也只算是生死未卜。

居然只有我死掉了？姜凌波看着手里的 10 块钱，心情复杂。

孙嘉树舒服地躺进软沙发里，两条大长腿交叠翘着，帅气得随时能拍成杂志封面。

他看到姜凌波苦哈哈的脸，笑着从大衣口袋里掏出钱包，伸手递到她眼前："我把这个给你？"

姜凌波扁着嘴接过钱包，边翻开边说："不会又是 10 块……"

里面满满当当全是 100 元的新钞票，而且还塞满了各种各样的银行卡。

孙嘉树真的已经变成有钱人了呢。

姜凌波下意识就说："我妈肯定特别喜欢你。"

"哦，"孙嘉树语气随意地问，"你妈喜欢我，那你呢？"

姜凌波正在专心看他的钱包，暗想着里面会不会有偷藏的美女照片，听到他的问话，她随口就答："我又不喜欢钱。"

说完，她才觉得自己这话答得很有问题。

按她这逻辑，刚刚那句"我妈肯定特别喜欢你"，不就变成了"我妈肯定特别喜欢你的钱"！

虽然是实话。

姜凌波对钱一直没什么概念，因为她这辈子就没缺过钱。

虽说老姜只是个朴素的大学教师，跟她那些从商从政的叔叔伯伯没法比，但她毕竟有那么位外号"财神爷"的祖父，又挂着"姜家八小姐"的名头，什么好的东西没见过？

她手里还有张爷爷给每个孙女发的卡呢，里面的限额是多少她不知道，不过去买间房子或买辆车，应该是没什么问题。

所以对钱，她的态度就是：够花就好啦，多了也没用。

但她妈不一样。

单女士出身名门，据说琴棋书画样样都是出了名的精通。但名门归名门，穷起来照样得饿肚子，不得已，还是要来抱姜家的大腿。

后来，已经变成更年期家庭主妇的单女士，还曾敲着擀面杖大吼，说她当年嫁给老姜，很大的原因就是看上了姜家的钱，没想到老姜那么不争气，别说赚很多钱了，就连工作，这辈子也就只混到了讲师，连个教授都没评上。

这事几乎成了她妈的心结，所以她妈从她小时候就总念叨，希望姜凌波不要步自己的后尘，要嫁个有钱有势、还有本事的男人。

姜凌波一直以为她妈就只是说说，没想到三年前，她说不肯去和那个人相亲，要和孙嘉树在一起的时候，她妈那一巴掌会打得那么歇斯底里。

姜凌波摸摸自己脸。那种痛，她到现在都记忆犹新。

"大花，"孙嘉树轻声叫她，"我们回 B 市以后，你陪我去看看姜叔和单阿姨吧。我之前给他们带了不少东西，一直都没抽出时间给他们送过去。"

姜凌波迟疑了一下，咬着嘴唇说："最近学校期末考，老姜监考批卷挺忙的，再过一阵吧。"

孙嘉树看看变得黯然的她，没再说话，只是懒懒地用手指钩住她的发梢，圈到指肚上卷了几圈。

这种安静而低沉的气氛，直到孙嘉树和姜凌波走进机场的候机休息室才消散。

他们回程为了避开人群，买的是头等舱，孙嘉树戴着口罩眼镜，几分钟就办好手续，带着姜凌波进候机室。

姜凌波看着成排的自助餐，再想起晚上导演请的那顿大娘水饺，顿时觉得肚子咕咕叫。

她把随身的背包放到沙发上，就撇下孙嘉树，跑去挑了几个小蛋糕。

没想到一回头，竟意外看到了周意满。

"小满你怎么在这儿？！"

她小声惊呼，眼睛睁得又大又圆。

周意满看到姜凌波也很意外。她笑着拿了点吃的，和姜凌波聊："工作上的事儿，出来跑一趟，我今晚还要再飞 S 市。你呢，戏拍完要回去了？"

"嗯，就是被那些新闻闹的！我还没在海边玩够呢。"姜凌波戳着蛋糕抱怨。

"我看到了，"周意满调侃，"你们玩得很好嘛，进展怎么样啦？"

被周意满这么一问，姜凌波忽然就想起 ktv 包房里的那个吻，不知怎么的，耳朵有点热。

"我觉得，孙嘉树他好像喜欢我！"

姜凌波偷偷看了眼在沙发里玩手机的孙嘉树，小声说："他亲了我，而且还亲了……三次！"

周意满也来了精神，凑得离她更近："他主动亲你的吗？"

"对啊，第一次本来是在做游戏，可刚做完游戏他就亲上来了。后来他说要假装我男朋友，帮我打发走苏崇礼，就拿这个理由又亲了我两次，当我傻呢！"

姜凌波在周意满耳边叽叽喳喳。

"他肯定是喜欢我了，但又不好意思说，就拿这种借口来占我便宜。"

聪明如我，早就看透了！

"那你打算怎么办？"周意满笑着问。

"我也不知道，不过他亲我，我也不吃亏，"姜凌波傲娇地表示，"看他表现吧。"

孙嘉树这时也看到了周意满，他愣了愣，继而起身向她们走来。

姜凌波有点担心地问："你要和他说话吗？"

四年前周意满和李重年闹翻了以后，作为李重年好友的孙嘉树，对周意满的态度也一度很差。

虽然过去了很多年，但姜凌波还是怕周意满有心结。

周意满微微笑着，给她夹了块蛋糕："李昂都四岁了，我早就不在意了。再说，我今天才刚和孙嘉树互动过。"

姜凌波："……？"

"我发了条微博，孙嘉树给我点了个赞。"

"什么微博？"

"我转发了一条发布你和孙嘉树照片的大 V 微博。大 V 非说那人是 GiGi，所以我就在转发里给他普及了一下侵害公民名誉权的相关法律。"

姜凌波："……"原来这就是他"手滑"的那个点赞。

"啊对了，"周意满又说，"你之前说有事要查，让我帮忙联系……"

"我肚子疼！"

姜凌波一看孙嘉树已经走到跟前，连忙捂着肚子打断周意满，然后冲她挤眉弄眼，等周意满点头表示"明白"，她立刻转身朝外溜。

"我要去厕所，你们慢慢聊！"

孙嘉树看她飞快地跑没影，轻笑着问周意满："你们刚才在说什么，她一看到我过来就吓跑了。"

"她在想，你是不是喜欢她？"周意满端了杯水慢慢喝着，撒谎撒得面不改色，"她猜不透你的心思，觉得很难过。"

见孙嘉树凝住了神情，周意满接着说："你离开的三年，她过得很辛苦。她什么样子，你比我更清楚，神气十足的，最是耀眼明亮。但你离开以后，尤其是最开始的那年，她完全像是变了一个人，不爱说话，阴阴郁郁，就像缩到壳里的蜗牛一样。"

孙嘉树垂着眼睛，静静听着，看不出神色。

过了好久，他才出声，声音有些压抑着的沙哑："你能再说说她的事吗？我不在的这三年，她的事。"

……

又过了一会儿，觉得时间足够久了的姜凌波溜达回来。

她笑嘻嘻地晃过去问："你们在说什么？"

孙嘉树捏了捏她的脸，神色沉沉地说："我们在说你的坏话。"

"小满才不会说我的坏话呢，肯定是你单方面在诋毁我。"姜凌波肯定道。

孙嘉树："……"

本来想给你的补偿，我还是收回去好了。

第十一章
·你就是我的梦想·

虽然在去机场的时候，姜凌波没同意带孙嘉树回家，但这事还是被她记进了心里。回 B 市的第二天一早，孙嘉树刚被大堂姐接去公司，姜凌波就自己收拾了东西，回了趟家。

打开家门，家里只有老姜一个人，正坐着板凳在客厅里择韭菜。见姜凌波回来，老姜头都不抬就招呼她："回来得挺是时候啊，知道你妈今天中午要包饺子？"

姜凌波脱了鞋，小心地朝屋里探了探脑袋，小声问："我妈不在家吗？"

"出去买肉了，嫌我买得贵，非要自己去挑。"老姜摇着脑袋啧啧。

"嘿嘿。"姜凌波松了口气，从厨房搬出张板凳，坐到老姜对面和他一起择韭菜。

老姜看了就乐："哎哟姜小八，最近可以啊，回家就知道干活了。"

姜凌波在堂姐妹里年纪最小，排第八，所以老姜总爱叫她"姜小八"。

"说得我以前回家不干活似的。"姜凌波扁扁嘴，仔细打量了下老姜，眯了眯眼睛，"老姜你是不是又胖了，没趁我妈不在家，偷吃柜子里的蜂蜜和巧克力吧？"

"……"老姜推了推鼻梁上的眼镜，抬眼就换了话题，"怎么今天想起来回家了，不是说这个月要去外地出差，没时间来吗？"

姜凌波笑嘻嘻："我昨天就回来了，这个月剩下的几天也没啥事，我就来看你啦。"说着就站起来，凑过去，还用沾了泥的手挽住老姜的胳膊。

"爸爸——"她叫得特别甜，笑得也特别甜，"我有事想跟你说。"

"哦，"老姜瞥了她一眼，高冷地把她的脏手拽出去，"我就知道，你这么殷勤总没好事。是保险丝烧了还是水管漏水了？"

"不是。"

姜凌波回到板凳上坐下，伸手又拿了根韭菜开始择，择到一半，她抿抿嘴唇，眼睛都不敢抬地说："孙嘉树回来了。"

"还用你告诉我，满大街的报纸上都是他，我能不知道？"老姜择菜的动作都没停顿。

他的反应让姜凌波安心了不少，又试探着说："他一直说想过来看看你，我没让。"

老姜笑道："他从小就比你有良心，以前每次来咱家吃完饭，都知道抢着把碗刷了。不像你，吃完饭撂筷子就跑电视机跟前，那眼珠子都恨不得钻进电视里去。"

姜凌波："……"

虽然达到了让老姜喜欢孙嘉树的效果，但是并不觉得开心呢。

"是他好。"姜凌波愤愤地掐断韭菜根，撇着嘴问老姜，"那他都那么好了，我妈怎么还不让我和他玩呢？我记得小时候，我妈成天就想着把我送到爷爷家，和那几个堂姐玩洋娃娃过家家。"

老姜笑："你爷爷家多好，吃的住的，哪一样不比咱们自己家好。"

"爸，你都说是'咱们自己家'了，这天底下哪有比自己家更好的地方！哎你别绕开话题。"姜凌波收拾着择好的韭菜，边往盆里放边说，"孙嘉树给你买了好多东西，都是他特意从国外带回来的，你看他怎么给你啊？"

"行啦，"老姜一脸"咱谁不知道谁"的表情，"一来就是'孙嘉树''孙嘉树'，怕我不知道你心里想的什么？"

他拍拍手上的泥，坐直身子："说吧，到底怎么回事？"

姜凌波也把韭菜放到一边，坐得笔直，笑得露出两颗小虎牙："老姜你先说，你觉得孙嘉树这人怎么样？"

老姜看了自家闺女一眼，她那满脸的自豪啊，好像笃定他会把孙嘉树夸成花　样。

……他就算要夸孙嘉树，跟她又有什么关系，成天傻乎乎的，也不知道像了谁。

"什么怎么样？"老姜没好气地说，"那臭小子，我都多久没见着了，说走就走，以前倒没看出他有那气魄！知道我有多担心吗？……我看着他从小长大，都快把他当成半个儿子养了，居然一句话不说就走，兔崽子……"

姜凌波就跟小学生似的，坐在那儿老老实实挨训。等老姜说得口干舌燥了，她才溜去倒了杯水，给老姜送到嘴边上，然后很殷勤地看着他问："那我妈呢？她最近有没有提到孙嘉树？"

"我说呢，弄了半天绕到这儿来了。"老姜低头喝水，懒得看她，"别想啊，从我这儿走不通，你妈最近更年期，没事还要找事把我骂一顿，我可不敢去触这霉头。"

姜凌波："……"那我辛辛苦苦这一通是为了什么？

大概过了十几分钟，姜凌波正在厨房水池边洗着韭菜，提着肉馅的单女士就回了家。看到姜凌波在干活，她难得给姜凌波一个好脸色。姜凌波要帮她包饺子，她还以"成天帮倒忙"为由，把姜凌波赶到客厅陪老姜看电视。

姜凌波心里揣着事，哪还能看进电视，就看见眼前光影闪啊闪，都不知道上面在演什么。

好容易熬到吃饭，姜凌波用筷子夹了个饺子，边蘸醋边朝老姜使眼色。老姜装作完全看不见，埋头一顿吃。

姜凌波忐忑地干掉一个饺子，又灌了大半杯凉水，才看向她妈："妈，我有事儿想问问你。"

单女士看她："什么事？"

啊啊啊对上眼睛就说不出来了，姜凌波烦躁地又吃了一个饺子。

就赌这一回吧，姜凌波边嚼着饺子，边在心里给自己打气。毕竟现在孙嘉树也有钱了，她妈妈以前介意的，不就是孙嘉树家里不够有钱吗？

她咬了咬嘴唇，抬起头看着她妈："妈，孙嘉树回来了，想到家里来看看你们。"

"他现在应该很忙吧，非亲非故的，就不用麻烦了。"

她妈妈的声音很平静，可就是这样，才让姜凌波心里更难过。

她勉强把那股难过的情绪压回去，努力笑着说："他既然说了想过来，肯定就是有时间，而且……"

"不用了。"她妈妈面无表情地吃着饺子，"请那么个大明星到家里，我不自在，他也不自在。"

她抬头看了看姜凌波："你今天回来得正好，我还有件事想跟你说，我前几天和你二伯母见了面，她说你二伯的会计事务所里缺个翻译，你现在去可以直接入职。"

姜凌波闭了闭眼睛，稳着呼吸说："妈，我现在有工作。"

"你那算工作吗？"她妈妈还是一脸的平静，"你学的是翻译，去做什么助理？助理是什么，不就是跑腿打杂的，你一个女孩子，做那个能有前途吗？将来你找对象，人家问你的工作，你说你给个演戏的当助理，谁还愿意和你进一步发展。"

她叹了口气："当年你就爱跟你大堂姐一起玩，我怎么说你都不听，你看看，她现在成什么样子？家里安排的工作不接受，家里安排的亲事逃掉了。结果现在，说是在做什么经纪人，每天抽烟喝酒不学好，活生生把自己的人生都毁了。"

姜凌波就像被迎头泼了盆冰水，一时没能控制住情绪："锦绣姐怎么了，怎么就把人生都毁了？她现在有多厉害你知道吗？！"

她妈妈像是完全没听进她的话："你还是太年轻，有些事想不明白。对了，你二伯母的娘家你知道吧？就是江南那个有名的苏家。她说她有个侄子，从小在国外长大，汉语不是很好，最近要来B市，想让你抽空帮着接待一下。"

接待，姜凌波哪里不明白，这无非就是她妈塞给她的相亲。她一提完孙嘉树，她妈就又要她换工作、又要她去相亲，还真是把孙嘉树当洪水猛兽看了。

她低头笑出声，心里凉得厉害。

"我不去。"姜凌波笑着说，"我有喜欢的人了，我要和他在一起。"

　　老姜一看就知道要坏事，连忙出声打哈哈："行了都快吃饭，孩子难得回来一回，有什么事等饭吃完了再说。小八你也是，有事好好和你妈说。"

　　姜凌波吸了几口气，撇开脸没再吭声。

　　"吃什么饭，她是回来吃饭的吗？"姜妈妈直接摔了筷子，"她是还惦记着那个孙嘉树，回来发疯的！"

　　姜凌波心头的火直逼到嗓子眼，气得手都抖。她拼命让自己的声调平稳："妈，你能不能别这么激动，我是真的想和你好好谈一谈。"

　　"谈什么？谈你跟着他出门被记者拍到，还是谈你不要脸跑到他家里住？你以为那天我没看到，你以为那天你躲得挺好，是不是？！"姜妈妈也在压抑着怒气，但最后还是吼了起来。

　　拍真人秀那天，果然被看到了。

　　姜妈妈失了态，姜凌波反而平静了。

　　"对，我那天是住在孙嘉树家。"她轻快地承认，"孙嘉树昨天还住在我家，自从他回国以后，他就一直住在我家。"

　　姜妈妈被她的话气得脸色煞白，缓了好一会儿才慢慢靠到椅背上。

　　她失神地皱着眉，轻声开口，显得憔悴而苍老："他们是什么人家，苏家又是什么人家……你说你喜欢孙嘉树……孩子你醒醒吧，喜欢有什么用啊，能让你吃饱饭还是能让你穿暖衣？这天底下，最没用的两个字，就是这个'喜欢'。"

　　三年前，妈妈就是这么说的，说孙嘉树家里没有钱，说孙嘉树没前途，说他们门不当户不对，不会有未来。

　　可现在，明明已经不同了！为什么，她还要这么固执，一点机会都不肯给她呢？！

　　"孙嘉树他现在有钱了，"姜凌波眼角都湿了，"他现在很有名，也有很多钱，我和他在一起一定会过得很好！"

　　"他有钱，那又怎么样，连苏家人的一个指头都比不上。苏家那是几辈攒下来的底蕴名声，随便一个旁支走出去，别人一听到他姓苏，都要殷勤地弯下腰。孙嘉树一个卖艺的，他现在凭着年轻是有名。可这种名气，随时都能消失，随时都可能被人取代。赚钱，他能赚多少钱，能赚几年的钱？"

姜妈妈疲惫地摇着头："你是我的亲生女儿，我难道会害你吗？你高考前，我说要送你出国，你不肯去，我也随了你。但是嫁人这种事，你一个孩子，能有什么主见，这是一辈子的大事，选错了，毁的就是一生。"

比起大吼着骂她，这样的姜妈妈让姜凌波更加无能为力。

你总是说，"我是为你好""我不会害你"，可你以为的"好"，真的不是我想要的啊。

姜凌波坐在椅子上，一言不发，狠狠咬着牙，拼命遏制住要流出来的眼泪。

姜妈妈没再吃饭，叹了口气，就穿衣服出了门。

老姜削了个苹果，坐到姜凌波身边，递给她。姜凌波接过苹果，捧在手心里，却没有力气送到嘴边。

"你妈跟着我，吃了不少苦。"老姜自顾自地突然开始说话。

"她本来也是在家里娇生惯养长大的，当初他们家把她嫁给我，也是盼着她能跟我过上好日子。可是我……"老姜苦笑，"你看你那几个伯母婶婶，哪一个不是穿金戴银，家里雇着人，手都不用沾水。只有你妈跟了我，洗衣做饭，收拾家务，连出门参加个聚会，都没有合适的衣服穿。"

他眯着眼回忆："我们刚结婚那会儿，她连方便面都不会做，做饭经常切到手、烧焦锅。而我就是个刚入职的普通教师，一个月赚的钱，勉强能够吃的，连化妆品都不能给她买。我又爱面子，这条路是我自己选的，所以硬是没脸在你爷爷那儿多提一个字……唉，你说你妈，她怎么可能不怨我？怎么可能不怨这样的日子？"

老姜的声音很温暖，说得姜凌波眼睛湿漉漉，但她又不想哭出来，只能拼命朝上翻着眼睛。

老姜最后也哽了嗓子。他说："所以小八啊，你也别怨你妈，她也是真心为你好，希望你别吃苦，能过上她没能过上的好日子。"

姜凌波直到离开，眼睛都一直蒙着泪。

她依旧坚信和孙嘉树有美好的未来，依旧相信自己没有错，但以往那种梗着脖子也要争出黑白的勇气，她再也没有了。

老姜的鬓角都白了，妈妈看东西都戴上了老花镜。他们的神态变得疲惫，动作变得迟缓，他们为了她，心力交瘁。面对这样的母亲，她要怎么办呢？

姜凌波恍惚地走到小区花丛边的长椅旁，一不小心踢到了椅腿。她猛地摔倒在椅子上，膝盖磕在椅角，疼得没力气再走。

她坐到椅子上，低下头，眼泪一滴一滴地掉下去。

她真的没有办法了。她没办法跟那样的妈妈去争，没办法再多提孙嘉树一句。心里流血是什么滋味呢？就是这种连呼吸都带着血腥味的滋味吗？

姜凌波苦笑着摘掉眼镜，闷着声，用力咬着嘴唇，泪流得更凶。

不知道过了多久，姜凌波感觉到有人靠近。

她抬头，愣愣地看到了孙嘉树。

他一言不发，在她跟前蹲下，看着她的眼睛，捧住她的脸。

姜凌波眨眨眼，顿时号啕大哭。

"后来呢？"听姜凌波说完回家那天的事，周意满好奇地问。

"……哪有什么后来？"姜凌波盘腿坐在地毯上，手指戳着李昂堆好的积木城堡，眼神躲闪地敷衍道。

周意满哪儿是她能糊弄的。

"不是说孙嘉树来找你了，然后呢，他知道你为什么哭了？他怎么安慰你的？"

"哎呀别说这些没用的啦，赶紧把你儿子叫出来，不是说要去游泳吗？"姜凌波心虚地想推眼镜，但是今天为了游泳，她特意换了隐形眼镜，所以一伸手没摸到眼镜，只好装作在摸鼻子。

今天孙嘉树也会去，所以她很心机地戴了美瞳呢。……就是新买的不习惯，左眼老是觉得磨。

周意满一脸"我什么都明白"地笑了一声，没再追着她问，而是开始嘱咐她："李昂他不太会游泳，所以不是很想去，到时候你帮我把他看紧点，别让他带着九斤偷溜出去。前几天就是，让他们在院子里玩，结果也不知道跑哪儿去了，天黑了才回来，我吓得差点就联系警察去找了。"

"他不想去？"

前一阵子李昂主动给她打电话，她还以为李昂很想去呢。

"嗯，是他九斤哥哥想去，但是孙嘉卉现在比我还忙，根本抽不出时间，就托了孙嘉树带孩子去。不过当时你们要去 Y 城出差，就把去游泳馆的行程推迟了。我想着带一个是带，带两个也是带，正好我最近也很忙，就让李昂跟着你们一起去了。"

"……"

所以孙嘉树早就知道他姐很忙，也早就答应了带九斤去游泳！

这个骗子，居然装作完全不知情，好像是她请他帮忙，他才勉强同意带孩子去游泳馆似的，害得她感激了他很久。

昨晚他还用这个作为理由，威胁她给他做糖拌西红柿，简直不要脸！

周意满说着话，手机又响了，她看了看来电，蹙着眉想了一会儿，挂断了。

但手机随即又响起来。

"没事小满，你去忙吧。李昂什么时候出来，我带他去就行。"姜凌波又开始研究那堆积木。

周意满刚想再说点什么，手里的电话就又响了，她只好点点头，匆匆穿好衣服赶了出去。

周意满这边出了门，那边，李昂就从楼上走下来。

他背着他的小书包，额前的刘海不断地甩着，脸蛋精致又漂亮。尤其是那双眼睛，跟他的亲爸李重年是一模一样。

虽然姜凌波对李重年没什么好感，但她也不得不承认，李重年长得是真好看，而且是男人里最好看的那种。真要论起来，孙嘉树都比不上他。……不，他能甩孙嘉树两条街！

特别是李重年的那双眼睛。她以前还和孙嘉树悄悄说过："小草你说李重年的那双眼睛是怎么长的？也太漂亮了！我都不敢跟他对视！一对视就完全挪不开眼了！"

孙嘉树当时只是笑着给她剥了个橘子。

不过从那以后，她就再也没能在小满家里遇到李重年，据说每回都是被孙嘉树叫到公司处理公务了。

有点小遗憾呢。

"我嘉树叔叔呢？"李昂拉着书包带子，挺胸走到姜凌波跟前，已经能看出腰高腿长的长势了。要不是李昂这熊孩子实在恶劣，她都想把当年和小满说的"结亲家"的事儿敲定了。

"李小昂，你要认清形势，今天孙嘉树负责带的人是你九斤哥哥。而你，是由我负责带的！"

居然一开口就问孙嘉树，太不把她放在眼里了！

"这样啊，"李昂面露遗憾，"我还挺喜欢嘉树叔叔的，人长得帅唱歌还好听，除了眼光不太好，其他什么缺点都没。"

"呀，做人怎么可能没有缺点呢？我要是说起孙嘉树的缺点，能从现在说到吃晚饭。"姜凌波说完，才后知后觉想明白李昂的潜台词。

她怒拍地毯："什么眼光不太好！"你是不是拐着弯在骂我？！

"啊，你们已经确定关系了吗？还是嘉树叔叔已经跟你表白了？"李昂仰着脸，认真地问。

姜凌波："……"

李昂摇头："看来还没有。那我说嘉树叔叔眼光差，你生什么气？"

他毫不留情地补刀："该不会是你自以为嘉树叔叔喜欢你吧？"

"……"

姜凌波沉痛地说："李小昂，你这样下去，会孤独一生的！没有女孩子会喜欢你这样的，明白吗？"

"我才不担心。"李昂走到门前弯腰穿鞋，"你不是跟我妈说好，以后生了女儿就给我做媳妇吗？"

我后悔了。姜凌波叹息："小小年纪居然就开始想媳妇了，实在是……"

她还在犹豫用哪个成语的时候，李昂已经穿好鞋，走到大门口："虽然是你的女儿，可能会笨一点，但都说女儿长得像爸爸，她要是长得像嘉树叔叔，我倒可以在她笨的时候教教她。"

"……"

你今年，真的是四岁吗？

我四岁的时候，明明还在看奥特曼打小怪兽啊！搞不好，我当时还相信自己是老姜从垃圾箱里捡回来的！

见她呆在那里没有反应，李昂苦恼地拽拽书包袋子，用一脸"你怎么这么不懂事"的表情说："凌波阿姨，我是在祝福你，祝福你能跟嘉树叔叔在一起，祝福你们能生个女儿给我做媳妇，你怎么就听不明白呢？"

……前一句祝福就算了，但是后一句，她怎么觉得哪里不对呢？

姜凌波微笑着站起来，伸出手，把李昂的积木城堡"轰隆"推翻。

这时大门的门铃正好响起，李昂随手就把门打开，孙嘉树牵着九斤，正站在门外。他俩刚朝屋里一望，就看见姜凌波满脸奸笑，伸手摧毁了李昂的积木。

孙嘉树："……"

九斤一愣，顿时哭声震天。

"我的积木！呜呜呜我的积木！"他咧着大嘴，哭得伤心欲绝，甩开孙嘉树就冲进屋里，一头撞到姜凌波的腿上，还边哭边喊，"你是坏人！我不要你做我的小舅妈！"

姜凌波："……"

孙嘉树看了一会儿，没忍住，扶着门把头埋进胳膊肘里，闷声笑得简直站不稳。

姜凌波求救地看了他好几眼，他都在埋头笑。

姜凌波没办法，只好赔着笑蹲下："九斤，舅妈啊，不，阿姨，阿姨很抱歉！阿姨不是故意要弄倒你的积木的，你就原谅阿姨这一回好不好？回头阿姨陪你重新把城堡搭好！"

九斤的泪去得也快，拿袖子抹了一把脸，就又多云转晴，只是有点发愁："但是我的积木是李昂搭的，我不会搭。"

"没事，阿姨会。"姜凌波立刻就松了口气，拍着胸口把话应下。

门口，李昂小声问："嘉树叔叔，她真的会吗？"

孙嘉树还在埋着脸闷笑，边笑边摇头，声音都笑抖了："她会把积木割断再搭的。"

姜凌波从小对玩具就很简单粗暴。

积木搭不出形状，她就自己切割木头弄出形状。

魔方转不回去，就把方块全抠出来再安上。

至于给洋娃娃换衣服，画面就更惨不忍睹了。他甚至见过在把娃娃衣服全部弄碎后，气得跑到院子里、拖着铁锹要挖坑埋娃娃的姜凌波。

真是可爱得不得了。

孙嘉树是开车来的，李昂和九斤看见车就钻进后排，脱了鞋开始滚来滚去。

姜凌波没办法，只能坐到副驾驶，不过她还是很开心的，毕竟以前都没有好好注意过开车时的孙嘉树呢。

"盯着我干什么？"

孙嘉树一扭头，就看见姜凌波扭着头，直勾勾盯着自己，眼睛睁得滚圆，眨都不眨一下。

他好笑地伸出手指，稍用力地按到她左脸颊上，把她的脸拨了回去。

"好看呀！"

姜凌波才不知道什么叫脸皮厚呢！她美滋滋地又把头扭回来："孙小草，我以前有没有夸过你长得好看？"

孙嘉树一脚踩下去，离合没控制好，车轻微一晃，熄火了。他强装镇定地重新打火，启动了车子。

姜凌波没觉出有什么不对，她学车的时候，可是十次有八次会熄火。

她一直扭着头看孙嘉树，眼睛弯弯地笑。等车快进停车场了，她才想起问："你去游泳馆，不会被认出来吗？"

"那家游泳馆是私人会所式的，能进去的人不多，而且能进去的那些人，就算认出我来也不会怎样。"

说完，孙嘉树停好车，走出去，给还在背包的姜凌波打开车门。

姜凌波看到他护在她脑袋上的手，有点想钻到他怀里蹭一下的冲动。

什么时候能光明正大抱一下孙小草呢？她遗憾地想。

这时孙嘉树忽然就低下头。他的手还撑着车门，就这么霸道地把她圈在怀里，然后亲上了她的嘴角。

只是轻轻地啄了一下，他的嘴唇就离开了，但他的气息，却让姜凌波的心猛地漏跳了一拍。

她想起她和妈妈吵架的那天，她在长椅上哭得声嘶力竭，孙嘉树就蹲在她跟前，也不说话，只是用手指慢慢擦着她的眼泪。她流出一滴，他就擦掉一滴，温柔得不像话。

直到她哭累了，眼泪全都流干了，他才转身，背对着她蹲着，要背她回家。

在他的背上，姜凌波感受到了前所未有的宁静和心安。那些苦恼啊悲伤啊，都随着他宽厚肩膀的摇晃慢慢散去，心口都被他的体温烘得暖暖的。

那一瞬间，她仿佛回到了过去，回到了他们最美好的那二十年。

她小学考试没及格被妈妈惩罚不能吃晚饭的时候，她初中没按时交作业被妈妈惩罚不能吃晚饭的时候，她高中翘课被抓请完家长后被妈妈惩罚不能吃晚饭的时候……她都会跑到阳台上，迎着风张大嘴，哭得惨兮兮的。

可不管是小学时的他、初中时的他，还是高中时的他，只要听到哭声，就都会放下碗筷，跑到阳台上。

他会伸手摸摸哭成泪人儿的她的脑袋，会靠在墙边陪着她，会听她噼里啪啦地胡乱抱怨，会等她不想哭了再安静地离开。

真是个好孩子呢！姜凌波发愁地想，要是没有孙嘉树，我可怎么办啊？

想着想着，几乎是不自觉地，姜凌波在孙嘉树嘴唇离开的瞬间，嘟起嘴唇回应了他。

孙嘉树握住车门的手猛地收紧。

"你们在做什么！"

一道熟悉的声音，跟惊雷似的炸在姜凌波耳边，她一侧头，就看见苏崇礼站在对面。

……怎么哪里都有苏崇礼？！

姜凌波完全忘了自己刚才主动回应孙嘉树的事，扯扯他的衣服就小声问："苏崇礼什么时候过来的？"

"我要亲你之前。"孙嘉树垂下眼睛，答得很是漫不经心。接着他就松开抓着车门的手，走到后面，把车里的两个小崽子放出来。

姜凌波又明白了，难怪孙嘉树会突然主动亲她，原来还是在玩"我在苏崇礼面前扮你男朋友"的游戏。

孙嘉树帮九斤拎着书包，瞥了眼正在跑近的苏崇礼，又看了看还在沉思的姜凌波，微微懊恼地抓了抓头发，低声抱怨："早知道就不说了。"

苏崇礼这时已经跑到他们跟前，义愤填膺地嚷嚷："孙嘉树你不是说要跟我……"

孙嘉树利落地一把勒住苏崇礼脖子，用力抬着手臂让他发不出声音，然后把包扔给姜凌波："你先把九斤他们带进去，我一会儿去找你。"

"哦。"

姜凌波乖乖点头，抱着包慢慢转身，全当没听到身后苏崇礼"呜呜呜呜"的惨叫声。

……

等姜凌波走出地下停车场，孙嘉树才把扑腾个不停的苏崇礼给放开。

苏崇礼看着就没什么力气，动起手来更是弱得很，被孙嘉树勒住脖子以后，完全无法反抗。

苏崇礼捏着自己的嗓子，一脸郁闷地爆了句粗口。但他又觉得这事没脸再提，只能咬着后槽牙问别的："喂，你说要跟我公平竞争，是真的吗？"

孙嘉树扯着嘴角："不然我为什么要告诉你，姜凌波今天会来游泳馆？"

他已经后悔了。本来只想靠苏崇礼这个借口跟大花多亲近一点，要是知道大花会回应他，他说什么也不会让苏崇礼出来搅局。

苏崇礼哪儿知道孙嘉树在想什么，听到他的话，顿时就开心得不得了。他乐颠颠地拿着东西，跟着孙嘉树进了更衣室。直到两人进入游泳场地，他的嘴都没能停下来，一直在跟孙嘉树说着他的"追姜凌波"计划，还满脸的炫耀。

他甚至还跟到泳池边，沾沾自喜地表示："谢谢你愿意和我公平竞争，以后如果我和姜凌波在一起了，我一定会第一时间告诉你的。"

以前我会输给你，是因为你和她有着太多交集，现在我们公平竞争，那姜凌波绝对就是我的了！

迟到几步的裴月半听到他的话，几乎呕血。

你是城堡里长大的小公主吗！这天底下，怎么可能会有"我的情敌同意和我公平竞争"这种事啊？

她悲痛地摇着头，在泳池边脱掉浴衣，刚想下水，就听见苏崇礼跑到她旁边咋呼。

"你你你……居然有腹肌!"

"腹肌……"裴月半嘎嘣嘎嘣掰了两下指头,笑着说,"我还练过两年拳击呢,要比画一下吗?"

苏小公主:"……"嘤嘤嘤好可怕,你当初不是这样的!

摆脱了苏崇礼,孙嘉树也扯着浴巾,朝姜凌波走去。

姜凌波正在试图把李昂弄进水里。这熊孩子,理直气壮说着"我不会游泳",怎么都不肯下到水里。

姜凌波耐着性子劝道:"李小昂,咱不会游泳也没关系呀,当年你嘉树叔叔也不会游泳,全靠我把他踹进水里灌了几口水,他才学会的!"

说完她脑袋上就被盖了条浴巾。

她扯掉浴巾,愤愤地回头,然后看见了只穿着黑色泳裤的孙嘉树。

孙嘉树好笑地站到她旁边,拧了一把她的脸:"瞎说什么呢?当时我没呛死就算命大,要不是池子里还有别人把我捞起来,我这条命就交待在那会儿了。"

姜凌波:……

她才没闲工夫去想十几年前的事儿呢。她现在,正在全神贯注地盯着孙嘉树的小腹及以下看。

上上下下地看。

反反复复地看。

转着圈儿地看。

要是能摸一下就更好了!

孙嘉树"啪"地拍了一下她的额头,吓得姜凌波猛地闭上眼,还缩了缩肩膀。

看她捂着额头瞪眼,孙嘉树训她:"瞎看什么?"

"我看看怎么了?刚刚好多人都在看你,你凭什么就打我!"姜凌波说完,眼神又开始不自觉地朝下瞄。

孙嘉树拿起浴巾就把腰以下给围住了。

"小气,你小时候我还给你洗过澡呢。"姜凌波嘟囔了一句,然后大大咧咧地展开双手，"大不了我让你看回来好了。"

她穿的是一套黑色的分体泳衣，上面是后系带的小吊带，下面是蓬蓬的小短裙，显得她皮肤白，腿还长。最重要的是能把她的小肚子给全遮住，完全可以露给孙嘉树看！

孙嘉树看到她这种"求抱抱"的姿势，没忍住，笑着过去抱了她一下。但随即，他就被手心里那种光滑柔腻的手感怔住了。

他低头看了看姜凌波的后背，大片雪白的肌肤全露在外面，只有几根带子绑成的蝴蝶结。

姜凌波也没想到孙嘉树会抱过来，睁大眼愣在那里。

不过很快，她就又笑弯了眼睛，贼兮兮地合拢了展开的胳膊，回抱住了孙嘉树。

但还没等她上下其手，孙嘉树就把她拎开了。

他解开自己的浴巾，披到姜凌波背后，然后盯着她说："我系着浴巾，还是你披着浴巾，自己选一个。"

姜凌波拽住浴巾边角，眯着眼睛看了孙嘉树一会儿，接着就把那句她在心里反复掂量了好久的话问了出来。

"孙小草，"她的笑也是蔫儿坏，"你果然是喜欢我吧？"

对感情，姜凌波是有些迟钝，但她不傻。

因为孙嘉树表现得实在太明显了！

小时候，他虽然对她也好，但最亲密的举动也就是在她摔倒以后背一背，在她哭的时候摸一摸脑袋，偶尔也会在她躺到地上睡觉还赖着不肯起的时候对她来个公主抱，但也就是这样了。

而姜凌波对这些事的意识也很模糊，毕竟在孙嘉树还是矮豆丁的时候，她对他也是亲亲摸摸，两人还一起洗澡上厕所呢。

但这次他回来，和以前就完全不同了。

虽然脸还是那张脸，但给人的感觉就是不一样。

孙嘉树以前吧，也好看，但也只能算是清秀。

他仗着自己皮肤白，底子好，腰高腿长肩宽胯窄，从来都懒得锻炼，肚子一戳都是软塌塌的，胳膊腿儿看着也没什么力气。

而且他还不爱收拾自己，尤其是夏天，每天不是白 T 恤就是宽背心，还经常穿个老姜同款的沙滩花裤衩就跑到她家里蹭饭吃，连脸都懒得洗。

连做事情也是胸无大志。

本来就靠他那个聪明脑子，什么名牌大学不能上啊！光家里摆的理科竞赛的奖杯奖牌，都足够保送他进那些名字看起来就很好的大学了。但是他莫名其妙就跟她进了同一所大学。

问题是，姜凌波上的是外国语大学！就算是全国最好的外国语大学，那也是外国语大学！他一个理科学霸，跑到外国语大学里学金融，简直就是脑子进水了好吗！

不过她当时还是很开心的，一方面是因为在大学里也可以看到孙小草；另一方面，因为所有人都以为孙嘉树考试失利了，所以她就荣升成了"邻居家考得好的孩子"，成天被人夸。

于是她特意买了汉堡薯条去孙嘉树家里安慰他："没关系的孙小草，你也别太难过了，以后我们在同一所学校里，我可以继续罩你！"

孙嘉树撕开番茄酱包，把酱全挤到盒子上，再推到她眼前，用很欠揍的语气表示："我为什么要难过？外国语学校多好，全是美女。我要是去了理工学校，成天只能面对糙老爷们儿，那跟我现在的生活又有什么区别？"

"……"你现在是在面对糙老爷们儿吗？！

高考完已经宅在家里一个星期没洗头的姜凌波很震怒，抬脚就揣上孙嘉树的屁股，然后把汉堡薯条全抢回来，一口三根地塞进嘴里，结束了那次的安慰对话。

不过姜凌波后来想想，孙嘉树连期末考试前一晚通宵打游戏都能考年级第一，而且还是把第二名甩出 50 分的年级第一，怎么可能高考失利呢？

也就是说……他居然真的是为了看美女而选的学校，到底是多没梦想啊浑蛋！

但现在，他变得成熟英俊，眉眼里俱是风情。在家里总穿着紧身背心，随时能把肌肉勾勒出来，而且是刚刚好的那种肌肉，既不显得块头大，也不显得瘦弱无力，是姜凌波最喜欢的男人体型。

　　而且，他虽然还是很懒，但懒起来的调调却和以前不一样了。以前就是安安静静地陪着她，而现在，没事就爱逗着她玩，若有似无地戏弄着她，总弄得她面红耳赤，心慌意乱。

　　仔细想想，孙嘉树的这些改变，全都是朝着她喜欢的方向进行的，可以说从他一回来，他就已经变成她最喜欢的样子。

　　以前小满说过，看一个男人喜不喜欢你，看他的眼神就能知道。

　　姜凌波不懂怎么去看人的眼神，但她知道，每当她去看孙嘉树的时候，孙嘉树就已经在看着她了。

　　而且刚刚，他连她露个背都不愿意，明明就是霸道的独占欲嘛。

　　他怎么可能不喜欢她呢？

　　孙嘉树，怎么可能不喜欢她！

　　想明白了这些，她才敢胸有成竹地坏笑着问出那句话。那句"孙小草，你果然是喜欢我吧？"的问话。

　　孙嘉树连眼神都没变，很随意地答："哦。"

　　"'哦'是什么？！"姜凌波强压住紧张，凶巴巴地瞪他，"你就说你是不是喜欢我！"

　　孙嘉树勾了一下嘴角："嗯。喜欢。"

　　他的声音很轻，但听到姜凌波的耳朵里，就响亮得不得了，好像把她的心都炸得开了花。

　　不过她觉得，自己也并没有多开心，也就是……傻笑得停不下来吧。

　　过了一会儿，姜凌波才把傻笑收起来，傲娇地看着孙嘉树说："那你追我吧。我同意你追我。"

　　"你就先追我一个月，一个月以后我给你答案。"

　　孙嘉树失笑。这反应，还真是很有姜凌波的风格。

　　姜凌波皱眉："笑屁啊，快说'知道了'！"

　　"哦。"

　　孙嘉树又笑着说："那我就开始追你了。"

　　姜凌波这才满意地弯了弯眼睛："好吧。那你先给我表个白。"

　　孙嘉树想了想："你以前是不是问过，我为什么会跟你报同一所大学？"

"对啊……"姜凌波没想到他会提到这个，隐约意识到了什么，心跳都变慢了，"你跟我说是为了看美女，我还说你没有梦想来着……"

"嗯，我是骗你的。"孙嘉树说，"我会去那所大学，是因为你在里面。至于梦想……"

他一笑："你就是我的梦想。"

"……"

姜凌波脸红了。

她抿着嘴转身，镇定地跑到遮阳伞下的躺椅上趴下，缓了几秒，然后脚胡乱蹬着，在心里"啊啊啊啊啊"地尖叫个不停，直接把路过的小孩吓哭了。

还在吃冰激凌的李昂蹭到孙嘉树身边："嘉树叔叔，恭喜你哦。不过如果不是我要大花阿姨带我来游泳馆，今天的事情可能要很久以后才会发生呢。"

孙嘉树笑着说："你想让我怎么谢你？给你买解剖版的 Dissected Kaws Companion 怎么样？"他听九斤提过一次，李昂想要这东西很久了。

李昂摇头："不，我想要一个电话号码。"

孙嘉树意外地看着他。

李昂攥拳，努力让自己看起来脸不红心不跳："我不会游泳，想找个人来教我。"

"你想找谁？"看他一本正经的，孙嘉树觉得好笑。

"李重年。"

听到李昂的回答，孙嘉树的眼角不经意抖了一下。孙嘉树沉吟片刻，抱着李昂坐到泳池边的横椅上，问他："你认识李重年？"

"他前几天还跟我一起玩过拼图！"李昂的声音里明显带出了自豪。

这时九斤也从池子里爬了上来，跑到李昂身边，两个人一唱一和，把前几天的事情讲了一遍。大概就是李昂和九斤从家里偷溜出去，正好碰到了李重年，于是三个人就一起在外面玩了一天。

但这简单的几句话，却让孙嘉树越听越心惊。

李重年居然回来了？他什么时候回来的？

他都才得到李重年回来的消息，李重年居然已经去见了李昂？

　　想起在 Y 城时，姜凌波谈起李昂时慌乱的神色，孙嘉树心里有了个模糊的猜想。但这猜想太可怕，他实在不敢去相信。

　　他犹豫了一阵，回休息室拨通了李重年离开前用的手机号。

　　李重年来得很快，比孙嘉树想象的要快得多。但很显然，李重年并不是急着来见孙嘉树这个老朋友，而是一来就把李昂抱到肩上，聊了几句就开始教他游泳。

　　孙嘉树朝姜凌波看了看，她正在跟九斤一人喝着一杯鲜果汁，躺在躺椅里惬意得不行，根本没注意到李重年的出现。于是他放心地走到李重年身边。

　　李重年正蹲在地上，盯着水里的李昂，专心到连孙嘉树的靠近都没发现。

　　孙嘉树抬脚，碰了碰李重年的脚踝。

　　李重年一抬头，就看见孙嘉树小腹上那几块腹肌，差点没认出来他是谁。他一跃而起，跟孙嘉树四目相对，然后伸出拳头，响亮地击在孙嘉树胸前。漂亮的黑眼睛漾起笑意："变了不少。"

　　孙嘉树眯着眼睛，回了他一拳："你也是。"

　　李昂刚学会游泳，九斤就颠颠地跑过来，拉着李昂去吃冰棒了。

　　李昂很是不舍地嘱咐李重年："你别走啊，我一会儿就回来找你！"

　　"这小子平时可没这么黏人。"等李昂走远，孙嘉树低笑着说，"不过你是怎么知道他是谁的？我听他说你们第一次见面，是在街上偶然遇到的？"

　　"他长得跟他妈那么像，我怎么可能认不出来？"李重年用肩撞了一下孙嘉树，"行了，别说我了，我又没有什么好说的。"他朝姜凌波那儿挑了下眉，"你怎么样了？都喜欢小半辈子了，到手了没？"

　　"什么到手……"孙嘉树失笑，抬脚就踹了李重年一脚，"你以为我是你，靠着一张脸就能招蜂引蝶？"

　　"得了吧孙大明星，现在满大街都有人拿着你的照片当手机屏保，舔屏。"李重年一个手肘就回击过去。

"被舔屏的可不是我，"孙嘉树朝苏崇礼那儿扬扬下巴，"看见没，那边那个在踢水花的，那才是靠脸吃饭的。"

李重年毫不犹豫地就开始嘲笑他："听这话酸得，难不成……情敌？"

说完，他又托着腮仔细看了看苏崇礼，蹙着眉说："那小子，我怎么觉着眼熟呢？"

"别是你也拿着他照片舔屏了吧？"孙嘉树坏笑着挑眉。

"滚蛋，我闲得没事去舔什么男人！"李重年瞥了他一眼，"别想着岔话题，你和你的那个大花还是二花的，到底怎么样了？这么多年，还是她？"

"不是她还能是谁？"孙嘉树朝正在和李昂抢冰棒吃的姜凌波看了眼，笑着转回头，"谁叫我爱她。"

他太爱姜凌波，也太了解她，了解到只凭一个眼神，他就能知道她想要什么。所以他也知道，三年前的她，根本就不爱他。

在姜凌波向他告白以后，他坐在床上整晚都睡不着，因为他很清楚，姜凌波只是在跟她妈赌气。一旦这件事情过去，他们依旧会是以前的样子。

青梅竹马？维持原样？

他才不要。他想要的，是得到她，得到一个爱着孙嘉树的姜凌波。

但当时的他做不到。

他们已经在一起快二十年了，如果姜凌波能爱上这样的他，那她早就爱上了，根本不会等到今天。所以就算他当时接受姜凌波的告白，跟她在一起了，他也得不到他想要的结果。更别说，他连她妈妈的那一关都过不去。

所以他离开了。

他需要改变，变成姜凌波喜欢的样子，他也需要功成名就，来得到姜妈妈的认可。

在国外的那些年，他碰壁碰得头破血流，几次三番累到住院，但想着国内的她，他全都咬着牙忍了下来。

Yummy 都忍不住问过他："老大你这么拼，到底是在图什么？"

他说："为了我的梦想。"

后来这句话，被媒体杂志反复提起，所有人都在赞美他热爱音乐的精神。只有他自己知道，他的梦想，只有姜凌波。

所以后来，在他看到苏崇礼发的那个婚纱微博的当天，他就回了国。

他现在有资本有能力，而且已经变成姜凌波最喜欢的样子，怎么可能让别人乘虚而入？

按李重年的话说，现在的孙嘉树，怎么能还不把姜凌波弄到手？

第十二章
——· 小草与大花 ·——

因为快到春节，所以孙嘉树买了一堆的干果，什么瓜子松仁开心果，核桃花生大杏仁，全堆到姜凌波跟前让她吃。

自打有了这些零食，姜凌波每天下午的出门遛狗，就变成和孙嘉树窝在沙发上，盖着毯子边吃零食边看电视剧，或是懒洋洋地胡乱聊天。

说着说着，孙嘉树就提到了李昂。

他纳闷："李重年对李昂亲近也就算了，毕竟那是周意满的儿子。但李昂怎么会那么黏李重年，就好像他以前认识李重年似的。"

姜凌波听完，立刻浮夸地表示："对呀对呀，好奇怪呢！"然后就一溜烟跑到了厕所。

李昂黏李重年是怎么回事，孙嘉树确实不知道，但是她姜凌波知道！

那是有一回她去小满家里串门，没留神在小满家睡着了。起来以后，姜凌波去小满卧室找她，没想到小满不在，在卧室里的是李昂。而李昂当时，正偷偷摸摸地躲在角落里，拿着个本子一字一句地看。

姜凌波当时只是想吓唬他一下，就蹑手蹑脚地溜了过去。没想到李昂看到她，小脸顿时吓得惨白，手忙脚乱想藏那个本子，但他哪儿抢得过姜凌波？

被她一个黑虎掏心就夺了过去。

姜凌波本来只想逗他玩，但一看清那本子里写的是什么，她的脸白得比李昂还厉害。

那是周意满的日记本！

而且是周意满和李重年在一起时候的日记！

上面不仅有字有画，还有照片，姜凌波随手一翻，就看到一张李重年侧着脸去亲周意满的照片。再看看里面的文字，天哪，不仅有周意满和李重年全部的感情经历，连她和孙嘉树的事儿都在里面。最重要的是，里面明明白白有写李昂是李重年的儿子，而且还配有图片！

姜凌波拿着日记本，和李昂面面相觑。两个人都有点蒙。

最后还是李昂先郑重开口："凌波阿姨，这是秘密。"

姜凌波："……"

于是，姜凌波只有认命地答应了李昂，这件事她不会对任何人说，包括对周意满，她也不会透露半句。

有时候，姜凌波觉得自己也真是倒霉，帮妈保守着秘密，还要帮儿子瞒着别人。她上辈子是欠了周意满他们母子俩的是不是？！

她还在马桶上愤愤地想着，孙嘉树的手机就响了。他接完电话，就去敲厕所的门。

"李重年有事找我，我得出去一下。"

听到孙嘉树要出门，姜凌波顿时松了一口气，这样至少刚才的话题就不会继续下去了。

于是她愉快地跑出厕所，站到门口，准备送孙嘉树出门。

孙嘉树穿好鞋，回头看看站在旁边的姜凌波："我走了。"

"嗯。"姜凌波点头。

"我要走了。"孙嘉树站着不动，又说了一遍。

"我知道了，"姜凌波嘻嘻笑着挥挥手，"慢走呀。"

孙嘉树插兜，站在那儿看了姜凌波一会儿，然后走过去，弯腰亲了一下她的脸颊。

"走了。"亲完，他就跟没事似的开门走了出去。

姜凌波垂着手，呆呆站在那里。

孙嘉树最近，有点厉害呢。

嘿嘿。她站着傻乐了一会儿，然后就美滋滋地跑回沙发吃东西了。

孙嘉树不在，时间就过得特别慢，姜凌波无聊得去洗了个澡，出来以后边擦头发边玩手机。

但她打开微博，刚一拉页面，就被一条正在被疯狂转发的微博给惊住了。

原始微博的发布人是个八卦媒体小公司，姜凌波都没有听说过这个公司的名字。

她把顶部的照片仔细地看了两遍，才敢确信，照片上正在接吻的两个人，就是周意满和李重年！

微博里更是把这张照片发生的地点、时间都写得清清楚楚，而且还用了各种特别有噱头的醒目标题，什么"豪门家族的惊天丑闻""大嫂小叔子的偷情秘史"，用的措辞都相当难听。

姜凌波皱着眉看了看评论，果然财阀豪门的绯闻，有时候的确比明星要惹人注目得多。

在微博的刻意引导下，评论百分百都在对周意满和李重年进行激烈批判，什么恶毒的脏话都骂了出来。她看了几行就再也看不下去了。

他们明明什么都不知道，和他们也没有任何相干，怎么就能那么轻易嘲讽辱骂呢？

想起孙嘉树出门前说是去找李重年，姜凌波立刻截图了微博，微信传给孙嘉树，又给孙嘉树打了个电话。但孙嘉树也不知道在忙什么，她打了好几个电话，他都没接。

姜凌波急得不行，坐都坐不住，拿着手机在屋子里乱转。

好在没几分钟，孙嘉树就回了电话。姜凌波接通电话就忙着问："你看到我给你发的微信了吗？"

"看见了。"孙嘉树那边的声音有点嘈杂，他走了几步，走到一个安静的地方，才接着说，"刚才我和周意满、李重年都在一起，李昂也在。"

"那就好。"姜凌波松了一口气，靠到沙发上，"现在外面闹得那么凶，你们打算怎么办？"

"没事。"孙嘉树顿了一下，"刚才周意满接到电话，说是她妈身体不好，住院了，所以她现在正急着想回趟老家。李重年让我问你最近有没有什么事？没事的话，他想拜托你这次陪周意满回去。"

孙嘉树边说着，边瞪了眼在对面打电话的李重年。

不爽。

姜凌波听完立刻站起来，猛点着头喊："我去我去！我现在就收拾东西，她打算什么时候走，我马上去和她汇合！"

孙嘉树不情愿地说："我估计他安排接你的人已经到楼下了。周意满会直接带着李昂去机场，行李还有机票什么的，李重年都弄好了，到时候接你的人都会向你交代。"

姜凌波跑到窗前一看，下面确实停了辆锃亮的越野车，她连忙跟孙嘉树说："行，那我就不跟你说了！"

说完就挂断了电话。

然后她火急火燎地回卧室翻出箱子，随便塞了几件衣服，又跑去卫生间把洗漱用品一拿，接着就拎着行李，哐当哐当冲下楼。

20 分钟以后，姜凌波跟头犁地的老黄牛一样，一手拉着两个箱子，咬牙切齿地走进了机场大厅。

她简直不能相信，刚刚在机场门口，开车的那个司机一停完车，就从后备厢把行李拿给她，然后把各种机票证件朝她一递。还没等她说话，他就把她一个人扔在原地，自己开车走掉了！

整整四个大箱子！居然让她一个人拖进机场！等她回来，她一定要到李重年那里给他打一个大大的差评！

周意满带着李昂刚到大厅，就看到姜凌波站在大门边，脚底壮观地排着一行箱子，头发被风刮得满脸都是，用手抓都抓不过来。

她好笑地走过去："怎么我回趟老家你也得跟着？别是又惹了什么事，想躲到我那儿去避风头吧？"

……不是李重年叫我陪你去的吗？

不过姜凌波留了个心眼，没把这话问出来，而是顺着周意满的话，龇牙咧嘴说："啊，你也知道，我妈老是逼我去相亲，我烦得很，就趁机溜出来，跟你出去躲一阵。"

演技非常生硬，幸好周意满没多想。

姜凌波借着要上厕所的空当，拿着手机溜进卫生间，给孙嘉树打电话。

孙嘉树接通得很快："你接到周意满了？"声音都没什么精神。

"小满好像不知道！"姜凌波着急地问，"她还以为我是想跟着她出去玩！"

"她急着回家，还没看到新闻，李重年也没告诉她。"孙嘉树腔调懒懒的，"她老家是个小地方，网络通讯都不发达，这些新闻一时半会儿传不过去，她回去正好能过几天清闲日子。你也就当什么都不知道，过去玩几天吧。"

"哦。那就这样。"姜凌波说完就想挂电话。

"大花？"孙嘉树提了提音量。

"还有什么事吗？"姜凌波问。

孙嘉树静了静，才说："没有。"

姜凌波皱眉："那你叫我干吗？"

孙嘉树没说话。

姜凌波眨了两下眼，顿时笑嘻嘻："孙小草，你该不会是舍不得我走吧？"

孙嘉树闷笑了一声，没答。

姜凌波弯着眼睛，装腔作势地说："算起来，之后我们要有好几天不能见面呢。那这些天数，是不是就不能算在你追我的一个月里了？"

透过话筒，孙嘉树的低笑声传到姜凌波的耳朵里："不行，因为就算不能见面，我也在想你。"

"……"

你是要转型做情话段子手吗？！都是从哪儿学来的啊！

不过，我还挺喜欢听的。

姜凌波挂断电话，转头看了眼镜子里的自己，虽然笑容傻得不行，连牙龈都要露出来了，但是没化妆的脸蛋粉红粉红，隔着眼镜都能看到眼睛亮晶晶的。

嘿嘿。

恋爱中的女人最好看，就是这个意思吗？

她的心里简直甜成了一团蜜。

他们三个人上了飞机以后，周意满就放倒了沙发椅开始睡觉。她也不容易，最近为了公司的事儿，每天都只能睡三四个小时，事业女强人不好做呢。

至于没有上进心的姜凌波，她就很无聊了，边撕了包芒果干吃着，边凑到李昂身边。

"要吃吗？"她拿了片芒果干给他。

"不要。我不吃零食。"李昂拒绝了她，然后从小背包里拿出本小画册，笔直坐着，一页一页地翻着看。

姜凌波一点也不气馁，把芒果干往自己嘴里一塞，接着问："你在看什么呢？"

李昂大方地把画册拿到中间："我在微博看到的，很喜欢，就把漫画都打出来了。"

"微博上发的漫画？"

姜凌波咬着芒果干，低头看了一眼，漫画的风格很可爱，黑白线条，简单几笔就勾勒出一个人物。不过所有人都没有五官，只在脸上用圆圆的字体写了他们的名字。

……不，也许连名字也不能算，因为这页漫画里出现的人物分别叫[打鼓的]和[弹吉他的]，这就只是个代称吧！

好懒的作者！不画脸就算了，居然连名字也懒得起啊！

腹诽完，姜凌波又咬了片芒果干，接着看。

下一页，终于有一个有脸的人物出现了，他的脑袋上长了一根弯弯的小草，还涂了绿色。

"这是主角吗？"姜凌波指着那个脑袋长草的男生问。

李昂嫌弃地把她的手指推开："大花阿姨，你的手刚碰了芒果干，会把我的书弄脏的。"

"……"所以她才讨厌处女座的男人。

姜凌波把手指往衣服上蹭了蹭，撇着嘴说："哎呀我不碰你的书，你翻我看行了吧？那个长草的是主角吗？"

"是。"李昂说着把漫画翻到第一页，开始给姜凌波讲这个故事。

漫画描述的故事很简单，就是很久以前，有两个一起长大的小朋友，男生叫小草，头顶上顶着一根绿色的草；女主角叫大花，头顶上开着一朵红色的花。他们开心的时候呢，花草盛放；他们不开心的时候，花草就垂下脑袋。

而叫小草的男生，他很喜欢那个叫大花的女生，所以他总是跟着她，看着她，一天一天，一年一年。

......

这本漫画，与其说是在讲述大花小草的故事，倒不如说是小草单方面记的日记。因为他在每一段的漫画里，都会画出自己的情感和心情，把他对大花的喜欢，明明白白地，毫无保留地，表达了出来。

姜凌波开始看的时候，还觉得很有意思，但越往后看下去，她慢慢地变了脸色。

在看到"小草陪大花去[大花女神]的演唱会，演唱会结束后，他冲到车前，拦住[大花女神]，希望她记得去看大花送出的礼物"时，姜凌波慌乱地从李昂手里，把漫画硬抢过去，飞快地朝后翻着。

然后，慢慢地，她的眼泪就啪嗒啪嗒，全落到了镜片上。

她摘掉眼镜，边抹着眼泪，边继续往下看，直到看到小草出国的那段，她终于忍不住，抱着书蜷曲起来，把脸埋到膝盖里，抖着肩膀闷声大哭。

那些都是她曾经经历过的、最熟悉而留恋的过往，可是有很多事情，和她想象的都不一样。

她总是只顾着自己开心，却从来没有注意过孙嘉树的心情。

就像高中放寒假那天，她在大雪里冻僵了回不了家，打电话给孙嘉树让他出来接她。

他当时来得那么快，毫不犹豫地就踩着没到膝盖的大雪来到她跟前，背着她一步一步走回家。当时她只觉得安心，却根本不知道，孙嘉树那时候发烧烧到了38度8，而且已经烧了整整一天。

他回去就因为肺炎住了院，她居然还没心没肺地笑话他，说："小草你身体太差啦，出个门居然就得肺炎了，我在雪里站了一个小时都没事！"

可孙嘉树只是懒懒地看她一眼，连一句辩驳都没有，还让她别总到医院来烦他，万一感冒了半个月都好不了。

姜凌波抱紧手里的书，难过得喘不过气来。

他怎么可以什么都不说？那些被她忽略、被她遗忘的情感，他怎么可以，一句都不说呢？

孙嘉树，你真的是坏透了！

姜凌波哭得很凶，不仅把周意满吵起来，连空姐也忍不住过来看了几回。

哭到最后，她都不知道自己为什么要哭了，但是心里闷得厉害，好像如果不哭，就没有办法呼吸了一样。

周意满开始还不知道怎么回事，后来看完那本漫画，她是又好气又好笑："你说就你们两个人，怎么能搞成现在这样呢？"

"青梅竹马，两小无猜，孙嘉树对你更是好得一点错都挑不出来。就你小时候那惹祸的频率，要我是个男人……"周意满光想了想，就惶恐地摇摇头，"肯定会逃得离你远远的。"

"……"不是在安慰我吗？

周意满接着说："所以你差不多就行了，别老折腾他。前一阵不是还说要他追你一个月再给答案？"

姜凌波抽抽鼻子，有点不服气："谁叫他之前突然出国离开。"

"是啊，他为什么要突然出国？"周意满一脸"你就作吧"的嫌弃表情，"看完漫画，你现在知道了？"

"嗯。"姜凌波垂着眼睛，闷闷答了声。

"那你现在有什么感想？"周意满故意板着脸。

"生气。"姜凌波皱起眉，"特别生气！我要是现在能看到他，肯定把他揍一顿！嗯……揍完还要再骂一顿！"

周意满："……"这都什么玩意儿？

姜凌波愤愤地说完，又软趴趴地耷拉脑袋，叹着气说："唉，小满，我真的好羡慕你的性格啊。"

她说的是实话。

她一直很清楚自己的性格有多不好。

她小时候就霸道任性，做事情不会考虑后果，长大了也是。智商本来就不怎么高，情商更低，除了小满，她甚至都交不到其他能交心的朋友。

有时候她就在想，要是她的生命里没有孙嘉树在她惹祸以后给她收拾残局，光是她惹的那些祸，都足够她妈把她打死了。所以她妈才对她一直都不放心，总想着把她所有的事情都给安排好。

但是小满的性格就很好，会说话会办事，又勤奋又能干。她要是能变成小满这样，说不定她妈就不会把她当小孩子，逼着她跟那些不喜欢的人相亲了。那样她和孙嘉树之间，也许就不会出现那么多的误会和困难，也许他们早就能开开心心在一起了！

"你羡慕我？"周意满诧异，"我倒宁愿能像你这个样子，想说什么就去说，想做什么就去做，不怕天不怕地的，不知道活得有多舒心……如果不是被人从小宠到大的，谁能有你这样的性格？"

姜凌波愣住。她实在没想到，那么好的小满居然会羡慕自己。

周意满叹气："你总跟我抱怨，说不喜欢自己的性格。我今天看了这漫画才明白，与其说你现在的性格是'你的性格'，倒不如说是'孙嘉树宠出来的性格'。姜凌波，你都不知道，你这辈子能遇到孙嘉树，到底有多么幸运。有多少人穷极一生，都找不到一个能彼此相爱的人，又有多少人在阻碍面前却步，无法和相爱的人在一起。你能有一个孙嘉树，一个把你当作梦想、把你当作整个世界、为了能和你在一起哪怕头破血流都不放弃的孙嘉树，姜凌波，你就承认吧，"周意满把漫画还给姜凌波，笑着摸了摸她的脑袋，"你就是这个世界上最幸运的女人。"

当天晚上，姜凌波就跟着周意满和李昂，到了周意满的老家。

周意满到家以后就赶去了医院，留下李昂和姜凌波在家里看家。

李昂看了一会儿动画片，就回屋去睡觉了。而姜凌波则躺在周意满的卧室里，数遍了她墙上贴满的奖状，怎么都睡不着。

翻了个身，姜凌波趴在床上，跷着腿拿起手机，开始搜索李昂告诉她的那个漫画微博。

等她进入微博主页，却发现这个微博居然关注了自己。也就是说，孙嘉树一直在用他的微博小号，关注着她的微博。

姜凌波的粉丝虽然很多，但她对打理微博并没有什么兴趣。微博里最多的内容就是"怒舔女神大人"，至于其他的，她也就是偶尔来了兴致，才会在微博上发点好吃的报复下社会，说说最近发生的有趣的事，或者录几个搞笑视频玩。

所以她真的不知道粉丝里还有这么个人，更别说记起来他是什么时候对她加的关注。

孙嘉树你真是……

她恶狠狠地磨着牙，点进他的微博里面。

漫画的最近更新是今晚，所以她在李昂那里并没有看到。

而更新的内容是少有的四格漫画，主角只有小草一个人。

第一格，他孤零零地站在一间空屋子里，脑袋上的绿色小草没精打采地耷拉着，画面的最右边竖着写了一行字："大花出门了。"

第二格，他拿起手机，低头看着屏幕，屏幕上写着 [大花] 两个字；

第三格，内容和第二格一模一样，只是手机屏幕上的电量变少了一格；

第四格，内容和第三格一模一样，只是手机屏幕上的电量又变少了一格。

漫画结束。

……

姜凌波反复看了好几遍，每回都笑得不行。

她把手机扔到一边，盘腿坐着想了一会儿，最后还是拿起手机，给孙嘉树打了个电话。

电话第一声还没响完，孙嘉树就接通了。

姜凌波没忍住笑："你手机还有电吗？"

"嗯？"孙嘉树愣了一下，好笑地问，"你说什么呢？"

姜凌波停了一会儿，才叹了口气，眯着眼睛，郑重而气愤地说："孙小草，你不会真的以为，我喜欢的只是现在的你吧？"

孙嘉树静了静，闷笑出声："你看到了？"

这会儿轮到姜凌波愣了。

孙嘉树却像是知道她在想什么，低笑着说："你肯定是看到我画的漫画了，对吧？"

姜凌波一直都搞不懂，孙嘉树到底是怎么猜出她的想法的。但从小到大，类似的事情已经发生过无数回了。他就连半夜在黑暗里撞到她溜进客厅偷吃的，都能一口猜出她藏到背后的零食是什么，明明客厅里新买的零食有十几种呢！

"对，我看到了！"姜凌波没再想别的，而是直接承认，理直气壮，"所以，我要跟你聊聊！"

"嗯。"孙嘉树的声音听不出情绪。

姜凌波却是直接生气了："孙嘉树，你凭什么觉得我以前不喜欢你？再说，难道我以前不喜欢你，你离开了再回来，我就会喜欢你吗？"

她说着就怒气冲冲，把看他漫画时心里憋的情绪全都爆发了出来，根本不给孙嘉树说话的机会："一个人改变前和改变后，怎么可能会如此泾渭分明呢？以前的你，还有现在的你，都是你呀！虽然是有那么一点不一样，但在我眼里，孙小草永远是孙小草，就算你变得再有名，你也只是二十年前被我从坏蛋手里救出来的那个爱哭包！"

她气得对着电话大喊："孙嘉树你就是个大！笨！蛋！你当年怎么可以，怎么可以因为那种理由就离开？什么叫作'我知道她不喜欢这样的我'，你知道个屁！你问过我吗？你问过我哪怕一次吗？"

姜凌波用力地喘着气，喊得嗓子都疼了。她哑着嗓子，眼睛里全是泪："孙嘉树，你在漫画里说，你对我对你的感情没有信心。我告诉你，你这不是对我没信心，你是对你自己没信心。难道在你眼里，你就是一个平庸的、无趣的、灰暗的人吗？"她的泪唰地就流下来，却硬是咬着牙大声喊，"孙嘉树我告诉你，你才不是！我认识的孙小草才不是！"

她抹了把泪，又喘了一口气："没错，李重年是有权有势，但他再有钱，也没有为我花过一分。而你，以前确实比他穷得多，但我想要的东西，你从来没有一件没能送给我。高一那年寒假，我说下学期我要溜出去看演唱会，你就跑到鞋店去打工。"姜凌波死死咬着嘴唇，把哭声咽回去，"你不知道，我偷偷到店里看过你，但是在门口，我看到你半跪着，在给人穿鞋挽裤脚，我就再也走不进去了。孙嘉树，我当时就哭了！我不是因为觉得你干活丢人，我只是觉得，我的孙小草，我从小用拳头罩到大的孙小草，怎么能做这种事呢？如果那时候我就想到，你是为了让我去看演唱会才打工的，我怎么可能让你继续干下去！"

"孙嘉树，"她压住哭腔，轻声问，"你真的以为我什么都不知道吗？"

"大花……"孙嘉树的声音也是哑的。

"闭嘴！你听我说完！"姜凌波手都在抖，但语气却平静了很多，"你还在漫画里提了苏崇礼。对，苏崇礼是长得好看，但你根本就不知道，我从来就不是因为他好看，才和他扯上关系的。我一直没告诉你原因，是因为我觉得那样的自己很卑鄙，我不希望你知道那样的我……"

"我是因为觉得他长得像你，才接近他的。因为你不在我身边，我想你想得不得了。"姜凌波的泪又开始不停地掉，"所以我才想把他当成替身……当成你的替身陪着我……"

她终于哭得泣不成声："孙嘉树，对我来说，我的全部青春，我所有美好的回忆，都只有你，所以你究竟在不自信什么？"

为什么你看不出我的心意呢？

就算迟钝的我一时没想明白，就算愚蠢的我一时不能确定，但那么懂我的你，只凭一个动作、一个眼神就能猜出我念头的你，为什么没能看出我的心意？

她的眼泪汹涌地、无法克制地流着，压抑的哭声一阵一阵地传进话筒里。

过了好久，孙嘉树才开口。他的声音哑得厉害，却异样的轻和温柔。"大花，你别哭了。我不在你身边，你哭了，我都没办法陪着你。"

"我才没哭呢。"姜凌波抹着眼泪，仰着脸看着天花板，语气还是气冲冲，"我告诉你啊，这件事还没完，等我回去……看我怎么收拾你！"

"哦，"孙嘉树低低地笑，"我等你。"

"我不跟你说了，"姜凌波忽然觉得有点丢脸，"我要去睡觉了！"

"嗯，晚安。"

……

"孙小草你怎么还不挂电话啊？！"

"哦，我本来想把你的呼噜声录下来。"

"……再见！"

过了很久很久，天几乎都要亮了，彻夜未眠的姜凌波在孙嘉树的微博上看到了一条新的更新。

关于大花小草的，新的漫画。

只是这条漫画，不是发表在他的小号上，而是光明正大地出现在了那个加了橙 v 的孙嘉树大号里。

漫画只有一幅，长长的，要不断下拉着看。

里面只有大花和小草两个人，他们牵着手，从小小的、豁着牙的小豆丁，一点一点，长了个子，换了新装。胖乎乎的短头发大花，变成苗条的长发姑娘，而小草从矮个子和平凡脸，变成了帅气的高个子。唯一不变的，只有他们牵着手的模样。

在漫画的最下面，孙嘉树用他惯用的那种圆滚滚的字体，写了两行字。

姜凌波看到那两行字，还红着的眼睛里又泛起了泪光。

她抹抹眼角，忍不住又笑出了声。

她捧着手机，把那 15 个字看了一遍又一遍，然后动着嘴唇，默读了起来。

"谢谢你，出现在了我的生命里。"

"我爱你。"

第十三章
———·甜蜜时光·———

　　姜凌波虽然困得眼睛都睁不开了，但精神却异常亢奋，翻来覆去怎么都睡不着，只好又打开手机，把孙嘉树画的漫画从头到尾看了一遍。但等她看完，再回到微博首页，却发现整个微博都炸了，炸得比周意满和李重年新闻出来的时候还厉害。

　　无数人都在猜测孙嘉树发这条微博的原因，还有人直接找到了那个画漫画的小号。

　　不过到目前为止，还没有人想到"这些漫画是孙嘉树画的"，毕竟在大众眼里，孙嘉树好像并不是个能画出这种可爱漫画的人呢。

　　最后，在各种稀奇古怪的猜测结束后，终于出现了一个令所有人都满意的说法——

　　JJXDXH：据说树神参演的电影要上映了，他演的还是个深情角色，所以，嘿嘿嘿，你们懂的［微笑］

　　这条热门评论出现没多久，就获得了很多人恍然大悟的表情。毕竟只是一幅漫画，又不是照片之类证据确凿的东西，更何况大花小草系列漫画还在微博上连载了很久，很有可能就是树神买来做宣传的嘛。没错没错。

……

但是姜凌波却一点也没觉得轻松，因为那个"JJXDXH"的微博名，她很眼熟。那是大堂姐的微博小号。

……透过那个貌似俏皮的"嘿嘿嘿"，她已经感受到大堂姐即将喷发的怒气了。

浑身一凉，姜凌波更睡不着了。

看看已经透亮的天色，她干脆不睡了，活动着脖子爬下床，走到厨房热了杯牛奶，这才感觉五脏六腑都暖和了起来。

她刚喝完牛奶，李昂就穿着小麋鹿睡衣，两眼发蒙、翘着呆毛走了出来。也只有刚睡醒的时候，李昂才显得有那么点可爱。

姜凌波打开冰箱，边看食材边问他："现在家里就咱俩，你早餐想吃点什么？我给你做。"

"不要，会中毒的。"李昂睡得口齿不清，脑袋都东歪西倒的，但神志却还很清醒，"我们还是出去吃吧，我想吃楼下馄饨店里的馄饨，姥姥以前带我去过。"

姜凌波："……"我刚才居然觉得他可爱！

李昂说完就揉着眼睛朝前走，走到客厅的时候，他在茶几边停下，歪着脑袋盯着桌面看了一会儿，然后又揉着眼睛往厕所走。

路过姜凌波，他迷糊地问了一句："我妈几点回去的？"

"……回什么？"姜凌波疑惑。

"她不是在桌子上留了一张字条，说要回趟 B 市吗？"

！！！

姜凌波冲到茶几前，把周意满留的字条匆匆看了一遍，紧接着手忙脚乱给她打电话。

但她刚拨出去，挂在衣架的大衣口袋里就传出了手机铃声。小满她居然把手机落在家里了！

姜凌波皱紧眉头，又马上给孙嘉树打电话。

孙嘉树听完后语气倒是很轻松："我已经知道了，你就带着李昂再玩会儿，他们没多久就会回去。"

姜凌波不放心："真没事了吗？"

孙嘉树安抚："虽然外界都说李嘉和已经和周意满结婚了，但他们是怎么回事，你难道还不清楚？李嘉和就是拿周意满和李昂做挡箭牌，两人根本就没领证。这事说开了就好了，简单得很。"

姜凌波点头："也对。"早知道刚才就不那么紧张了。

果然如孙嘉树所说，没多久，周意满和李重年就一起赶来了。

姜凌波一看他俩的样子，就知道他们已经和好了。毕竟当相爱的人心无隔阂时，他们举手投足间的亲密是藏不住的。

她悄悄跟周意满打了个招呼，拎着行李就溜出了门。

看到周意满和李重年，突然就有点思念孙嘉树了呢。她这样想着，不自觉眉眼弯弯，边下着楼梯，边拿出手机给孙嘉树打电话。

但电话刚拨出去，手机还没放到耳边，她就听到楼底传来熟悉的铃声。

姜凌波拖着行李，半举着手机，就那么呆愣愣地站在楼梯台阶上，而楼底下，戴着口罩的孙嘉树靠在车前。

他看着她，慢慢拉下口罩，然后露出一个懒懒的、帅得让姜凌波少女心一下子炸掉的微笑。那一刻，姜凌波清楚地听到了自己的心跳，扑通扑通的，响亮得不成样子。

她背过身，笑到眼睛都弯成了月牙，然后又扭回来，抿嘴装作不在意的样子，举起已经接通的电话问："你怎么来了？"

孙嘉树也拿起手机，眼睛却直直地看向她，声音低低的，性感得不得了。

他说："我想你了。"

那语气和表情，真的是非常无辜呢。

姜凌波一听就笑了，晃着她的两颗小虎牙，拖着行李"咚咚咚"就冲了下去。跑到孙嘉树跟前，她把行李扔到一边，仰头看向孙嘉树，眼神在他脸上转啊转。

她笑嘻嘻地问："真的想我了？有多想？"

孙嘉树看了姜凌波一眼，没说话，而是侧身打开副驾驶座的车门，接着一把把她横抱起来，塞进座位里。然后，他用手搭着车门，挑着嘴角对她轻轻一笑。

"锦绣姐急召，要我们立刻赶回 B 市，接受审问。"

姜凌波："……"完了完了完了。

她顿时什么"想不想"的都不想问了，伸手拽住孙嘉树的大衣口袋，生无可恋地拉了拉："我不想回去看到锦绣姐，她会把我撕了的。"

孙嘉树垂眸笑了声，用食指把姜凌波的手从他口袋里勾了出来。

姜凌波随即攥紧他的手指，讨好地晃了晃。

他抬起头，摸摸姜凌波的手："那我们私奔吧。"

"啊？"姜凌波以为她听错了。

"私奔吧。"孙嘉树又说了一遍，还是那种懒散的神情，似笑非笑的，说得极随意，又极认真。

"私奔到没人的地方，就我们两个。我养你。"

"喂孙小草，"姜凌波笑出声来，"都什么时候了你还开玩笑！"

孙嘉树嘴角微绷，抽出手指就转身走开。

姜凌波顿时蒙了。……这反应，他不会是认真的吧？但是私奔什么的，根本就不可能啊！

她趴到车边朝孙嘉树张望，但是孙嘉树再没看她一眼，放好行李就回到车里，自己系好安全带，接着就开车起步朝前开。

居然闹脾气了！姜凌波扭头盯着孙嘉树的脸，突然很想笑。

孙嘉树闹脾气，真的是特别少见呢。

他从小就是那种可乖可乖的孩子，爱哭归爱哭，但哭也是安安静静的哭，一点也不闹腾。就算生气了闹脾气，也不会像姜凌波那样又吵又闹的，而是冷着张脸，不说话也不理人。

可他平时就不爱说话，所以别人根本就看不出他是在生气，更别提去关心他为什么生气了。

有一年他过生日，那时他和姜凌波才刚成为邻居。那天他姐姐在学校住宿没能回家，而他爸妈全天都在加班，完全忘了他的生日。所以他那一整天，一句话都没有说，情绪低落得很。

姜凌波其实也并不知道那天是他的生日。

她当时刚跟老姜从爷爷家回来，带回了一款新的游戏，于是就跑到孙嘉树家里找他玩。

但她在一边玩得热火朝天，不停跟孙嘉树说话，而孙嘉树连句"嗯"都没回给她。所以没一会儿，她就觉出他不开心了。

于是她撂下游戏手柄，爬到孙嘉树跟前，脸和他靠得很近很近，特别认真地问："孙小草，你是不是不开心呀？"

孙嘉树垂着眼睛摇摇头，不肯说话。

看到孙嘉树这个样子，姜凌波也不想玩游戏了，而是缠在他身边，想方设法从他嘴里套话。

但是孙嘉树什么都不肯说。

最后姜凌波生气了："孙小草你总是这个样子！你不开心就要说出来啊，不然我都没办法哄你！"

她烦躁地站起来："你以为你不开心，只是你一个人的事吗？看到你不开心，我也不开心了！孙小草你再不说，我就再也不来找你玩了！"

孙嘉树这才低声说："今天是我生日。"

姜凌波一听完，眼睛顿时就亮了，喊着"你等我一会儿啊"就笑嘻嘻跑了出去。

没多久，她就气喘吁吁地冲了回来，左手握着一把细细的彩色蜡烛，右手端着一块小蛋糕，直奔到孙嘉树跟前，朝他一递，喘得说话都断断续续："给，生……生日快乐。"

那是一块只有巴掌大小的奶油蛋糕，小到插不了几根蜡烛，奶油也是很劣质的那种，又因为她狂奔了一路，表面做的小花都塌掉了，卖相看起来很差。

姜凌波看看蛋糕，也觉得好丑，但她还是装作生气地跟孙嘉树说："谁叫你不提前告诉我，你要是早点说，我就可以去给你买一个大蛋糕了！我不管，这块蛋糕是我拿零花钱买的，你必须全吃完！"

接着她又突然乐得不行："我跟你说哦，我们的生日在一起呢，我明天过生日！以后每年我们都可以连着吃两天蛋糕了！"

孙嘉树静静看了她好久，最后才很小声地说了句"谢谢"。

姜凌波立刻就神气十足："那你以后不准再对我生气了！也不是不准生

气，就是……就算你生气，也不准不和我说话！"

"嗯。"

"不行，你要跟我拉钩，你要是说谎就是小狗！"

"嗯。"

"你要把蛋糕全吃掉，一点都不准剩！"

"嗯。"

"我明天过生日，你要来陪我玩！"

"嗯。"

……

反正从那以后，孙嘉树真的没有再在她面前露出不开心的样子，更别提这么明目张胆地朝她拉脸闹脾气了。

姜凌波看着孙嘉树故意扭开的脸，觉得好可爱！

她托着腮笑得不行："孙小草，你是不是生气了？你为什么生气啊？就因为我没答应和你私奔？"

孙嘉树没理她。

"孙小草，你答应过我什么来着？"

姜凌波摇头晃脑，一字一顿地说："就、算、生、气、也、不、能、不、跟、我、说、话。"

孙嘉树低头抿了抿嘴唇，把笑压了回去。

姜凌波一眼就看到他笑了。她得寸进尺地哼了一声："小狗。"

孙嘉树还是没说话，但嘴角已经挑了起来。

姜凌波又看了他两眼，然后心满意足地把背后的靠垫捞到怀里，开始玩手机。

刚打开微博，她就被一条短视频吸引了注意，画面里的好像是李重年和周意满呢。

她点开视频，画面还算清晰。

开始的场景是周意满被媒体困在了车里，记者在逼她出面回答问题。紧接着画面转换，李重年出现，一个人冲开一大群记者，走到车前把周意满救出来。然后他站在话筒和镜头面前，居高临下地看着那些记者。

　　他嗤笑着说："我知道你们都想了些什么，说了些什么，做了些什么，我告诉你们，我不在乎。我爱这个女人，跟她比，名声、地位、礼义廉耻？那都是些什么东西？"

　　"我再说一遍，我爱她。你们有事儿想聊，有新闻想报，来找我。谁敢碰她一根指头，谁敢冲她说一个难听的字……我是不怕造孽的，你们不是都说我们相爱是在造孽吗？那我就真做给你们看看，省得你们总嫌资料少。"

　　虽然镜头很晃，声音也很嘈杂，但姜凌波却被李重年的那番话震得不能回神。

　　"我第一次发现，李重年居然这么帅……"

　　姜凌波不可思议地张着嘴："我以前很讨厌他的，仗着有钱长得帅，成天支使小满干这个干那个，怎么看都不像是真心喜欢小满！……真没想到，他能为小满做到这种地步。"

　　她靠着座椅发愣："太帅了，这简直就是漫画里的场景，当着全世界宣布'这是我的女人'……天哪……"

　　孙嘉树面无表情地瞥了她一眼，突然猛打方向盘，一下子把车停到路边。接着他一把按住她肩膀，微侧着头吻了上去。

　　姜凌波睁着眼睛，手还抓着车门把手，就那么直愣愣地被他亲。

　　他起初吻得很重，用力地吮着她的唇瓣，还用牙尖微微地刮，很快就把她的嘴唇吮得麻木了。但随即他又放轻了力道，轻轻地蹭着她的嘴唇，偶尔温柔地亲一下，发出轻微"啵"的声响，暧昧而柔情。

　　姜凌波的手，不知什么时候就抓住了他的衣服。

　　直到孙嘉树结束这个吻，她的手都没有松开。

　　孙嘉树看了看她，笑着又亲了下她的嘴角："不能再亲了，这里不行。"

　　姜凌波迟钝地眨眨眼，然后猛地松开手。她清了清嗓子，摸摸鼻尖："那就算了。我本来是想问你，要不要我把眼镜摘了。"

　　她顿了一下，摘掉眼镜，扭头看向孙嘉树，特别坦荡地问："真不亲了？"

　　摘掉眼镜以后，姜凌波看不清孙嘉树的表情，但光看轮廓，他好像没动。

　　"不亲算了。"她无所谓地撇开脸。

　　没反应。

她又扭回头，朝孙嘉树晃了晃眼镜："那我把眼镜戴回去了啊。"

还没动。

姜凌波简直恼羞成怒："……我真戴回去了！"

孙嘉树忽然就动了。

他没有吻她，而是把她抱进了怀里。他的脸埋在她脖颈间，好像有点湿。

姜凌波一下子慌了神。

她手忙脚乱地拍着他的后背："我不就想让你亲我一下吗？你哭什么？"

孙嘉树把她搂得更紧了一点："我爱你。"

"我知道啦。"姜凌波像小时候一样，在他哭的时候摸摸他的后脑勺。

摸着摸着，她突然说："哎你车里有没有吃的？我好饿。"

……

"在你前面的箱子里。"

孙嘉树叹了口气，把脸抬起来。

姜凌波趁机歪头，"啵"地一下亲在孙嘉树的脸颊上。

孙嘉树跟她对视了几秒，又把脸埋回去了。这回任姜凌波再怎么叫，他都不给回应了。

莫名其妙！

对了，他亲我之前，我在干吗来着？好像当时很激动呢。

想不起来。

算了。

有句话怎么说的来着？甜蜜的时光总是过得飞快！

姜凌波嘴里咬着巧克力棒，连蹦带跳刚走出停车场，就被黑着脸的大堂姐给逮了个正着。

"你们是去度蜜月了吗？"

大堂姐笑得姜凌波心惊胆战，她哆嗦着摇头："没、没有。"

"没有。"大堂姐冷笑，"你们这一路，挺开心吧。"

她抖了抖手里的照片："这照片传得我拦都拦不及，刚拦下这两张，那两张又流出来。你们俩是专门在车里摆造型给娱记看的是吧？拍的效果比摄影棚里的还好！现在就差床照了，你们怎么没在马路边再来个车震呢？那照片就全齐了！"

她说着也真恼了，拔高了声调就对着姜凌波训起来。

姜凌波闷头咬着巧克力棒，一句话都不敢回。

"你们闺蜜俩也真是厉害，"看她那可怜巴巴的样子，大堂姐有火也发不出来了，满脸嫌弃地瞪她，"半个新闻界全在报道你们俩的事。李重年那个也就算了，不管起因是什么，他至少光明正大对着镜头把话说明白了，再靠着他们李家的权势，这事一天就能给压下来。你呢？"

她伸出手指戳了下姜凌波的脑门："你要是能撂下一句准话，不管你跟孙嘉树到底是谈还是没谈，这事我都有办法给你解决。谈了有谈的说法，没谈也有没谈的对策，最烦人的就是你们现在这样，一句明白话也没有，还成天闹出事，搞得我一点办法都没有！"

"……"就知道训我，姜凌波被她戳得狠了，疼得眼泪汪汪捂额头。

孙嘉树刚停完车，走到停车场门口就看到姜凌波在挨训。

"过来。"

他把她拉到跟前，双手交叠着从她身后抱住她，然后抬头对大堂姐笑着说："姐，这事儿是我没处理好，让您费心了，以后再有什么事，您直接来找我就行。"

姜凌波本来是背对着孙嘉树的，听到这话，她没忍住转过去朝向他，然后把手伸进他的大衣里，整个人钻进去搂住了他的腰。

她知道自己这姿势有点矫情，但她就是很想钻进他怀里抱一抱他。以前总觉得恋爱中的人黏在一起好丢脸，可是轮到自己，连丢脸都丢得很开心。

大堂姐实在看不下去："姜凌波，我儿子今年五岁，你在我跟前秀个屁恩爱啊？"

大堂姐打小是在南方长大的，本来也是个很温婉的南方姑娘，但自从跟了个北方老爷们儿，这些年也是越来越豪爽了呢。

姜凌波躲在孙嘉树大衣里，装作听不见。

大堂姐只能摁住青筋乱跳的额角，跟孙嘉树说："明晚电影首映礼，知道？"

孙嘉树忍住笑，点头："嗯，知道。"

这时大堂姐手机响起来。她边打开手机边摇头："反正公司是你的，你爱怎么玩怎么玩吧。"

说着，她忽然变了脸色。

眼睛在屏幕上盯了一会儿，大堂姐皱眉沉声道："嘉树，我有事要去处理，你先去我办公室等着。"

话音未落，她就踩着高跟鞋，"噔噔"扭头走开了。眉头一直没有舒展。

大堂姐的表情变化，姜凌波全都没有看到。等大堂姐走路的声音远去了，她才把脑袋从孙嘉树怀里探出来。手还揽着他的腰，姜凌波盯着他的脸问："你的公司？"

"我没和你说过吗？"孙嘉树表情自然得很，"这家公司是我和顾深一起收购的，现在对外只挂着他的名，不过我占的股份比他多。"

姜凌波："……"

前年年底那阵，公司上层确实出现了不小的变动，但那些跟她这个小助理又没有关系，所以她就没怎么关注。直到现在，她也只知道这家公司的董事长姓顾，连他叫顾深都不知道。

等等。

顾深？

姜凌波仰头："顾深这名字，我怎么觉得有点耳熟呢？"

"苏崇礼他姐夫。"

孙嘉树摸了摸姜凌波的脸，轻笑："你以为一个刚满十八岁，智商为零、情商为负的人，没有任何背景就靠一张脸能蹿红？"

姜凌波："……"虽然听起来好恶毒，但形容得意外精准。

孙嘉树又补了两句："苏崇礼还真以为是自己厉害呢，刚成年什么都不会，揣了张身份证就敢离家出走。要不是顾深在身边看着，他早就饿死了。"

"……是他呀！"

姜凌波这会儿想起谁是顾深了。半年前那场"苏崇礼婚纱照"的乌龙，就是拿"苏崇礼是在陪姐姐试婚纱"做挡箭牌，才勉强糊弄过去的。那时候孙嘉树和她说过，苏崇礼的准姐夫，名字就叫作顾深。

"他们现在怎么样了，顾深和苏崇礼的姐姐，结婚了吗？"她问。

"快生了。"

"……"

才刚过一个冬天就快生了。她好像明白了什么。

看姜凌波露出心领神会的微笑，孙嘉树拧了一把她的脸，然后挑着嘴角，一脸的坏笑："懂得挺多啊。"

姜凌波眼神在他脸上绕了一圈，随即笑着从他的怀里钻出来，笑得特别甜："孙嘉树，你初中扔到我阳台上那一袋子书，现在还在我屋里的衣柜里呢。"

孙嘉树脸皮厚得很，听完她的话，脸色都没变，而是笑着问："好看吗？"

姜凌波想了想，觉得不能跟流氓讲话，所以转身就朝楼里走。

"你到底看过没？"孙嘉树几步追上去，笑得特恶劣，说着还搂住她的肩，伸手挠了一下她的下巴，"看了几本？有什么心得？"

姜凌波走进电梯，推推眼镜，一本正经道："现在谁还看书啊？我们都看影音。影音，知道吗？我电脑里有几部拍得特别唯美，回去给你看呀。"

孙嘉树挑眉，跟着她进了电梯。还没等他说点什么，电梯门即将关闭的瞬间，一只胳膊从门缝里插了进来。随即传来的是苏崇礼哼唧的动静。

"你要是不同意，那首映礼我就不去了！"

苏崇礼戴着副木质的圆眼镜，本来就有点卷的头发烫得更卷了，整个人显得既呆萌又可爱。

但很明显，站在他身边的裴月半并没有被他的美色所虏获。她冷着张脸，看都不想看他，只是压着声音眯了下眼："你再啰嗦一句？"苏崇礼顿时一句话都不敢说了。

看到电梯里的姜凌波，苏崇礼没有像往常一样扑过去，而是没精打采地朝她点了一下头，神情敷衍得很，甚至连眼神都没真正落到她身上。

倒是裴月半，一看到姜凌波，眼睛立刻就亮起来，眼神在她和孙嘉树之间转来转去，就差扑过去抓着姜凌波的手问："你们到底有没有在一起？！"

苏崇礼没眼力见儿地又凑过去，对着裴月半，笑得特别讨好："哎……"

裴月半一个冷漠的眼神扫过去，他立马怯怯地贴着电梯站好。虽然表情还是很委屈，但一句抱怨的话都没敢说。

姜凌波太意外了，苏崇礼这么听话的样子，她可是从来没见过！

以前她给苏崇礼做助理的时候就知道，苏崇礼这个人，固执又任性，一旦他决定了的事，谁说都不好使。你要是不接受他的想法，他就不停地缠人闹腾，不达目的不罢休，就像是在家里被惯坏了的孩子，根本没法对付。

但几个月不见，有些事，似乎很不一样了呢。

她饶有兴致地问裴月半："这是怎么了？"

提到苏崇礼，裴月半无力地抓了抓脑袋："明天不是电影首映礼吗？他嫌给他准备的条纹领带不好看，想要换一条……"说着，她满脸嫌弃地看向苏崇礼，磨了磨后槽牙，"换一条亮闪闪的粉色蝴蝶领结。"

苏崇礼推了一下鼻梁上的圆眼镜，低头看脚尖，老实得不得了。

直到四个人走出电梯来到大堂姐办公室门口，他都没能找到说话的机会。因为他只要一想插进裴月半和姜凌波的对话，都会遭到冷漠眼神的攻击，那真是太可怕了，嘤嘤嘤……

姜凌波看着这俩人，憋笑憋得肚子都疼，但等看到大堂姐那张笑得异常温柔的脸，她顿时一点都笑不出来了。

大堂姐维持着微笑站在门口，静静看着孙嘉树和苏崇礼走进去，然后把门向后"啪"地一关，将姜凌波和裴月半堵在门外。

面对这两人，她嘴角的笑顿时就没有了："明晚的首映礼，你们也要穿正装出席，下午去挑几件能穿的衣服吧。"

姜凌波举手："我有……"

"我给报销。"大堂姐干脆利落地打断了她的话，从钱包里抽出一张卡，递给裴月半。

姜凌波下面的话就愉快地咽了回去。

虽然她不缺钱，但锦绣姐的便宜，可不是轻易能占到的！

裴月半接过卡，迟疑地问："也就是说……我下午不用再跟着苏崇礼了？"

得到大堂姐肯定的答复，她就像卸下了千斤重担。连看到悄悄打开门朝外望的苏崇礼，她的表情都温和得不得了，甚至还破天荒地帮他理了理脑袋上翘起来的呆毛。

"苏崇礼。"裴月半摸着他的脑袋，声音都变甜了，脸颊更是罕见地露出两个小酒窝。

"嗯。"苏崇礼看着她的笑恍了神，呆呆地点了下头。

"我下午要和姜凌波出去玩，你要好好听姜锦绣的话。知道吗？"

然后，没等苏崇礼回话，她就乐呵呵地拉着姜凌波跑了。

姜凌波边跑，边回头看了一眼："苏崇礼好像很舍不得你呢，趴在门边，眼巴巴朝你望。"

"别说这么恐怖的话，晚上做噩梦怎么办？"裴月半打了个寒战，拉着姜凌波跑得更快了。

……

另一边，孙嘉树目送姜凌波进了电梯，刚收回视线，就看见苏崇礼跟只被人抛弃的小狗似的，扒着门框盯着已经关上的电梯门，满脸的不情愿。

他眯了下眼睛，随即朝苏崇礼轻笑："舍不得？"

苏崇礼闷闷不乐地转身进屋，没理他。

孙嘉树靠在墙边，轻描淡写地点点头："也对，她是挺漂亮的。"

苏崇礼瞬间就炸毛："你离她远一点！你不是都有姜凌波了吗？我就知道你不是什么好东西，人面兽心吃着碗里的瞧着锅里的，我……"

"你放心，我一点也没觉得她漂亮。"

孙嘉树无比坦荡地打断他："我是骗你的。"

说完，他还学着裴月半，伸手摸了一把苏崇礼的呆毛，并微笑着评价道："手感不错。"

苏崇礼："……"

嘤嘤嘤！

"真羡慕你，"裴月半拉着姜凌波走到街上，买了两个桃花味的冰激凌，一人一个慢慢啃着，"给孙嘉树当助理，肯定又轻松又幸福吧。"

姜凌波咬着粉红色的冰激凌，笑而不语，但眼睛里那股甜蜜劲儿，让裴月半羡慕得不行。

她沉重地叹着气："你都不知道，我给苏崇礼当助理有多累。他今天那打扮，你也看见了，看起来就像幼稚园都没毕业。说了多少遍让他首映礼的时候把刘海捋上去，他竟然自己去烫了卷毛，还回来问我是不是很好看。"

她咬牙切齿："那是什么头？跟狗毛一样！要不是他明晚上还要出席典礼，我当时就把他打成 doge 脸！"

姜凌波继续笑而不语，这是什么？这就是奸情！赤裸裸的奸情！虽然这么说不太好，但如果苏崇礼能和裴月半在一起，她心里的负罪感真的会减轻很多！

这时两人已经走到商厦对面等绿灯，姜凌波抬头一看，商厦的大屏幕上正在放映李重年和周意满的新闻，而且正好是李重年面对媒体说话的那一幕。

她仰着脖子看了一会儿，等灯一变绿，就跟着人群朝对面走去。但等她走了一半才突然发现，裴月半还站在原地，一动不动地看着屏幕，浑然不知周围的人都已经离开了。

姜凌波朝她喊了几声，但声音都淹没在了车鸣和人声里。她只好又从人群里挤回来，费劲地跑回裴月半身边。

"灯已经变绿了……"姜凌波话说了一半，却没能再说下去。

也不知道是不是她的错觉，她好像看到，裴月半的眼圈红了。

裴月半这会儿也回过了神。她看向姜凌波，表情顿时变得跟以前握着姜凌波的手说崇拜孙嘉树时一模一样。

她激动地感慨道："李重年真的好帅啊！我怎么就没那种命，遇上这种男人呢！"

姜凌波边点头边和她过马路，笑得眉眼弯弯特别好看。

媒体虽然进行了铺天盖地的报道，但没有哪一家媒体敢把"李重年"这三个字说出来的，用的都是李家二少爷或二公子这种模糊的代称，但裴月半一张口，就叫出了李重年的名字。

姜凌波安静地舔着冰激凌。情况不明，我还是不接话好了。

但她安静了没多久，两人刚走到马路对面，一群人突然就围了上来。一个女人举着话筒冲到姜凌波跟前，吓得她差点把冰激凌直接丢到那记者的脸上。

"你好，我们是五星卫视的银河访谈，现在正在进行路人采访，可以问你几个问题吗？"

记者熟练地说着开场白，并招呼扛着机器的摄影师准备拍摄。

裴月半自从刚才对着大屏幕失态后，回过神来情绪就一直很高涨，见状立刻凑过来问："我经常看银河访谈，特别喜欢银河姐，你们这次要采访的话题人物是谁呀？"

采访员："是 Metal Masker 的主唱孙嘉树！"

姜凌波："……"

裴月半："……"

冷场了。

第十四章
——·他真的，就是她的盖世英雄·——

这一天过得还算悠闲，但从第二天一早开始，所有人都忙得人仰马翻。尤其到了傍晚，首映礼都快彩排了才发现还有一堆东西没送到会场。打电话一问，运货的汽车在半路抛锚了，现在刚开始往会场赶。

姜凌波纳闷得很，大堂姐办事从来都是有条不紊，今天需要的东西，她能提前半个月给准备好，怎么可能出现这么兵荒马乱的场面？

后来逮住工作人员一问才知道，那些东西是剧组自己准备的，车也是剧组自己出资租用的，但由于剧组资金比较紧张，所以东西不能提前预备，车也只能租随时会抛锚的那种。

……

所以说，到底为什么要和这么穷的剧组合作啊！

我都一整天没和孙嘉树见到面了！

姜凌波边腹诽边溜进楼梯间想喘口气，没想到刚一进去，就看到孙嘉树坐在台阶上玩手机。

"你居然在这儿偷懒！"她立刻跑到他旁边坐下，然后软绵绵地倒在他身上，一脸的生无可恋，"我都快累死了，锦绣姐使唤起我来，根本就没把我当人……"

孙嘉树从口袋里拿出颗巧克力，剥开锡箔纸送到她嘴边，挑眉训她："别人一看到锦绣姐都躲得远远的，就你傻乎乎地往上凑，不使唤你使唤谁？我就带了一颗，吃不吃？"

"吃。"

姜凌波有气无力地歪着脑袋，就着他的手，有一下没一下地啃着，眼皮都开始发沉。

就这么半睡半醒赖了好一会儿，把巧克力吃完，又咬着孙嘉树的手指咂吧了半天，姜凌波才慢慢回过神来。

她含着孙嘉树的指尖，眼神迷茫地和他四目相对，舌尖还在不自觉地舔着他的指腹。

孙嘉树突然就面无表情地把手指抽了出来，看了指尖一眼，还很嫌弃地啧了一声："都被咬青了。"

还没清醒的姜凌波："……"我才不会同情你！

缓了一阵，姜凌波勉强清醒，拍拍脸又伸了个懒腰。但懒腰刚伸到一半，她就像想起了什么似的，扭身搂住了孙嘉树的脖子，笑得贼兮兮。

她仰着脸，和他贴得很近很近，然后眼睛对着他眨呀眨："我今天戴了美瞳，是不是超级好看！"

昨天特意和裴月半去买的，挑了好久呢，你要是敢说不好看，呵呵……孙嘉树懒得说话，直接低头就要亲她。

"不行我涂了口红！"姜凌波连忙松开他的脖子推他。

"早就没了，你吃巧克力的时候都吃掉了。"孙嘉树握住她推他的手，边低声哄她，边亲上了她的嘴角，一点一点，轻轻地啄着。

姜凌波顿时就温顺下来，一动不动地任他亲。

"孙小草。"过了一会儿，她微微喘着气叫他。

"嗯？"孙嘉树边回应着，又亲了亲她微肿的嘴唇。

姜凌波偷笑，那股得意劲儿掩都掩不住："你就这么喜欢我啊？"

"嗯。"孙嘉树垂着眼睛，摸了摸她被咬破的嘴角。

但突然地，他的手指加重了力道。

"嘶——"

姜凌波把他的手拍掉，皱眉想瞪他，但顺着他的目光一看，她又立刻捂住了自己的胸口。

姜凌波这才记起来，今天东奔西跑出了一身汗，所以她就把外面的外套脱了，只穿了件蓝白条纹的薄衬衣，衣摆扎着，袖子挽着，连扣子也解到了第三粒，完全一副农民下地插秧的装扮。

就这样子孙嘉树也能亲下去，爱情真伟大！

……不对！胸全被孙嘉树从领口里看到了！她愤愤地站起来把自己的扣子系上，悲怆得不能自已。

为了显得腰细，她昨天特意买了小一号的衬衣，但因为衬衣有点小，所以她今天没穿那件垫了厚海绵的内衣。早知道会被孙嘉树看到，就算腰看起来胖上一圈，她也不能在胸口垫上海绵垫啊！

最可气的是，孙嘉树也随着她插兜站起来，紧身西装衬得那肩那胸那腰那臀那腿，全都完美得不得了。

……

姜凌波戳了戳他的腹肌，自我安慰：没关系，反正这些都是我的。是我的。是我的。是我的。

想一次"是我的"，她就恶狠狠地戳一下。

孙嘉树："……"

老老实实被戳了几下以后，他也伸出手，戳了一下姜凌波的肚子。

……

姜凌波捂着肚子踉到了角落里蹲下，无声垂泪。

刚才肉"duangduang"地颤了好几下。真的不想再看到孙嘉树了。

孙嘉树大大咧咧地蹲到她跟前，忍笑忍得很明显。他摸摸她的脑袋："大花，对不起啊。"接着补充，语气相当诚挚，"但是手感真的特别好。"

姜凌波："……"

这时，裴月半突然抱着一沓文件夹闯进了楼梯间。

看到眼前的一幕，她嘴里喊着"对不起打扰了"，脚都没停就直接后转，但她的手碰到门把手，就又转了回来。

"虽然很不想打扰你们，但是，"她朝姜凌波微微笑道，"姜锦绣正在找你，找疯了。"

说完，她费劲地做了个 fighting 的手势，然后迅速地溜出了楼梯间。

……

姜凌波低头一看手表，顿时头都大了。离大堂姐要自己去找她的时间，已经过去半个小时了啊啊啊！

"我先回去了！"她整了一下衣服，几乎是蹦着站了起来，接着头也不回就冲了出去。

孙嘉树慢慢站起来，靠着墙拿出手机，拨通了大堂姐的电话。

"锦绣姐，"他笑着说，"大花刚才在我这里，要是她一会儿去找你找晚了，我先给你道个歉。"

大堂姐："……"呵呵。

孙嘉树的电话还是很有用的。姜凌波本来已经做好了被大堂姐狠狠戳脑门的准备，没想到当她捂着脑门心惊胆战走进屋以后，大堂姐只是对着她"呵呵"了一句。

"呵呵"是啥意思，她不是很懂啊！

好在大堂姐"呵呵"完也没再说什么，而是盯着她的脸挑了下眉毛。

"脸上的妆是你自己化的？"

"好看吗？"

姜凌波立刻昂首挺胸，下巴抬着骄傲得不得了。虽然她还没照过镜子，完全不知道孙嘉树把她的脸弄成什么样子了，但她就是觉得会非常好看！她对孙嘉树的崇拜和信任就是这么盲目！

"确实不错。"大堂姐难得表扬了她一句，"那就不用再重新上妆了，去把衣服换一换，一会儿和孙嘉树上场彩排去。"

姜凌波微愣："上哪儿？"

"首映礼。你不是也演了个角色吗？一会儿你就作为出演人员，和孙嘉树一起出场。"

大堂姐这话说得特别违心，但谁叫孙嘉树现在是她的老板，老板的吩咐，就算睁眼说瞎话也得说完。

姜凌波疑惑："原来不是安排让孙嘉树和崔招弟一起走吗？"

"那是原来的安排，现在怎么可能再让他们一起走？GiGi那边就算了，他们巴不得能再借这个炒一次绯闻，但你那个孙嘉树可是很不耐烦。我看这回我要是没能把事情处理好，他就要亲自出马了。他现在跟以前可不一样，也就当着你的面儿还装得……"

大堂姐看着听得津津有味的姜凌波，立刻停住话头，皱眉训道："知道孙嘉树现在什么处境吗？看今天的新闻了吗？也不知道哪儿来的'旁观者'，一口咬定说车里跟孙嘉树接吻的那个就是GiGi，说得有模有样的，差点连我都信了。现在外面的绯闻传得沸沸扬扬，一提到孙嘉树，先想到的都不是Matel Masker乐队而是GiGi了。也就只有你，没心没肺还在这儿傻乐，要是别的女人，早就气得吃不下睡不着了。"

新闻的事儿姜凌波知道，但她还真没往心里去，反正不管外面把孙嘉树和崔招弟说得多甜蜜，孙嘉树还不是每天都陪在她身边给她做好吃的。

每回看到媒体为孙嘉树到底有没有和崔招弟在一起争得面红耳赤，她还会产生一种"呵呵呵，一群愚蠢的人类"的优越感呢！

不过关于各种取景巧妙总也拍不到她正脸的照片，还有那些刻意引导媒体把所有发出质疑声音的微博全都封掉的小动作，也真的是很让人讨厌。

姜凌波想了想，看向大堂姐："其实有件事我一直没说，姐你还记得之前在Y城拍戏时，我酒店房间里发生的那件事吗？"

"记得。听说犯事的那个杨丽丽，已经被她爸送到国外去了，估计要在国外待很长一段时间。"

姜凌波点头："对，就是这事儿。当时屋里不是洒了满地的照片碎片吗？那会儿我就发现，照片里有很早以前我和孙嘉树带五花肉出门的照片，就是媒体第一次报道孙嘉树和崔招弟绯闻时拿出来的'证据'。但新闻里的'证据'都是没拍到我正脸的，而酒店地上的照片，全都是正面照，我的脸被照得特别清楚。"

大堂姐经事无数，一听姜凌波的话就明白了。

"不会是杨丽丽，如果让人跟踪拍照的人是她，她绝对不会让孙嘉树和GiGi传出绯闻。"

大堂姐说着嫣然一笑，红唇挑起顿生风情万种："本来以为是些不上场面的小打小闹，GiGi火了多赚点钱对公司也有好处，所以我就没怎么管。没想到这人的胃口……有点大呀，玩借刀杀人，居然玩到我们姜家人头上了。"

说完，她朝姜凌波瞥了一眼："这种事你怎么现在才说？"

大堂姐刚才那一笑，吓得姜凌波寒毛直竖，她立刻表示："我很早就找人去查了，只是到现在也没有什么结果。"

"你找谁查的？"

"一家事务所，周意满帮我引荐的，叫……'啥都干事务所'。"

大堂姐顿了顿："钱百万？"

"……你知道？！"

姜凌波本来觉得，"啥都干事务所"这名字听起来太不靠谱了，所以她说的时候还犹豫了一下，没想到大堂姐居然知道，而且还一口就把主事人的名字给叫了出来。

但大堂姐没空在意她的惊讶，而是皱起了眉："钱百万怎么会查不出来？你是什么时候托他去查的？"

姜凌波边想边说："从Y城回来没几天，小满就带我去了。"

"这么久还没查到……"大堂姐脸上的神色凝重起来。沉吟片刻，她抬头看向姜凌波，"这件事我要再想一想，你先回去准备彩排，结束以后我们再谈。"

姜凌波本来没把这事当回事，但看到大堂姐的反应，她的心里也突然不安起来。

就这么恍着神，刚回到会场门口，她就被GiGi的助理蒋哥叫住了。

"小姜！来！"蒋哥看见她，很激动地把她招呼到角落里，"你带手机了吗？能不能借我用一下？"

"带了，等我找一下。"姜凌波说着就低头翻包。

"太好了。"蒋哥憨厚地笑着搓了搓手，很不好意思地说，"他们让我给送货的车队打电话问情况，可是我的手机被我落在车里了。别的人我还都不认识，正急得不知道咋办，幸亏小姜你来了。"

"联系车队的事是蒋哥你管吗？"不应该是剧组的人负责吗？

"本来不是我，本……本来不是我……"蒋哥一脸不知道该怎么说的着急样，一直不断重复着，慌张又为难。

"好，我知道了。"姜凌波笑着把手机递给蒋哥。估计是剧组负责联络的人看蒋哥老实，所以把事情推给他做了。

她随口问："你记得车队的电话吧？"

蒋哥听完又慌了神："她说把电话发到我手机上了……哎呀你说我这！"他对着自己的脑门就是一巴掌，急得马上就要哭出来，"我还要找 GiGi，马上就到彩排时间了……这可怎么办……"

"蒋哥你先别急。"姜凌波看着他满头大汗，只能出声安抚，"你记得GiGi 的电话吗？"

"记得记得！"蒋哥急得声音都是哭腔。

"那我还是把手机给你，你先去找她吧。离彩排还有点时间，你把你那车的位置告诉我，我去帮你把手机拿回来。"

蒋哥这人其实不错，平时总是憨憨厚厚笑呵呵的，但就是有点不经事儿，胆子小性子闷，一遇到事情就容易乱手脚。联系车队这事儿说大不大，说小也不小，她还真不放心让蒋哥自己去做。

还是等拿回手机，自己帮着他联系吧。

姜凌波这么想着，接过蒋哥手里的钥匙，就直接跑去了地下停车场。

但蒋哥那车停的位置实在太偏了，要不是他跟她详细描述过，甚至都不知道那个犄角旮旯里还能停辆车。

……不过在这个位置停车，倒真是很符合蒋哥的性格呢。

蒋哥的车是辆很旧的面包车，姜凌波好容易找到，但打开驾驶室的门，却没看到蒋哥说的那个放手机的公文包。

她又朝后面探了探脑袋，才在最后排的椅子上看到了一个包。

姜凌波只好退出去，拉开面包车的门，钻进了车里。

但没想到，她刚弯着腰走到最后一排，正拿起包翻着里面的东西，面包车的拉门就突然关死了。

姜凌波心里猛地一跳，一种相当不好的预感弥漫开来。

她迅速跑到拉门前想把门拉开，但是不管使出多大的力气，都拉不动。随即她又钻到驾驶位，试图通过前面的门出去，但没有一个门能够打开。接着她拿出车钥匙，插进钥匙孔里，但钥匙却完全无法扭动。

姜凌波想了想，又回到后面，找出蒋哥的手机想给孙嘉树打电话，但一按才发现，手机一片黑屏，已经没电了。

认清了情况，确定出不去了，姜凌波反而冷静下来。

仔细想想，刚才她应该是被盯上了，有人趁她背对着车门低头看包，不知用什么办法，让她打不开车门，把她关在了里面。

而这个地方……姜凌波朝外看了看，三面几乎都被墙包围着，可以说是整座停车场最偏僻的地方，恐怕十天半个月都没有人会光临。

不过姜凌波倒是完全不害怕，别说孙嘉树会拼了命地找她，就凭她是姜家人这一点，都不用担心会被困在里面多久。再说蒋哥也知道她来了这里，到时候看她不见了稍微一提，估计没一会儿就有人找来了！

……

她想得是很好，但随着时间一点一点过去，穿着单薄的她开始缩成一团，肚子也开始咕咕乱叫，而且车里的空气压抑又混浊，很快就让她坐不住了。

按理说，当她彩排时没能出现，孙嘉树就该发现她不见并且开始找她了，可现在彩排的时间都过了，孙嘉树怎么还没找来呢？

他再不来，天都要黑了。

孙嘉树发现姜凌波不见的时间，比姜凌波以为的早了许多。

大堂姐在和姜凌波谈完以后，思考片刻就去找了孙嘉树。而孙嘉树一听到"钱百万也没查出来"，顿时脸色微沉。

"她现在在哪儿？"他问大堂姐。

"她跟我说完就走了，现在估计正在会场里帮忙。"

大堂姐摇头："虽然这件事比想象中的要麻烦，但也不用这么小心。"

孙嘉树的声音冷静又理智："幕后的人想要把我和GiGi绑在一起。如果今天我和姜凌波一同上台，把她放到镜头前面，那之前的种种传闻，他做的所有努力，就全都不攻自破了。"

大堂姐微怔。孙嘉树说得没错，如果幕后人不想自己的计划被打乱，就势必要阻止孙嘉树和姜凌波的同台。

所以，他要怎么做呢？比起让首映礼不能进行或给孙嘉树造出点麻烦，最简单的办法，就是对姜凌波下手。

大堂姐心里也沉了一下，但她随即又摇起头："我们先别自己吓自己，他没有必要为了一个首映礼就对姜凌波下手。"

她清醒地分析着："就算你们的关系今晚不能公开，那也可以明天公开、后天公开，又不是只要错过了这个首映礼，你们就再也没机会公开了。而且即使姜凌波不出面，公司也可以代你们发表声明，这种事处理起来太容易了，不用几天就能把你和GiGi的绯闻全部扫清。"

孙嘉树垂着眼睛，面无表情，不知道在想什么。

过了几秒，他开口，声音低沉得厉害："你觉得，那个人能想到这些吗？"

大堂姐无法回答。

按她的逻辑，姜凌波应该很安全。因为在她看来，要想处理孙嘉树和GiGi的绯闻，简单得不费吹灰之力。要不是公司觉得没有必要，姜凌波当时也没和孙嘉树确定关系，这点小事早就被她摆平了，根本就不会闹到现在。

可是，如果那个人想不到这么多，或者就算他想到了，却仍抱着能拖一天是一天的心思，脑子发热地跑去对付姜凌波……这种事，谁能说得准？

她只能叹气："我给她打个电话，叫她过来一直跟在你身边，这样总行了吧？"

孙嘉树没出声，默许了。

然而，大堂姐没能打通姜凌波的电话。她一遍又一遍地拨着，但传来的永远是那句冰冷的"对不起，您所拨打的电话无人接听"。

当那句"无人接听"变成了"已关机"，大堂姐脸上的镇定已经完全消失了。她眉头紧皱地拨通其他人的电话："你看到姜凌波了吗？没看到就去找！"她的声音也越发急切。

几乎把能打的电话都打完，大堂姐得到的最终反馈就是：在姜凌波离开她那里以后，没有任何人再见过她。

孙嘉树一直坐在那里没有动，仿佛睡着了一般。大堂姐刚放下电话，他却突然出声："监控呢？"

"我现在就去看，一起吧。"

大堂姐顿了顿："我刚才问过，好几个地方的监控都坏了，而且是最近几天陆陆续续坏的，没有查到原因。看来这件事是被你说中了，那个人真的打算，并且早就计划好要对姜凌波下手。不过知道姜凌波的人不多，消息也没有传给媒体，看来是内部人士了。"

她说着就走到门口。但刚迈到走廊，还没来得及把门关上，她就被剧组的负责人拦住了。

负责人连寒暄都没有，直接就开口："我们想跟您确认一下，一会儿彩排，所有的出场人员都能够按时参加吗？如果有人员临时不能出场，希望您能及时通知我们，我们好进行调整安排。"

大堂姐的脸色顿时有些不好。

很明显，姜凌波不见的事情已经被他们知道了。看来刚才那些电话，确实打得有些鲁莽了。

但她还是保持着微笑问道："你们是什么意思？我怎么都没听懂？"

可剧组负责人并不想和她兜圈子："我们刚刚听说，和孙嘉树一起上场的那位姜小姐突然不见了。现在彩排马上就要开始，既然姜小姐不在，那么我们希望能够按原定安排，先让 GiGi 和孙嘉树一起上场。"

大堂姐再没什么客气的脸色："不知道你们的消息是从哪儿听来的，但根本就没有这回事。改变出场安排这件事也没什么可商量的，我们不会同意。"

剧组负责人却仍旧神情自若："你们的人不见了，我也很遗憾，但这毕竟是电影的首映礼，我相信我们双方对此都非常重视，都不希望典礼期间出什么差错。再说，我们也只是提议在彩排时更改安排，只要真正开场前姜小姐能回来，那一定还是按原计划进行。"

说着，他甚至还笑了一下："我看到你们的人，现在都忙着找姜小姐。但说实在的，姜小姐不见了，可能只是临时有事离开，或者她就是不想上这个台呢？你们也太……"

孙嘉树慢慢走近，然后"轰"的一声，一脚把门踹倒在地。

负责人看看被踹倒的实木门，再看看孙嘉树阴冷暴虐的眼神，顿时一句屁话都不敢再说，跟跄着让开了路。

孙嘉树一言不发，径直走到监控室，开始查姜凌波的踪迹。

虽然还被关在车里，但姜凌波就是相信，孙嘉树一定会很快就把她救出来。她甚至还叹着气在想，孙小草要是发现我不见了，不知道该有多着急呢，可怜的孙小草，回去以后我一定要好好安慰一下他。

可还没等她想好要怎么安慰孙嘉树，地下停车场的灯忽然闪了一下，接着，离车最近的几个灯一起灭掉了。

……

面包车本来就在最偏僻的角落里，车窗上还贴着黑膜，就是灯全亮着，也没有多少光能照到这里。现在倒好，车里已经黑得她完全看不清东西了。

她抱着胳膊搓了搓，感觉更冷了。又因为来着大姨妈，她的肚子也开始隐隐坠痛。

以前她肚子疼，孙嘉树都会拿热水袋帮她捂着肚子，还给她准备热水擦脸泡脚，红糖水更是随时备着。要是她疼得厉害了，他就在旁边陪她聊天逗她玩，总有办法把她的注意力分散掉。

可是现在，在这样压抑封闭的环境里，她浑身冰凉，周围更是黑得让她心慌意乱，肚子里的疼痛感几乎翻倍袭来。

越来越疼，越来越疼，慢慢地，姜凌波疼得连喘气都觉得困难。她咬着牙蜷曲成一团，捂着肚子动都不能动。她的手和脚也冰得厉害，尤其是脚指头，已经麻木到没感觉，再这样下去，她就要坚持不住了。

啊啊啊孙嘉树怎么还没来？难道真要她砸碎玻璃钻出去吗？

下午她也不是没试过靠自己出去，比如什么大声喊人啊、在车里又蹦又跳啊，甚至连砸玻璃她都尝试了一下。但车里什么工具都没有，除了蒋哥那个公文包，就只剩下她的拳头。抢公文包砸是一点用都没有，至于她的拳头……她没能下得去手。

要是孙嘉树再不来，她就真的只能豁出拳头了。

……这么一想都觉得手发软。

好容易把肚子的那阵痛熬过去了，姜凌波又坐起来，东瞧西望地想再找点出去的门路。

也不知道是不是她的错觉，车里的空气好像变少了，吸气越来越费劲，脑子里还有点缺氧的嗡嗡响声。

这么折腾了一会儿，她的肚子又开始疼起来。她是很想想点什么分散一下注意力啊，但她现在又冷又饿，脑子就快转不动，浑身唯一的感觉就是肚子疼疼疼。而且越想越疼。

要是孙嘉树在就好了，他身上超级暖和，就跟个小暖炉似的，坐在他身边都觉得暖洋洋的。

想到孙嘉树，姜凌波抹了把泪，吸吸鼻子，不哭了。

她可不想等孙嘉树找到她时，看到的她是这种样子，不然他肯定又得心疼自责。

她可舍不得他难过。

又过了很久，久到姜凌波真的要喘不上气了，她突然恍惚地看到附近有光束晃过。

那一瞬间，她大脑一片空白，身体不受控制地跳了起来，拼了命地捶着车门车窗，大声喊得喉咙生疼。

很快，那束光就照向了她，走向了她。

慢慢地，她看到了光束后的孙嘉树。

什么是盖世英雄？

姜凌波第一次听到这个词，是在电影里。当时她刚上初中，还不是很能理解女主角那句话里的情愫，但她仍然很是威武地揽住身旁的孙嘉树，宣布道："孙小草，我要做你的盖世英雄！"

孙嘉树当时收拾着她吃到满地都是的零食，漫不经心地抬起头："你不能当当时我的英雄。"他顿了顿，接着说，"我才是你的英雄。"

十几年后，姜凌波被困在车里，满心被恐惧和惊慌包围。当她看到光束后面孙嘉树那张模糊而英俊的脸，最先想到的，就是年幼时他的那句话。

他真的，就是她的盖世英雄。

姜凌波的眼睛又有点潮，她努力眨眨眼，把泪给憋了回去。这时，孙嘉树已经走到了她跟前，隔着车窗，她能看到他弯下腰，对着她不住地动着嘴唇说着话。但她听不清，只能用喊声和砸门来回应。

喊着喊着，她突然想到，孙嘉树也许根本就不知道里面的人是她。这辆车上贴着黑膜，就连她在光线十足时走到车前，都没能看到车里的样子，更别说孙嘉树只拿了一部手机照明。

在看到孙嘉树直起身向后退去时，她第一次感觉到了绝望。

但孙嘉树没有离开，他在手机上打了几个字，然后把手机屏幕贴到车玻璃上。

离。

远。

点。

好咧！

她立刻蹿到车的最后面，差一点就躲到了车座下面。接着没过一会儿，前面就传来了玻璃碎裂的声音。

姜凌波立马冲到孙嘉树跟前，车玻璃被打碎了一大片，新鲜的空气一股脑涌了进来，她激动地想朝外探脑袋。

"别动！"孙嘉树吼她。但随后他又放低了声音解释，"有玻璃。"

姜凌波看着车窗上的玻璃碴，心有余悸地把脖子缩了回去。但她随即看向孙嘉树："你是怎么把玻璃砸开的？"

孙嘉树没吭声，而是把手伸进来将开启了照明功能的手机递给她，然后试着开车门。

姜凌波拉住他的手，手机光对着他的脸，语气严厉地问："你是怎么把玻璃砸开的？"

孙嘉树抽了一下手，但姜凌波握得很紧很紧，他没能抽动。

姜凌波盯着他的脸："你把手伸给我看一眼。"

孙嘉树晃了下被她握在手里的手。

姜凌波厉声："另一只！"

孙嘉树没动。半晌，他又晃了下手，低声说："你先松手。"

姜凌波咬着嘴唇松了手，但下一秒，她就把手伸到车外，一把抓住孙嘉树垂在身侧的左手。

整只手全都是血，指节更是血肉模糊。她举着他的手，眼睁睁看到血顺着指尖不断滴下。

姜凌波眼圈顿时红了，孙嘉树却立刻把手抽了回去，语气很随意地说："我手上有碎玻璃，别划着你。"

姜凌波一下子哭了出来，边哭边朝他喊："你怎么能用手砸？！你去找人来啊，你去找工具啊，你怎么能用手去砸玻璃呢……"

她哭得说不下去，只是一个劲儿地掉眼泪。边掉边抹，她看到手里的手机，又抽噎着说："你有手机，你用它砸呀……"

他摸着她乱糟糟的脑袋，轻声笑着说："还是留着手机好，你那么怕黑。"

姜凌波一愣，又泣不成声。

那天晚上，一阵混乱过后，姜凌波跟着孙嘉树去了医院。

在医院里，她哭得一把鼻涕一把泪，也不知道是吓的还是感动的，反正谁安慰都不好使。孙嘉树也没了办法，只好给她讲他发现她的过程。

据他说，他就是通过看监控再看监控，然后就怀疑她进了地下停车场。接着他就跑下来，跟停车场的保安大叔一人一边挨着搜查。

孙嘉树给她递着纸，笑得不行："有什么好哭的？我的手又没事，医生都说了，就是些皮外伤看着吓人，过两天就好了。再说，我这伤的是左手，吃饭都不用你喂我。"

他伸手蹭了蹭她下巴上的泪，笑得又没个正经："还是说你特想喂我，结果看我没伤到右手，遗憾到哭了？我可跟你讲，我的右手可不光是用来吃饭的。"

姜凌波："……"都伤成这样了，居然还有心情讲污段子！

但她没想到，随后的几天，孙嘉树的行为更是突破了天际。他的手伤了，锅碗瓢盆不能刷她能理解，衣服裤子没法洗她也愿意代劳，但是……

"你难道就这么几条内裤吗？难道今天不洗你明天就没有东西穿了？！"

姜凌波拎着孙嘉树扔到洗衣盆里的内裤，愤愤地走到客厅。

孙嘉树坐在沙发上舒服地看着电视，头也不转地说："我是男人嘛，又跟你住在一起。"他顿了顿，又诚恳地表示，"我是在夸你。"

……

谁稀罕！姜凌波又愤愤地冲回卫生间，把孙嘉树的内裤甩回盆子里。

但当她转身看到晾衣架上面还挂着她出事前孙嘉树给她洗的袜子，她又没了脾气，回到水池边开始认真给孙嘉树洗起内裤来。

……明明水是温的，为什么感觉手和脸都那么烫？都怪孙嘉树刚才说的那些。

姜凌波抬脸看看镜子里的自己，忽然心又沉了下去。虽然被闷在车里关了几个小时，但她可以说是毫发无损，除了姨妈痛又犯了几回，看起来并没有什么影响。但她自己清楚，说没有影响那是假的。

她现在，开始怕黑了。

准确地说，也不是害怕，而是处在黑暗里她就会很不舒服，有种形容不出的心慌意乱。

接下来的一段时间，姜凌波一直睡得不好。

她不习惯开灯睡觉，但关着灯却更加睡不着，所以每天晚上都要熬到天亮，熬到疲劳得神志不清，才能昏昏沉沉地睡过去。

今晚又是这样。

姜凌波被窗外汽车启动的响笛声吵醒，郁闷地在床上翻了个身。

她发愁地摸摸自己的脑袋，最近头发真的掉了好多，再这样下去，她就要变成老姜翻版了。

倒是孙嘉树，按时到门诊换药，好得比医生预计的还要快，虽然还不能拎重物，但日常生活却可以完全自理。

不过他最近好像也很闲呢，每天都在家里陪着她玩。大堂姐也没给他们安排工作，只是嘱咐他们要好好休息。真是段难得的假期，要是自己能睡好觉就好了。

她又翻来覆去瞎想了一会儿，最后还是从床上爬起来，悄悄打开门，决定溜到厨房拿点零食。

但她刚走到客厅，就突然看到阳台有人影晃动。

……

吓死她了！

要不是她下一秒看出那是孙嘉树，她就去厨房拿把菜刀杀过去了！大半夜的他跑到阳台干什么？！

姜凌波被吓得后背全是冷汗。她气得不行，撸了袖子蹑手蹑脚靠近阳台，决定先把孙嘉树也吓个半死再说。

可她刚走到推拉门前，手还没碰到门边，就听到孙嘉树说话的声音。

他在打电话？看清情况的姜凌波收回手，但随即又把耳朵贴上去了。大半夜的打电话？还不在屋里打，跑到阳台上来打？

他们俩的卧室只隔了一面墙，孙嘉树在屋里随便说句话，姜凌波都能听得一清二楚。大半夜的孙嘉树跑到阳台来打电话，不就是不想让她听见吗？

哼！姜凌波把耳朵贴得更近了。

"……好，爸爸过几天就回去看你，好不好？"

门外的声音温柔得不像话，就算是和她说话，孙嘉树都没有用过这么温柔的语调。姜凌波愣了愣，一个字都没听懂。

但门外的孙嘉树却轻笑起来："那你要乖乖听妈妈的话……真的……我知道了，你先不要告诉妈妈……"

姜凌波更加听不懂了，她只感觉到一股寒意，从脚底迅速蹿遍四肢百骸。

茫然间，她不小心碰到了门框，在看到孙嘉树扭头的瞬间，姜凌波想都没想，转身就冲回自己房间，手忙脚乱地躲进被子里。

屏息等了好一会儿，直到听见孙嘉树离开阳台回到卧室的动静，姜凌波才软绵绵地趴倒在床上，呼出了一口气。还好没被发现。

不对呀，她跑什么？姜凌波立刻坐起来。明明是孙嘉树有事，怎么搞得像是她做了亏心事一样！

想到孙嘉树说的话和语气，姜凌波又烦恼地倒回床上，抱住大白蹭来蹭去。她是很想不在意，但什么"爸爸过几天去看你""要乖乖听妈妈的话"，这不是逼她把事情往最糟的情况想吗？

黑道逼迫？

酒后失身？

反正总不会是孙嘉树自己心甘情愿做的爸爸吧？

姜凌波烦躁地抓抓脑袋，又抓掉了几根头发。看着手指间的断发，姜凌波决定不想了。

她才不相信孙嘉树会背着她做什么，就算他们分开了三年也一样。她现在就要去找他，让孙嘉树帮她把疑惑解开！

想通了的姜凌波立马爬起来，穿着拖鞋"嗒嗒嗒"跑到孙嘉树卧室前，连门都没敲就闯了进去。

孙嘉树也是刚躺下，听到声响，他挠着脖子慢吞吞坐起来。

"大花？"

"孙小草，你刚刚跟谁打电话呢？"她站在床边，凶巴巴地问他。

"哦……你听到了。"

孙嘉树随即就笑了，腔调懒洋洋的，恨得姜凌波牙根都痒。

她气得甩掉拖鞋就扑上他的床，隔着被子骑到他身上："笑屁啊你！快说，爸爸是怎么回事？你给谁当爸爸？"

黑暗里，孙嘉树低笑了一声，然后缓缓搂住姜凌波。他像没骨头似的，全身都靠着她，下巴抵住她的肩头，话说得很慢很慢，还带着股可恶的赖皮劲儿："我能给谁当爸爸？你又没给我生。"

姜凌波被他的声音勾得心头一颤，伸手推他的力气都变小了。

她恼着嚷："谁问你这个了，问你电话！我都听到了，又是爸爸又是妈妈的，还要乖乖的？还是个女儿吧？"

孙嘉树还在笑，他拉了下她睡裙的衣领，侧头亲上了她的脖子，嘴唇轻轻在她的脖颈上滑动，还不时轻吮一下："luna 不是我的女儿，她叫乐队里的每一个人，都叫爸爸。"

"大花，"他边亲着，边问她，声音变得低沉而缠绵，"要不要跟我去趟日本？"

"去……日本？"虽然被他亲过好几回，但以前的哪一次，都和在黑暗里的感觉不同。姜凌波僵直了脖子，被他碰到的每一个地方都变得敏感酥麻，慌得她连话都不会说了。

"对。"孙嘉树又把她往身上搂了搂，低头含着她的耳垂轻喘，"我有场告别演唱会。"

"告别？"姜凌波被他拉到怀里，隔着单薄的睡裙，她都能感受到他结实滚烫的胸口。

"嗯。我以后不唱歌了，不过做事，还是得……有始有终。"他的手沿着她的背沟来回摩挲，或轻或重。

姜凌波呼吸的声音有了起伏，眼睛也变得潮乎乎的。她迟钝地问："为什么？"

"本来也不是因为喜欢唱歌才去做的。"孙嘉树慢慢放开她，看了看她的眼睛，又笑着低头，在她的唇上啄了一下，"我去做这些，是因为喜欢你。"

然后，他又摸了摸姜凌波仰起的脸颊："回去睡吧，不然你今晚就睡不成了。"

"……哦。"

姜凌波眨眨眼，恍然惊醒般慌乱地跳下床，连拖鞋都没穿就冲回了房间。她关上门，靠在墙边喘着气，刚才停止跳动的心脏，突然剧烈地跳了起来。天啊腿都软了。

姜凌波顺着墙慢慢滑坐到地上，脑子里乱七八糟地嗡嗡响着，有点像缺氧，但她却一点也不害怕。

被关在车里时，她的缺氧如同被人扼住脖颈。

而现在，她的缺氧就好像是踩着云彩！

过了一会儿，她听到孙嘉树卧室的门打开了。

又过了一会儿，她听到孙嘉树进了卫生间。

然后，热水器点火的声音响了起来。

姜凌波忽然傻笑了一下，连蹦带跳地钻进被窝里，睡了这些天里最踏实的一觉。

她好像，已经没有那么惧怕黑暗了。

第二天一早，姜凌波就被孙嘉树带上了去日本的飞机。

说起来，孙嘉树对日本也熟悉得很。他的奶奶就是日本人，几十年前来到中国留学，和他的爷爷相遇相爱，冲破了很多阻拦才最终走到了一起。

可惜在孙嘉树刚学会走路那年，他们两人就一起去了日本定居，连孙嘉树都只能每年去日本见他们一两次。更别提姜凌波了，她可是从来都没见过他们。

要是这次能见到就好了，据说孙嘉树和他爷爷年轻时，长得一模一样呢！

姜凌波边喝着空姐拿来的果汁，边心不在焉地看着面前的电视。

电视里正在播放娱乐节目，最先出现的就是"孙嘉树缺席电影首映礼"的话题。

虽然大堂姐把事情圆了，但媒体的各种议论一直没有停止，电视里男女主播也在逗趣地猜着，什么乱七八糟的理由都被提了出来。

好在最后，男主播还是说了一句："以上都是我们的猜测，仅供娱乐。不过近期，孙嘉树会上银河姐的访谈节目。银河姐可是咱们娱乐圈有名的'什么都敢问'，肯定能把孙嘉树神秘的面具给他揭下来。"

姜凌波突然想到，现在离银河访谈录制的时间也就剩不到半个月了！

她连忙扭头问孙嘉树："孙小草，我们什么时候回来呀，来得及录银河访谈吗？"

"嗯。"孙嘉树正在低头看书，眼睛盯着书，头都懒得抬。

"嗯"是什么意思？！姜凌波鼓了鼓腮帮子，眯着眼看着他，一字一顿说："我是问，我们什么时候回来？"

"嗯。"孙嘉树点了下头，嘴都没张，敷衍得不得了。

姜凌波："……"昨天亲我的时候，你可不是这种态度！

也许是她的目光太凶狠，孙嘉树又翻了一页书，就再也看不下去了。他从书后面抽出几张白纸，随手折了几下，折出了一朵玫瑰花。

"给你玩。"他把花放进她手心，然后低头接着看书。

姜凌波看着手心里的玫瑰花，很是目瞪口呆。

孙嘉树手巧这事儿，她打小就知道，因为她小时候所有的手工作业，全都是孙嘉树帮她做的，以至于她现在折的纸飞机都飞不起来。

但这么精致的纸玫瑰，她还是第一次见呢！

姜凌波小心翼翼地捧着纸玫瑰，放到鼻子底下看呀看，怎么都看不够。

孙嘉树翻书时无意看了她一眼，顿觉好笑："你就这么喜欢？"

"嗯！"姜凌波用力地点了下脑袋，看向孙嘉树的眼睛都发了光。

"……哦。"

他这辈子最抵挡不住的就是姜凌波欢喜时眼底的光亮。所以接下来的一路，孙嘉树一直在给姜凌波折着玫瑰，而她只是贡献出了一个草稿本，就换来了满怀的玫瑰花，一朵接一朵，多得她都要抱不住了！

当然，她也在不停对孙嘉树进行表扬：

"孙小草你怎么可以这么棒！"

"孙小草你超级帅！"

"孙小草我好喜欢你啊！"

孙嘉树低头折着，在姜凌波的大呼小叫里，他仿佛回到了童年，重温着那些最为美好的温暖时光。

大堂姐曾和他说过，姜凌波就像个小太阳，把周围人的心都照得暖洋洋。他知道她说的没错，可他讨厌她的说法。他不要姜凌波变成普照每个人的太阳，他希望她只是一颗会发光的夜明珠，一颗只会照亮他的夜明珠，让他随时可以把她偷偷藏起来，不跟任何人分享。

全世界只有他才能看到那些光亮。

那些只属于他的光亮。

第十五章
·告别演唱会·

　　下了飞机，孙嘉树轻车熟路，就把姜凌波带到了一家温泉旅店。

　　旅店是和式的民居，小院子布置得精致又漂亮，姜凌波一看到就喜欢得不得了。

　　孙嘉树见状，跟她要了证件和行李，接着就打发她："到院子里去玩吧，我收拾完就去找你。"

　　姜凌波听到，立刻踮脚亲了一下他的下巴，然后晃着跑了出去。

　　现在是旅游淡季，旅店里都没什么人，她沿着小径走了好久，才看到前面的长椅上坐着两个人。

　　她又走了一阵，才转到他们跟前。长椅上坐着的是一个老爷爷和一个老奶奶。老奶奶在拍着手说话，而老爷爷……好像正在折纸？

　　老奶奶看到姜凌波走近，很是热情地拉住她，还指着老爷爷手里的折纸，笑得像个孩子："快看，他说他要给我折朵玫瑰花！"

　　姜凌波一听折玫瑰花，顿时来了精神。孙嘉树可是刚在飞机上给她折了一大捧呢。

　　她笑着看向老奶奶，语速放得和她一样慢："奶奶，你们是夫妻吗？"

"不是，我还没结婚呢！"

老奶奶把姜凌波拉到身边，对着她的耳朵小声说："他在追我，我还没答应他。"说完，自己先害羞地嘿嘿笑了。

她的笑看起来很幸福，姜凌波也忍不住跟着她笑起来。原来是黄昏恋。

旁边的老爷爷看着她们也在笑，边笑边摆弄着手里的折纸。虽然看起来很努力，但他的手粗糙僵硬，折了好几下，都没能折到位。

"爷爷，我帮你折吧。"

好歹也是看孙嘉树折了一路的，姜凌波蹲在长椅前，三翻五折，愣是给弄出了一朵歪歪扭扭的玫瑰花。

好在姜凌波很容易自我满足，她觉得自己第一次能把花折成这个样子，已经很了不起了。她得意地把花递给老爷爷，还朝他使了个眼色，让他快点把花送给老奶奶。

"谢谢。"老爷爷笑着朝她点了下头，把花送到了老奶奶的手里。

接到花的老奶奶，看起来更害羞了。"你来。"老奶奶朝姜凌波招招手，等她到了跟前，又跟她讲起悄悄话。

"小姑娘，你现在是不是还没有男朋友呀？"

姜凌波满脸不服气："才不是呢！我有男朋友，他还给我折过好多朵这样的玫瑰花！"

"哦……"老奶奶慢慢地点点头，然后又说，"那你男朋友，肯定没有我男朋友长得帅！"说完她又朝老爷爷偷瞄一眼，然后捂着嘴，偷偷地笑。

姜凌波顺着她的目光看去，老爷爷虽然年纪大了，但腰背挺拔，光看那张脸也知道，他年轻的时候，肯定是个帅哥。

她小声地笑着问老奶奶："他都那么帅了，你为什么还不嫁给他？"

"他还没跟我求婚呢！"

老奶奶忽然神秘起来："有件事我只和你说，你得给我保密！"

看到姜凌波点头，她才接着说："今天啊，就是他要向我求婚的日子！我偷看到他的日记本啦！"

姜凌波惊讶地捂住嘴，还用力拍了拍，保证自己绝对不会说出去。

"大花？大花你在哪儿？"

姜凌波突然听到孙嘉树的声音，立刻扯着嗓子喊了声："我在这儿！"

然后姜凌波又转身，握着老奶奶的手蹲到她跟前："奶奶，我男朋友叫我，我得先走了。你能在这儿住多久呀？回头我带我的男朋友来看您。"

她顿了顿，又无声加了一句："加油。"

说完，她站起身，又朝老爷爷摆摆手："爷爷，我先走了。"

老爷爷看了看正在朝这边走来的孙嘉树，笑着问："那就是你男朋友？"

"对呀，是不是超级帅！"她笑着朝他们鞠了躬，然后就连蹦带跳地朝孙嘉树跑去，一头扎进了他怀里。

"干吗呢？"孙嘉树接住她，摸了摸她的脑袋。

"我刚才在那边，遇到两个超级有爱的爷爷奶奶，你知道吗？今天那个爷爷要跟那个奶奶求婚！对了，我还帮爷爷给奶奶折了朵纸玫瑰呢！"

"孙小草？你怎么又走神了？"

孙嘉树看向长椅的方向，过了好久，才轻声说："以后我也给你折。"

"你已经给我折了很多了。"姜凌波倒进他怀里蹭了蹭，又开心地仰起脸，"等爷爷向奶奶求完婚，我带你去看他们！"

孙嘉树突然失笑，笑得肩膀都在抖："好，你带我去看他们。"

姜凌波牵着孙嘉树的小拇指，晃来晃去地朝外走。快走到院门口了她才想到问他："我们去哪儿呀？"

"告别演唱会。"孙嘉树挑眉，"我不是跟你说过了吗？"

姜凌波："……说是说过，但我们不是今天刚到日本吗？！"

孙嘉树的眉毛挑得更高了："是你说有银河访谈，要我注意时间的。"

姜凌波："……"

好吧孙小草你总是对的。

接孙嘉树的司机就在外面等着，姜凌波跟孙嘉树上了车，没多久就见车驶离了大路，拐进一条颠簸不平的小道。道两边全都种着庄稼，成片成片冒着绿芽的小麦苗，怎么看都不像是去演唱会的路。

她小声问孙嘉树："我们这是去哪儿呀？"

孙嘉树："村里。"

"去村里开演唱会！？"

难道因为乐队要解散所以资金不足，只能租一个乡村大舞台……姜凌波觉得自己的猜测很有道理，顿时同情地看向孙嘉树。

孙嘉树低笑："不是你想的那样。"

但接下来，不管姜凌波怎么追问，他都没再多透露一句，只是一直低笑。

等真正到了村里，姜凌波才明白孙嘉树的意思。

这里可跟她想的完全不一样。虽然这里的确是个村，可就算是"村"，那也是名为 Metal Masker 的游乐村，或者说这根本就是一片以 Metal Masker 为主题的狂欢游乐园！

"我们要先去签售，你在这里等着。"孙嘉树把她带进村里的旅馆，安置好就和 Yummy 一起离开。

旅馆也是 Metal Masker 主题旅馆，无论是大厅、走廊还是房间内，所有的墙壁上都贴满了乐队的海报和照片，就连天花板上都贴满了。姜凌波只要一仰脖子，就能看到孙嘉树在上面朝她看。

房间里也满满都是和乐队有关的东西。

床头是一摞 Metal Masker 的专辑 CD，音响里全天候地放着他们的歌，枕巾被套上都印着大大的烫金乐队名，抱枕居然还是 Yummy 图案的一比一真人大抱枕！

姜凌波没忍住，抱着抱枕跑到楼下和老板商量："我能不能用 Yummy 的抱枕换一个孙嘉树的抱枕？"

老板很遗憾地表示："孙嘉树不同意制造他的抱枕，所以很抱歉没有呢。"

姜凌波想了想，没有才好！她才不愿意别的女人抱着她的孙小草睡觉呢！

姜凌波又在旅馆里逛了一会儿，看着周围的人一个接一个欢天喜地地跑出去，她也忍不住把孙嘉树的那句"等着"抛到脑后，背了个小书包，拿好孙嘉树给她换的钱，一溜烟地扎进了人群里。

外面真是狂欢的海洋。

不算宽敞的街道上挤满了人，两侧摆满了各种小摊小铺，卖的全都是和乐队有关的周边礼物。

喧天的音乐和人声吵得姜凌波耳膜发疼，但她只觉得兴奋，和周围的每一个疯狂的粉丝一样，脸上的笑灿烂得不得了。

她拼命地在人群里挤来挤去，买到了孙嘉树的同款面具、印有孙嘉树头像的宽大 T 恤，甚至还买到了印着孙嘉树头像的袜子！

不知道有没有印着孙嘉树头像的内裤呢？

为了抢到最后一个印着孙嘉树头像的气球，她还差点和另一个人打了起来，没想到孙嘉树这么受欢迎，其他三个人的气球还剩好多呢，就只有他的卖得最快。

姜凌波都开始怀疑，如果她在村里多绕几圈，说不准都能看到孙嘉树的全身雕塑屹立在眼前。

在这种气氛里，姜凌波第一次深切感受到，为什么国际媒体会把乐队称为"神的存在"。

看看她周围的人呀，她们都在为他尖叫，都在为他疯狂，而她们心里的神，今早还给她折了一捧的纸玫瑰，昨晚还亲了她好几下……

姜凌波左手拿着印有孙嘉树脸的超大棒棒糖，大力舔着，右手抱着印有孙嘉树脸的布偶娃娃，抢来的气球被她系在背包上，随着人群的晃动飘呀飘，鼓鼓囊囊的书包里更是装满了她买的孙嘉树的周边产品。

突然，不远处"砰"的一声，放了一朵烟花，瞬间周围的人都像疯了一样尖叫起来，然后一窝蜂地朝一个方向拥去。

姜凌波被人群带着朝前冲，退都退不出来，她只能跟别人一样放开嗓子尖叫："啊啊啊，这是要干吗？！"

"中国人？"一个女人突然凑近姜凌波。她鼻梁上架着副彩膜墨镜，脖子和脸都被花哨的纱巾遮住，脑门系着彩色发巾，头上还戴着顶嵌有两个铁质牛犄角的帽子。

印、印第安人？

"是中国人吧！"女人很激动地拉住她，见姜凌波想停，她又大喊，"你怎么还慢吞吞的！乐队签售的时间到了，所有的成员都在前面广场上，再不跑就排不上了！"

边喊着，她边拽紧姜凌波，用头顶的铁质犄角顶开人群，硬是拖着姜凌波，腥风血雨地杀到了队伍的最前端。

姜凌波全程目瞪口呆。

在冲进前端有序的队伍后，女人优雅地整理起自己的长发，还对着手机镜头，调整着纱巾和发巾的位置。

姜凌波这才注意到，这人还穿着一双高跟鞋，至少 10 厘米，水晶细高跟，细得跟筷子一样……穿着这种鞋杀出一条路，也是神了。

姜凌波还在发呆，女人突然就摇着她大喊："快看快看！他们出来了！啊我的 Yummy 果然最帅！ Sweety 我爱你！"她喊着就挥手跳起来，但在同样疯狂的一群人里，她的举动一点不显得奇怪。

Yummy 是乐队里的吉他手，虽然金发碧眼娃娃脸确实很帅，但姜凌波还是不乐意地表示："我觉得孙嘉树最帅！"

女人听了立刻哼道："孙嘉树有什么帅的，那张脸我看都看腻了！"

"孙嘉树就是帅！"

"Yummy 才帅！"

"孙嘉树帅！"

"Yummy 帅！"

要不是忌惮女人头顶的那两个铁质牛犄角，姜凌波早就上手和她撕扯起来了。

反正在这里，没有人能听到她们争吵的声音，也没有人会觉得她们的争论奇怪，所有人都疯了，那她也跟着他们一起疯起来！

直到排队的人群开始流动，签售会正式开始，她们才停止了争吵，两个人都是气喘吁吁的满身汗。不过吵归吵，吵完以后，两个人的关系反倒是亲近了不少。

姜凌波很快就到了前面，她抻着脑袋朝里望，乐队的四个人都坐在长桌后面，孙嘉树离她最远，排在最后一位。不过他也最规矩，不像最前面的那个意大利贝斯手，只要看到美女，就要牵着人家的手来个手背吻……

没过多久，她就排到了签售台前。

这次签售的管理很严格，一次只能上去一个人，在她前面进去的，就是戴着犄角帽子的女人。管理员一把栏杆抬起来，她就直奔到 Yummy 跟前，乐队的人好像都笑了，但离得有点远，姜凌波什么都没听清。

女人在台上待了很长时间，按理说要签名的时间都是掐表算的，一到时间，管理人员就会上去赶人，但不知道为什么，谁都没有上去催她离开。

好容易等到她走了，姜凌波背着书包颠颠就跑上台。跟戴着牛犄角帽子的女人一样，她也直接掠过了前面的那几个，笔直冲到孙嘉树跟前。

孙嘉树正在低头签唱片，都没看到跑过来的人是她。

姜凌波忍着笑把手伸到他眼前，做出要和他握手的样子。

孙嘉树这才放下笔，握了一下她的手，但还没等松开，他就抬头，看到了笑得龇牙咧嘴的姜凌波。

他一愣，忽地就笑了。

姜凌波发誓，那一瞬间，她清楚地听到了花开的声音！

孙嘉树整场签售会头一次站起来。

他看了看姜凌波脑袋上扣着的那顶印有他签名的帽子，又看了看她书包后面飘着的气球，笑着伸出双手，捏了捏她胖嘟嘟的脸颊。

"玩得开心吗？"

"嗯！超级开心！"姜凌波大力点头。

看到有那么多人都喜欢孙小草，她可是得意得不得了。因为……就算你们再喜欢他，他也还是我一个人的哈哈哈！！！

孙嘉树低头，抖着肩膀笑得不行，好半天才抬起头："我还要好久才能结束，你别一个人逛了，我找人带着你。"

接着，他弯腰和 Yummy 说了句话，Yummy 离开椅子跑出去，转眼就把刚刚才离开的戴着牛犄角帽子的女人给带了回来。

"你叫我干吗？"她拉下了墨镜，露出漂亮的灰色眼睛。

孙嘉树没回答，而是伸手揽住姜凌波的肩膀，指着牛犄角女人，笑着说："认识一下，这是我表姐，我姑姑的女儿。"

说完，他又对戴着牛犄角帽子的女人熟稔地说："这是姜凌波，你知道的。"

姜凌波："……"

牛犄角："……"

刚才还为了"孙嘉树帅还是 Yummy 帅"争得差点动手的两个女人，顿时面面相觑。

表姐头顶那对无往不胜的牛犄角，突然"当"的一声，脱落摔到了地上。

虽然姜凌波这个人很自来熟，但毕竟刚刚才张牙舞爪和她撕扯完，而且还毫无形象地喊了"孙嘉树最帅"，现在却要面对她是孙嘉树表姐的事实……

这可是除了孙嘉树的爸妈以外，她见到的孙嘉树的第一位亲人啊！

难怪她说孙嘉树那张脸她都看腻了，自己家表弟的脸，就算再帅也没啥吸引力，可不是早就看腻了。

但表姐比她还自来熟，一反应过来这是谁，突然就把墨镜一搋，一把扑过来抱住姜凌波，还贴着她的脸，用力蹭了好几下。

姜凌波僵硬道："表、表姐？"

"哎哟真乖！"表姐照着她后背就拍了一巴掌，但她下一句话还没说出来，就被孙嘉树给拎到　边。

"说话就好好说话，动什么手？"孙嘉树见姜凌波疼得倒抽凉气，顿时就皱了眉。

"这就心疼了？行行行，我不动你的小心肝行了吧？"

表姐敷衍地朝他嚷了一句，接着就把那条挡住她大半张脸的花哨纱巾给拉了下去。几乎瞬间，姜凌波就认出了眼前的这个人。

她是日本著名的女演员 Ami，日德混血，长得美演技棒，在国际上都很有名气，去年参演了好几部国际大片，还代言了几个知名的国际奢侈品大牌！

不过姜凌波之所以知道得这么清楚，是因为 Metal Masker 乐队最初两首歌的 mv，都是和 Ami 合拍的，所以媒体曾一度把她和孙嘉树看成一对，传出过不少绯闻。但后来两人再也没有合作，绯闻也很快就消失了。

姜凌波那时候可没有现在的自信。现在她和孙嘉树互通了心意，所以可以完全不在意崔招弟和孙嘉树的绯闻。但那会儿不一样，那会儿他可是甩了她跑出国的，她都以为孙嘉树讨厌她呢。因此一听到媒体说孙嘉树有了绯闻女友，而且还是那个混血美人 Ami，她难受得两天都没吃进饭。

那可是 Ami 呀，连她这个女人看了都觉得心动，更别提孙嘉树了！

原来是表姐呀……姜凌波看着 Ami，觉得她更美了。

"你好呀我是 Ami，英文名字叫作 Amy，不过我更喜欢别人叫我孙嘉葵，是我外公给我取的名字，是不是很好听！"表姐又凑过来拉住姜凌波的手，说得眉飞色舞，"孙是孙嘉树的那个孙，嘉也是孙嘉树的那个嘉，葵是葵花的葵。"

姜凌波还没想好要说什么，表姐突然弯下腰贴近她的脸，眼睛盯着她一眨不眨，静了几秒，她又大叫："对呀，就是这张脸！我居然看了那么久都没认出来！"

表姐又伸手捧住她的脸晃了晃："妹妹你别生气，我脸盲真的很厉害，有时候连孙嘉树都认不出来！……不过这也是因为他那张脸太没有辨识度了，你平时都是靠什么认出他的？"

姜凌波："……"

好像被表姐问了一个很难回答的问题呢，但要是不回答，会显得很没礼貌吧？毕竟这是她来日本见到的孙嘉树的第一位亲人。

于是姜凌波认真道："他的右手小拇指总是向内勾着，左眼眉骨附近还有一小块疤。"

"这样啊……太好了！以后总算不用担心认不出孙嘉树了！"表姐刚松开捧着她脸的手，又扑上去把她抱在了怀里。

姜凌波本来个子就不高，穿的还是没有跟的雪地靴，而踩着高跟鞋的表姐，看起来都快跟孙嘉树一样高了，说是抱她，其实就是把她按进怀里捏来揉去。

边揉着她，表姐还边说："你别看我这样，我的小 luna 可是超级聪明……"

说到这，她一顿，转头朝着孙嘉树惊叫："我的小 luna 呢？"

孙嘉树心累地捏着眉心："你连自己女儿在哪儿都不知道吗？"

眼看表姐就要尖叫，他立刻抬手制止："luna 一直待在酒店里，我已经叫人去接她了，现在正在往这里赶。你随时注意着电话，他们会把她送到那家主题旅馆里。"

"还有，"他再度上前把她从姜凌波身上拉开，"你是她的表姐，不是她的婆婆，不要用对待自己女儿的方式对待她。"

"好啦好啦知道啦，成天板着个脸，有女孩喜欢你真是奇迹！"

表姐不耐烦地瞪他一眼，转脸又笑盈盈地把姜凌波揽到了怀里："走，不理他，姐姐带你去玩。"

姜凌波就这样毫无反抗之力地被她拐走了，看起来就像被老鹰捉住的小鸡。

Yummy 担忧地看着她们离开的背影，问孙嘉树："老大，你让 Ami 带你的小青梅逛街，真的不会出问题吗？"

孙嘉树轻笑着坐回签售位子："没事。"

虽然孙嘉葵看起来确实不着调，但还是靠着自己一个人把luna养到现在。把姜凌波交给她，他没什么不放心的。

因为签售会已经开始，原本挤在街上的人都冲去了广场。

再次回到街上，没有了和别人争来挤去的乐趣，姜凌波和孙嘉葵两人逛街的欲望都少了许多。

没一会儿，孙嘉葵就不想走了。她把姜凌波带进了一家咖啡馆，让店员领姜凌波去二楼，自己在楼下买咖啡。

这家咖啡馆当然也是 Metal Masker 的主题咖啡馆。姜凌波坐到靠背被雕成孙嘉树面具模样的椅子上，东张西望地等着孙嘉葵。

"店里现在只供应四种咖啡，我就做主给你点了，不过你肯定会喜欢。"

孙嘉葵拿着脱下的大衣走到她身边。她们坐在窗边，能看到很美的日落景色。

"二楼都没有人呢。"姜凌波看看空荡荡的四周，明明一楼还坐得满满的，二楼却一个人都没有。

"因为我们是 vip 嘛。"

孙嘉葵从钱包里抽出一张金色金属卡片："孙嘉树没给你这种卡吗？这个卡是乐队成员专有的，他们四个每人都有几张，我这张是 Yummy 的。拿着这张卡，在整个村里面都可以横行霸道，所有地方都会给你提供 vip 服务，像是旅馆、饭店、咖啡厅，甚至连晚上的演唱会，都会有专门提供的房间和位置。"

姜凌波翻了翻自己被周边产品塞满了的书包，好容易从最下面拽出个蓝胖子零钱包。

她打开拉链，从里面掏出张同样款式的金属卡，不过她的卡是黑色的。

"你是说这个吗？"

"对啊是这个，原来孙嘉树的卡是黑色的呀。我知道 Joe 的是银色的，拓海的是灰色的，就孙嘉树的颜色我不知道。"

孙嘉葵耸肩："因为他谁都没送。"

这时，围裙上刺绣着 Metal Masker 队名的服务员把咖啡端了上来。

只做好了一杯，是孙嘉葵点的。姜凌波抬头一看，咖啡表面居然用糖浆画出了 Yummy 的 Q 版头像！

孙嘉葵低头抿了一嘴的泡沫："画着 Yummy 图案的是焦糖玛奇朵，甜甜的，而 Joe 是爱尔兰咖啡，咖啡里混合着酒精……"

孙嘉葵又舔舔嘴角，指着正端来的新咖啡："你猜孙嘉树会是哪一种咖啡？"

姜凌波一时又脑子空白。

"是 Espresso。"孙嘉葵指着已经被放到姜凌波眼前的杯子，压低了声，"是不是觉得很奇怪？粉丝设计的卡片，他的专属颜色是黑色，以他为主题调制的咖啡，也是最苦最浓烈的 Espresso。这些，跟你想象的不一样吧？"

姜凌波看着咖啡，没出声。

以孙嘉树为主题的咖啡，没有像 Yummy 一样画着 Q 版头像，而是在杯碟上印着他的签名，杯和碟全都是黑白色调的骨瓷器皿，刚硬尖锐。确实不像孙嘉树。

在她眼里，孙嘉树总是暖洋洋软绵绵的，虽然有时候会有那么点坏心眼，但也绝不是主题里这种冰冷的感觉。

"看样子是没想到。"孙嘉葵用指甲敲着杯子，发出清脆的声响，"你大概还不清楚，孙嘉树那三年过的都是什么样的生活吧？"

"他刚组乐队的时候，我真的很讨厌他。虽然不管是组乐队，做唱片，甚至是收购公司，他都做得相当好，好得出乎所有人的意料，但我就是讨厌那个样子的孙嘉树。就算全世界都在夸他帅为他 high，我也觉得他 low 爆了，因为那根本就不是他。满脸虚伪、装腔作势，明明就不喜欢的事情，还装得很感兴趣，简直都钻到名利堆里了！他以前不是这样的，好端端的，怎么就像是彻底变了一个人？"

"粉丝理解得并没有错，那三年的孙嘉树，"她伸出手指，敲了一下姜凌波眼前的黑白骨瓷，"就是这副德行！眼神里一点感情都没有，整个人就剩一个空架子，可不就是一片黑。"

"不过后来，我不这么看他了。"

她说："有一回他喝醉了。……他平时是不沾酒的，不管别人再怎么劝都不会喝。……可是有一天，也不知道是为什么，他一个人在酒店房间里喝得酩酊大醉，我们去敲门，怎么都没有回应，Yummy 吓得要死，差点就去报了警。

"你知道我们通知酒店打开门以后，看到了什么吗？看到孙嘉树那么大的一个人，1 米 8 多的大个子，缩成一团躲在墙角，哭得撕心裂肺。

"你能想象那种场景吗？"

姜凌波握紧手里的杯子，声音仿佛被堵在嗓子眼里，连一个音节都发不出来。

"孙嘉树小时候，好像也挺能哭的，但是从他上学那年开始吧，我就再也没见他哭过。……到底是我弟弟，他哭成那样，我也心疼，可问他什么，他又不肯答。

"只是在最后，他突然哭着跟我说了句话。他说，姐，我都那么努力了，为什么我还没成功呢？我没有名，没有钱，要怎么回去找她？……我真的好想她。"

孙嘉葵说的时候，语调很平静，但姜凌波握着杯子的手已经抖得不成样子。

"后来……更是没日没夜地熬，光是胃出血就被送进医院抢救了两回，我去医院看他的时候，他脸都是白的，还在那儿撑着工作。我没忍住，把他电脑砸了。"

孙嘉葵撇嘴："我问他是不是不想活了。结果他居然笑着跟我说，'姐，你觉得我现在活着，跟死了有什么区别？'……吓得我再也没敢劝！"

她这会儿才看向姜凌波："前一阵听说他回国，我每天提心吊胆，就怕你再把他剩下的半条命给折腾没了。不过现在看，"她笑着摸摸姜凌波的脑袋，"你已经把他给救活了。"

"哎你别哭呀！"孙嘉葵抽了张纸巾捂到姜凌波脸上，"我就是想谢谢你，真的谢谢你。……你再哭我跟你翻脸了！要是孙嘉树知道我把你弄哭了，回头还不知道要怎么对付我呢！他对我可没对你那么温柔！"

……

"不是，你怎么比 luna 还难哄呢？孙嘉树平时到底是怎么哄你的？！"

……

"你要再哭，我就打人了。"

哭完，姜凌波就觉得自己实在是太丢人了，要不是二楼没有人，她就真的是丢脸丢到国外了。

幸亏这时，送 luna 的人给孙嘉葵来了电话。

孙嘉葵一听到女儿已经到了旅馆，顿时就坐不住了。她问姜凌波："我要先回趟旅馆，你要和我一起回去吗？"

姜凌波正愁得不知怎么办，一听到她的话，立刻表示："不用了，我想再逛逛，你快回去接 luna 吧。"

"那好，我们晚上演唱会见！"孙嘉葵手脚麻利地又用头巾纱巾，把自己的脸捂得严严实实。

她戴好墨镜，把没了牛犄角的帽子扣到脑袋上，又对着玻璃理了理，接着就用力抱住站起来送她的姜凌波，贴着姜凌波的脸蹭了好几下，边蹭边说："好啦，我要走了！别告诉孙嘉树你在我跟前哭过，乖！"

说完，她又"啪"地照着姜凌波的后背拍了一巴掌，然后踩着高跟鞋，转眼飞奔下楼。

捂着后背的姜凌波："……"

好疼。

见孙嘉葵走了，她没力气地坐下，接着就"哐当"一声趴倒在了桌面上。

歪着脑袋，姜凌波发呆了很久，久到窗外的太阳都从悬在山边，变成慢慢落进地平线。

她看着逐渐消失的太阳，眼神呆滞，一眨不眨，直到一朵烟花突然蹿上天空。

演唱会要开始了。

随着烟花的散落，街上的人群又兴奋起来，他们的尖叫和高呼，即使隔着玻璃，姜凌波都能听得一清二楚。

但她这时的心却很平静，没有半点之前的激动。可能是因为刚才的那场哭把心力都用尽了，她慢吞吞地背好书包，灵魂出窍一样摇晃着走出了咖啡馆，往演唱会场的方向走去。

演唱会开始得很准时，随着孙嘉树他们的上台，下面顿时响起了疯狂的尖叫。

姜凌波看看周围，全都在喊"孙嘉树我爱你"，而且一个喊得比一个响。

甚至还有人拿着喇叭，在前面鼓舞士气："把你们对他的爱都喊出来！爱有多深，声音就有多大！"

姜凌波这就不乐意了，难道她对孙嘉树的爱还比不过他们？

她愤愤地撸起袖子，捂住耳朵，也扯着嗓子开始喊。直到 Yummy 拨弦，全场安静，她才稍稍缓了一口气，简直比当年看影后大人的演唱会还要累。演奏很快就开始了，孙嘉树一句"我们是 Metal Masker"刚说完，震天的巨响就在全场轰鸣起来。

他唱的都是乐队以前演奏过的歌，每一首姜凌波都听过，都能把歌词背得一字不差。

虽然她从没告诉过孙嘉树，但她在他不在的那三年里，一直都在偷偷收藏着他的专辑。为他不告而别生气的时候，就把专辑丢到柜子里让它们自生自灭；想孙嘉树想到睡不着的时候，又打脸地再把专辑翻出来，戴上耳机听着入眠。

但哪怕她曾听过千百次，现在，面对着舞台上的孙嘉树，她的心还是颤得厉害，浑身不自觉地战栗，连身体里的血液，都在瞬间凝固后沸腾奔流！

她又有了那种错觉，周围的声音、周围的人群，她全都听不见也看不到，她所有的感官，她的心跳、呼吸、血液，全都只能感受到孙嘉树一个人，全被他的声音牵动着。

直到演唱会结束，孙嘉树带她回酒店参加庆功聚餐，她都没法从震撼中回过神来。

她晕晕乎乎地问孙嘉树："有酒吗？"她需要酒精来平静一下心情。

孙嘉树看她的样子，好笑到不行："有。"

聚餐真的有酒，而且有很多酒。

午夜，乐队所有的工作人员全都挤进了事先准备好的房间，一来就直接奔着酒去，想要把乐队的成员给灌醉。

但因为孙嘉树平时给他们的威压太重，他们主要的灌酒目标就定成了Yummy。

孙嘉葵把 luna 哄睡以后，一看到屋子里的人都在灌 Yummy，顿时冲过来替他赶人，还把醉倒的他放躺到大腿上，各种吃豆腐。

东西都是直接摆在地上的，他们也都赤脚盘腿坐在羊毛地毯上！

才消停了一会儿，孙嘉葵的眼神，就又转到了姜凌波身上。

孙嘉树半小时前出去接了个电话，到现在也没回来。

自从他离开，姜凌波就没了精神，一句话都没说，闷闷地坐在那里，拿着酒杯不停地喝酒，看起来魂不守舍。

正好这时孙嘉树开门回来。他刚一坐下，孙嘉葵就拿起筷子用力敲击碗碟，等周围稍微一静，她就冲着孙嘉树和姜凌波吆喝："亲一个！亲一个！亲一个！……"

周围全是些人来疯，见状哪有不跟着吆喝的道理，一时间满屋子的人都在跟着孙嘉葵喊"亲一个"。

孙嘉树轻笑着捂住姜凌波的耳朵："别理他们。"

姜凌波却放下手里的酒杯，眨巴着眼睛，看了他一会儿。接着她突然倾身，抓住他胸前的衣服，仰着脸亲上了他的嘴唇。

她蹭了蹭，没有离开，而是生涩地伸出舌头，勾了勾他的嘴唇。

孙嘉树微愣。他把姜凌波拉开，低笑着摸了摸她的脑袋："大花，你怎么了？"

姜凌波睁圆着眼睛，又盯着他看了看，凑过去亲了一下他的下巴，然后就老实靠在他的身上，拿着酒杯安静地喝酒。

孙嘉树又问了她几次，她都没有回答，直到聚餐结束，孙嘉树送她回到房间后要离开，她才坐在床上，拉住他的小拇指出声。

"孙小草，我想洗澡。"她喝得有点晕，听到自己的声音都觉得飘飘的。

孙嘉树蹲到她跟前，握着她的手哄她："今晚太晚了，你又喝了酒，明天再洗吧。"

姜凌波眼神都是直的，她抓紧孙嘉树的手，不说话，只是一个劲儿地摇头。

可她醉成这样，孙嘉树怎么能放心她去洗澡？他站起来，不顾姜凌波的乱动，强硬地把她抱到了床上放倒。

姜凌波躺在枕头上，看着给她脱鞋盖被的孙嘉树，呆呆地说："是你不让我洗澡的。"

"对，是我。"孙嘉树笑着给她掖好被角，拿掉她鼻梁上的眼镜，俯身亲了亲她的眉心。

接着，他就被姜凌波一把锁住脖子，摞翻到了床上。

她随即坐起翻身，跨坐到了孙嘉树身上，手撑着他的胸口，静静看着他。

孙嘉树愣了一下，随即勾着唇角伸平手臂，一副任君采撷的无赖样。

但当姜凌波真的咬着他的耳垂，学着他以前欺负她的样子亲吻他时，孙嘉树还是按住了她的脖子。

"大花，"他侧头亲亲她的脸颊，声音哑得犹如耳语，"你今天醉了，睡吧。"

姜凌波顿时就哭了。她把脸埋进枕头里，整个人躺趴在孙嘉树身上，搂着他的脖子，哭得浑身都在抖。

孙嘉树只好也抱住她，轻拍着她的后背，不时亲亲她的耳朵和头发。

姜凌波哭了一会儿，止住眼泪，侧着头又开始亲孙嘉树的侧脸，从他的耳朵耳垂，亲到他的脸颊下巴，一点一点，来回地啄着磨着。

孙嘉树慢慢收紧抱着她腰的手，微喘声也逐渐加大。

"孙嘉树，"她趴在他身上，蹭着他的嘴唇，眼睛像刚被水洗过一样，声音里也还带着哭腔，"我喜欢你。"

孙嘉树身体里那根理智的弦都崩了，他突然回应般地含住她的嘴唇，激烈得两人都喘不过气。

但吻到一半，他却猛地停下来。他收回掐着她腰的手，捧住她发着烫的脸，勉强压制住喘息，轻声问："你想好了吗？"

"嗯。"

孙嘉树压下她的脑袋，又一次吻了下来。

第十六章
——·幕后黑手·——

第二天姜凌波醒来的时候，旅店里雕着 Metal Masker 字样的木质钟表指针，正好重合在了 12 点。钟表还仿照了《哈利·波特》里韦斯利家的钟，把孙嘉树的大头照贴在了指针的末端。

姜凌波迷糊地盯着指针上的照片，过了好一会儿，她才呼出一口气，仰面看向了天花板。

昨晚过得太混乱了，她又喝得有点醉，所以，记得的只有几个模糊的片段。

至于感受，她最大的感受就是她以为她跟孙嘉树已经很亲密很亲密了，但没想到还能更亲密。

……

她正胡思乱想着，枕边的手机响了。姜凌波懒得动，看也不看就伸出手循着声去摸手机，没想到她刚一动，整只胳膊酸疼得就跟掉了一样。

果然在上面的人会比较累吗？

她费劲地翻了个身，侧躺着，接通电话后就把手机搁到耳边，空出胳膊做着各种拉伸。

"喂，姐？"她边抻着脖子上的筋边出声。

"你在厕所接电话？"大堂姐嫌弃地问。

隔着电话，姜凌波仿佛都能看到大堂姐在对面捂着鼻子翻白眼的样子。

"我在床上呢。"

她慢慢抡了两圈胳膊，肩膀还是很痛，于是随口问："哎，姐，你不是经常去健身房锻炼吗？你说肌肉酸痛要怎么缓解？"

"肌肉酸痛？"大堂姐挑眉，"你跟孙嘉树睡了？"

"对呀，就昨天晚上。"姜凌波痛快地就承认了，没有半点害羞。

说完她才想起来问："你怎么想起来给我打电话？"我可是还在假期中呢。

"银河访谈的录制时间可能要提前，我联系不到孙嘉树，"她一顿，"你在床上，孙嘉树呢？"

"不知道，嘶，"姜凌波用力捶了捶腿，"我起来他就不见了。……不会是太害羞跑掉了吧？"她说着就嘿嘿傻笑起来。

大堂姐："……"本来就不聪明，现在智商彻底为负了。

她无情地打断姜凌波："那你妈呢？想好怎么办了吗？"

姜凌波的笑顿时就消失了。她咬着嘴唇，垂着眼睛，过了很久，才没精打采地小声说："我不知道，反正已经这样了，她要是再不同意，我也没办法了。"

她说着又哀号起来："姐，要不你帮帮我呗。要是爷爷那儿你能稍微帮我说一两句话，这事就容易多了！"

"他老人家才不管你的闲事，你以为你和孙嘉树的事他不知道？有些事，他老人家搞不好比你都清楚呢，你就别指望这个了。"

不出意外地听到姜凌波再次哀号，大堂姐哼笑："要我说，这事儿根本不用你操心，要是孙嘉树混到现在，连这件事情都处理不好，那你昨晚不是白被他睡了？"

这会儿孙嘉树也端着吃的走了进来，因为姜凌波正背对房门躺着，所以孙嘉树进来，她一点都没察觉。她还以为大堂姐不帮她，是因为她不相信，正想跟她再强调两遍呢，孙嘉树把吃的放到桌子上，接着轻轻上床，从后面把她搂进了怀里。

姜凌波连头都没回，就对着电话说："孙嘉树回来了。……嗯。"

"锦绣姐找你。"

她把手机放到孙嘉树耳边，然后伸手抱住孙嘉树的腰，脸贴着他的胸口挪了过去。

孙嘉树身上真的好暖和。她抱着他蹭了蹭，找了个舒服的位置，然后仰着头看他打电话。

孙嘉树很快就把电话打完了。

他把手机扔到一边，一低头就看到怀里的姜凌波正在盯着他看，眼睛睁得圆滚滚的，好像都没眨过。

他好笑："看什么呢？"

姜凌波认真地感慨道："我真的好厉害，居然把你睡到了！"

孙嘉树也很厚脸皮地顺着她说："所以你得好好珍惜我，以后下嘴的时候轻点。"他扯了一下自己 T 恤的领子，露出肩膀上的牙印，一脸无赖样，"看，都是你咬的。"

姜凌波才不背这个黑锅呢。

她撇撇嘴："不是你让我咬的吗？"

昨晚她都说不行太疼了，是他自己压着她，哄她说疼就咬他肩膀的，现在居然赖到她头上了。

她顺着他肩膀上的牙印，又看到他脖子上遍布的吻痕。也不知道他是不是故意的，挑了一件领口开得很低的 V 领 T 恤穿，把上面或深或浅的吻痕全都给露了出来，显得昨晚好像是她欺负了他一样！

想到昨晚，姜凌波又嘿嘿地在他的怀里蹭了蹭，手不老实地往他衣服里钻。

孙嘉树没拦她，而是捏着她的腰，又把她拖到了身上。

姜凌波突然想起来问："锦绣姐找你什么事？"

孙嘉树给她倒了杯水："银河访谈的录制时间要提前。"

"哦，她也跟我说了。"

"我和孙嘉葵还闹出了绯闻。"

"……"

孙嘉树拿起手机，随便翻出一条新闻。

"有几张照片，是昨晚我和孙嘉葵在旅馆外面被拍到的，昨晚即时就传到了社交网站上，现在国内也传开了。"

姜凌波现在看到孙嘉树的绯闻，已经完全是看热闹的心态了。

她忍不住幸灾乐祸："那崔招弟不就麻烦了？"

跟 Ami 比，崔招弟输得也太多了。谁有了巨星 Ami，还会再看上崔招弟？这几张照片一出，她借孙嘉树来捆绑造势估计就完全失效了，搞不好还会被 Ami 的粉丝骂。

但是这样一想，要是孙嘉树的粉丝知道她已经把他睡了，不会照她的样子缝个小人，然后每天都往上面扎针吧？

……越想越可怕。

孙嘉树看着她又是开心又是惊恐的表情，忍不住低头笑起来。

大堂姐打电话来，的确提到了银河访谈和与孙嘉葵闹的绯闻，但更重要的一件事，他没有告诉姜凌波。

就在他和孙嘉葵的绯闻刚流传开的同时，有一条更有煽动性的新闻，把这条绯闻完全压住了。

和孙嘉树猜测的一样，这次仍旧是和以前相同的手段，由小媒体和微博大 V 开始，然后滚雪球般传播得越来越厉害。

不过这些，都还算是在他的计划里。

把姜凌波带到安全的地方，再与孙嘉葵在旅馆前共同露面闹出绯闻，这时国内的那个人肯定会采取手段保护 GiGi。而顺着他的动作，国内早已做好全面准备的顾深，就可以把所有与此人牵扯的人全都揪出来。

在这件事上，孙嘉树不想留下一丁点隐患。只是他没想到，那个人采取的手段，居然是拿他的身世做文章。难道真的是走投无路了？

孙嘉树随意看了几眼手机上的报道。

他的祖母的确是日本人，他也的确有着四分之一的日本血统，但就因为 Metal Masker 的告别演唱会地点定在日本，他们就骂他不爱国……

这可比他设想中的那些麻烦，要好处理得多。

不过这些，现在还是不要告诉姜凌波了，省得她分出心思惦记。她现在，只用看着他一个人就好。

孙嘉树耐心地看她吃完东西，问道："我刚才在外面碰到了 Yummy，他现在打算离开，问要不要顺路把我们送回去。"

"回那家温泉旅店吗？回呀回呀，不知道昨天那个老爷爷的求婚成功了没有，我要快点回去问问！"

姜凌波很快就回到了温泉旅店。

她看看时间，和昨天她遇到爷爷奶奶的时间差不多，不知道今天还能不能在老地方遇到他们。

想到昨天说好要把男朋友带去给他们认识的事儿，她拽着想要回屋的孙嘉树，硬是把他拖到了那条小路上。

还是在那张长椅上，姜凌波一看到他们的身影，就松开拖后腿的孙嘉树，自己先跑了过去。

跟昨天一样，那位老爷爷还在为老奶奶折着玫瑰花。看到她跑过去，他只是轻轻一笑，并没有说话。

倒是那个老奶奶，一直歪着脑袋在看她，过了好久，才睁大着眼睛慢慢地问："你是……谁呀？"

姜凌波微愣："你不记得我了吗？我们昨天还见过面。"

奶奶笑着摇头："怎么可能？小姑娘，是你认错了吧？我的记性可好了，见过的人哪，从来就没忘过。"

奶奶说完，握住姜凌波的手，把她拉到身边，指着爷爷手里的折纸，嘻嘻地笑道："你看，他说他要给我折朵玫瑰花。你的男朋友，给你折过玫瑰花吗？"

姜凌波心里突然就涌出一股怪异感，她站在那里，不知道该怎么回答。

爷爷像是看出她的不安，笑着和她说："孩子，我这手啊，最近有点不好使了，连花都折不起来，你帮我折一朵，好不好？"

姜凌波迟疑地点点头，接过老爷爷手里的彩纸。

过了一天，折玫瑰的好几个步骤她都记不清了，好在折出来的，还勉强有个花的样子，就是比昨天的看起来更丑了一点。

不过接过花的奶奶，还是满脸的欣喜："我还是第一次收到玫瑰花呢……谢谢你呀小姑娘。"

她朝姜凌波招招手，等姜凌波凑到她耳边，她才捂着嘴小声说："看在你帮我折花的份上，我要告诉你一个秘密。"

"他呀，"奶奶抿嘴笑了笑，接着欢喜地说，"他今天要跟我求婚啦！"

说完，她又严肃地瞪起了眼睛："这可是我偷偷在他的日记本里看到的，你一定得给我保密！"

……

姜凌波终于知道，那种说不清道不明的感觉是什么了。

今天在这里发生的一切，就好像是昨天的场景又重新上演了一遍。折纸玫瑰也好，日记本里看到的"要求婚"也好，全都是一模一样的。她看着把花插到发里娇羞不已的老奶奶，一时说不出话来。

"孩子，"爷爷朝路对面的孙嘉树指了指，"那边有人在等你，快去吧。"

姜凌波看向爷爷，动了动嘴唇，刚想要问他，他就笑着摇了摇头，又催促道："快去吧，他等了你好一会儿了。你是个好孩子，谢谢你的花。"

姜凌波只好点点头，咬着嘴唇又看了他们几眼，然后慢慢地退开了。

孙嘉树看到她的神情，轻笑着把她抱到了怀里。他的声音很低，还有点沉："昨天没告诉你，那两位就是我的爷爷奶奶。"

姜凌波愣了："但是奶奶说，他们还没结婚。"

"因为她以为，今天是爷爷向她求婚的日子。这些年，她一直都活在那一天。"孙嘉树轻声说，"以前还没有这么严重，只是偶尔记不清日子，认不出人。后来，也不知道是从哪一天开始，就变成这样了。"

姜凌波怔住。

孙嘉树接着说："开始时，爷爷想告诉她，是她记错了。可爷爷发现，如果他没有按当年日记本里写的那样向奶奶求婚，那奶奶就会非常伤心，以为自己被抛弃了。……自从他看到奶奶躲到水池边偷偷地哭，他就再也没有把真相告诉过她。"

姜凌波难过极了："没办法治疗吗？"

"没办法，不能治。我们也想过，要不要把奶奶送到医院去，可是爷爷说，奶奶没有病，她只是年纪大了，想过得更开心些。所以爷爷为了让她每天都开心，就日日陪着她，把求婚的那一天，重新再演一遍。"

姜凌波看着那对老人，眼睛有点酸："每天这样陪着奶奶演戏，爷爷应该很难熬吧？"

或许糊涂的人每天都过得很幸福，但清醒的人呢？每天睁眼醒来，明明是新的一天，却要重复已经重复了千百次的过往，那种生活应该很痛苦、很煎熬吧？

"怎么会？"孙嘉树忽然就笑了，他问她，"你觉得，如果我们老了以后，你变成奶奶的样子，我陪着你，我会很难熬吗？"

"只要你还记得我，只要你还能陪着我，就算每天都在过着相同的日子，每天都活在记忆里，又有什么难熬的？"

他搂着姜凌波，看向正拿出戒指跪地求婚的老人。

"你看爷爷，他看起来，像是在陪奶奶演戏吗？……不是。每一天对他来说，也是全新的日子。他说出的话，发出的誓言，不是在重复昨天的剧本，而是付出所有真心的新的一次求婚。和昨天、前天，甚至几十年前都不一样，这是今天的他，对奶奶的求婚。"

他看着泪眼汪汪的姜凌波，笑着给她抹了抹眼泪："其实你就算是忘了我也没关系，只要我能记得你，我就满足了。"

姜凌波紧紧抱住孙嘉树，边哭边嚷："我才不要得这种病，我才不要把你给忘了！"

她抽了抽鼻子，又补充道："我什么病都不要得，我要健健康康的，你也得健健康康的。"

说到这儿，她抬起头盯着孙嘉树，眼睛红得像只兔子，恶狠狠地说："你快说你肯定会健健康康的，活到九十九！"

"什么九十九……"孙嘉树失笑，"我只要能和你活得一样久，我就知足了。"

姜凌波小时候很喜欢看《封神榜》，尤其是里面纣王建的那个酒池肉林，在她看来，有酒喝、有肉吃，还有漂亮姐姐可以睡，那简直就是她人生的终极追求了!

那时的她可怎么也想不到,她人生的终极追求,在她头发都没白以前,居然就已经实现了。

和孙嘉树在日本的这几日,他们不是在吃肉喝酒,就是在床上睡觉,姜凌波甚至都在怀疑,他们会不会一下把这辈子所有的好日子都过完了。

孙嘉树听了她的担心,笑得不行,把她从浴缸里一把抱起来,直接丢回床上就开始亲,一直闹腾到第二天才放开她。

姜凌波第二天却很早就醒了过来。倒是孙嘉树,被她连踹带踢了好几下都不肯起床。

"孙小草!起床了!"姜凌波干脆站到了床上,在他跟前蹦来蹦去。

孙嘉树抓了抓头发,又把被子蒙上了,声音闷闷地发出来:"我再睡一会儿……"

姜凌波立刻很同情地趴到孙嘉树枕头旁,轻声问他:"孙小草,我要不要去给你买点什么补一补?"

孙嘉树又把被子掀起来,顶着一个鸡窝头,一脸不耐烦地把她抱进怀里,捏着她的脸扯了好几下:"昨晚是谁哭着说腰疼睡不着的?嗯?我给她捏腰捏到天亮,她在旁边睡得跟只小猪似的,还打呼噜。"

姜凌波捂着脸挣出去,底气不足地喊了声"我才没打呼噜呢",接着就穿好衣服溜了出去。

今天的早餐是夹了午餐肉的饭团三明治和温泉蛋,都是姜凌波最喜欢吃的,要不是她对孙嘉树的喜欢比温泉蛋多那么一点点,她才不会叫他起床来跟自己抢好吃的呢。

恩将仇报,居然还笑话她打呼噜,她一定要把他的早餐也一起给吃掉。

抱着一个人要吃完两人份的壮志,姜凌波一口一个吃完温泉蛋,接着两只手各拿起一个三明治,左边啃一口,右边咬一嘴,晃悠着走到庭院里,边吃边看风景。

但三明治还没吃完,她就看见一个穿得跟个水管工一样的人,戴着顶黄色圆帽,一阵风似的冲进旅店,但没一会儿,又垂着脑袋走了出来。

因为他的打扮实在太特别,姜凌波没忍住,多看了两眼。

……那不是孙嘉树的爸爸吗？！

她急急忙忙地吞掉嘴里的三明治，跑到孙爸爸跟前，探着脑袋问："孙叔叔？"

男人一抬头，果然就是孙嘉树他爸。但他对着姜凌波的脸看了一分钟，满脸的疑惑："你是？"

姜凌波："……"

不管怎么说，姜家和孙家也做了二十年的邻居，她爸看见孙嘉树跟见着亲儿子一样，而孙嘉树的爸爸看见她，居然盯了一分钟都没认出来，也不知道该说是他爸太失败，还是她太失败。

但到底是孙嘉树的爸爸，姜凌波笑得更热情了："叔叔，是我，姜凌波！"

看他还是没想起来，姜凌波只能再接再厉："大学家属楼，您家对门老姜家的女儿。"

"啊，"孙爸终于点了头，"小姜是你呀。上次看见你，你还扎着羊角辫，在家和嘉树抢游戏机呢，已经这么大了。"

她扎羊角辫，那都已经是快二十年前的事了，再说，孙嘉树什么时候敢和她抢游戏机？

姜凌波没想明白，只好又笑着说："叔叔，您是来看爷爷奶奶的吗？"

"那倒不是，我是听嘉树他爷爷说，嘉树现在也住在这里，正好我这两天到日本来开会，就顺路来看看他。……小姜，你看了那条新闻吗？就是说嘉树不是中国人的那条。好像在国内传得很厉害……"

没等姜凌波反应过来，他就继续说："小时候你和嘉树关系好，现在还有联系吗？要是方便的话，你也帮我劝劝他，有些事不用往心里去，只要专心做事业，不要管别人说什么。……对了，我看报纸上说，他最近在搞音乐，还组了个乐队，现在做得怎么样了？"

姜凌波："……"

孙嘉树的爸爸真是一点都没变，完全不会看周围的情况和别人的脸色，自己想说的话就要一口气全说完，根本不管别人在没在听、听没听懂。

以前就是这样，心血来潮抱着她和孙嘉树讲植物髓射线的主要功能，见他们不爱听，还专门带他们去雪糕店买雪糕吃。但刚讲到一半，他也不知道想起什么，拍着大腿说"我要把这点加进报告里"，然后就直接把她和孙嘉树落在雪糕店走了。要不是他先付了钱，她和孙嘉树那天都未必能回家。

"叔叔，"姜凌波打断他，"孙嘉树组乐队，已经是三年前的事情了。他的乐队最近刚刚解散，前几天才举行完告别演唱会。"

她的语气并不算好，孙爸突然就有点手足无措："我们考察的那些地方，很少能收到外面的消息，偶尔有信号了，给嘉树打电话，他也不肯接。"

姜凌波没接话。

从孙嘉树一家搬到她家对门以后，她就发现，孙嘉树的爸妈一直在忙着工作。

开始时，她只觉得他们很奇怪，明明就在学校里上班，却把孙嘉树姐弟两个人丢在家里，连午饭和晚饭都不给准备，让他们自己去食堂买。要知道，老姜可是每天中午都会准时回家吃饭的，所以她实在不能理解，为什么老姜能回家，他们却不能回家？

后来，她对他们的不在家已经习以为常了，哪天去孙嘉树家里遇到他们，她才会觉得意外。当然，就算遇到，她也只能看上几眼，因为他们很快就会离开，完全不会打扰到她和孙嘉树在家里疯跑着玩。

这种自由，让她很是羡慕了一阵子，甚至还成天跟孙嘉树说："孙小草，我好想跟你换爸爸妈妈！"

但是有一回，孙嘉树发了高烧，她跑去学校向他妈妈求救，他妈妈却因为实验出现了紧急状况，只给了她家里的钥匙就进了实验室，不管她怎么劝都不肯回家照顾孙嘉树。

自那时起，姜凌波再见到孙嘉树的妈妈，再也不肯喊"阿姨好"，就算她妈在她胳膊上使劲掐着让她叫人，她都硬是扭着脖子不肯叫。

当时在她心里，孙嘉树的妈妈简直就是恶毒的老妖婆，把生病的儿子扔着不管，在实验室里照顾那些丑到吓人的植物。

而对着孙嘉树，她就完全把他当成了可怜的白雪公主。

那几天她连自己的家都不肯回，每天就守在孙嘉树身边，好像她一不陪着他，他就会死掉一样，后来直到他退烧，她才肯回家睡觉。要不是老姜拦着她妈，她的屁股都会被打烂。

……可她对孙嘉树那么好有什么用，刚刚他还笑话她睡觉打呼噜！

白眼狼！

"小姜？"孙爸叫她。

"啊叔叔，"姜凌波回过神，"孙嘉树在呢？您要见他吗？我帮您去找。"

"好啊谢谢你。"

"不用客气。"

姜凌波让孙嘉树的爸爸在庭院里等着，自己跑回房间。

孙嘉树还在屋里躺着，已经醒过来了，看到她"啪嗒啪嗒"冲到跟前，他懒洋洋地靠着床板坐起来。

"怎么胖了这么多？你是不是把我的早饭也一起吃了？"

姜凌波：……

这都能看出来吗？我到底胖了多少？！

孙嘉树失笑："你还真吃了？"

姜凌波："……"浑蛋！

她扁着嘴说："你爸来了。"

"谁？"孙嘉树拿起床头她喝剩的水，边喝边问。

"你爸。"姜凌波坐到他身边，床垫软软的很有弹性，她用力坐上去就弹呀弹。"我在门口看到他了，说是来看看你，我就进来帮他告诉你一声。"

看出姜凌波没在开玩笑，孙嘉树的脸色顿时就不好看了。他放下水杯，又重新倒回枕头上，用被子蒙住脑袋："我再睡会儿。"

姜凌波叹了口气，隔着被子压在孙嘉树身上："孙嘉树，你爸爸还不知道我和你的事呢。"

被子里的孙嘉树没反应。

她只好继续哀号："我觉得我好可怜！我妈妈不同意我们的事情，你又不肯把我们的事情告诉你爸爸，我们真是不受祝福的一对。"

孙嘉树就听不得她装可怜，只好烦躁地把被子掀开："告诉他有什么用，不需要告诉他。他们连我姐的婚礼都没能赶回来。……我姐当时一直在等，等得时间都过了还不愿放弃，可是直到婚礼结束，都没看到他们的影子……"

姜凌波看着他咬牙的神情，没忍住，挪过去把他抱住了。

孙嘉卉的婚礼，她还混了个伴娘当。整场婚礼美好得不得了，唯一的遗憾就是新娘的父母没有出席，连把孙嘉卉交到新郎手上的，都是孙嘉树。

虽然孙嘉卉在婚礼上一直幸福地笑着，但在婚礼结束以后，姜凌波却无意间看到，她在孙嘉树面前哭得眼睛都肿了。

当时，孙嘉树少有地板着脸训她："孙嘉卉，你还对他们两个人抱有期待吗？我早就告诉过你，不要相信他们，他们不会来的！"

孙嘉卉哭着捂住眼睛："我以为，至少我的婚礼，这辈子就一次的婚礼，他们就算再忙，也不可能不出席……"

孙嘉树冷笑："出席做什么？给你警告吗？警告你不要像他们一样，做一对如此失败的父母，养出一对这么奇怪的孩子？"

孙嘉卉努力止住眼泪，皱眉看着孙嘉树："嘉树，你别总这么想自己，你很好、很正常。"

"得了吧，我自己怎么样我自己清楚，如果没有姜凌波，我早就不正常了。而你，如果没有我姐夫，你会怎么样，你自己也很清楚吧？"

……

那是姜凌波第一次，见到那样的孙嘉树。满身被压抑和悲哀包围，眼神里充满着怨恨和邪气，把她震得心口生疼。

很久以后她才知道，孙嘉卉婚礼前的几天，孙爸孙妈的实验临时出了问题，他们一直守在实验室里不分昼夜，根本就没能抽出回国的时间。

他们的工作是很伟大艰难的，无论谁听到他们在做的事，都会钦佩地来一句赞叹。可谁又能看到被他们抛下的那对姐弟，他们活得有多艰难？

如果孙嘉树不想原谅他们，不想和他们见面，那她以后，也不要再帮他们说话、和他们见面了。

孙嘉树不需要的祝福，她也不稀罕！

她抱着他说："孙小草……"我们不要去见他了！

"算了，"孙嘉树把她抱到一边，自己穿鞋找衣服，"他在哪儿？随便对付一下，我带你出去玩。"

姜凌波愣在床上："你不是不想见他吗？"

　　孙嘉树瞥了她一眼："总得让他知道，自己将来的儿媳妇是谁吧。"他挑眉，"刚才看见你，他认出你了吗？"

　　姜凌波老实地摇了摇头。

　　"我就知道……"孙嘉树嗤笑着套上毛衣，看到还在床头傻愣着的姜凌波，他又皱着眉训她，"他都不认识你，你凑上去干吗？我就领你去见这一回，以后的那些走亲戚就别指望了，知道吗？"

　　"哦。"姜凌波跟条小尾巴似的跟着他，走到了孙爸的跟前。

　　孙嘉树看到他爸，没什么表情，只是把姜凌波揽到身边："爸，这是姜凌波。我的女朋友。"

　　孙爸又开始手足无措了："我都不知道……你们什么结婚？……我明晚开完会，请你们出去吃饭吧？"

　　"不用了，我们明天就要回国。"孙嘉树耐心地把他爸爸的话听完，看了一眼姜凌波，"我跟我爸去看看爷爷奶奶，你就别跟着捣乱了，回屋去等我。"

　　姜凌波很听话地点点头，刚要转身，就又被孙嘉树叫住了。

　　他很自然地蹲下，把她的鞋带系好，然后扯了一下她的脸："下次再被鞋带绊倒，不要哭着喊我去背你。"

　　姜凌波在屋里翻出本《秘密花园》就开始拿彩铅上色。等她涂完半张画，孙嘉树才一个人回了房间。

　　"叔叔呢？"她放下笔问。

　　"在外面，"孙嘉树黑着张脸倒进沙发，"他说有些话要单独和你说，你就去随便听听，他要是再扯到植物学理论，你就别理他了。"

　　姜凌波："……"难道叔叔刚才又跟你扯到植物学理论了？

　　哈哈哈，她好想笑，对不起哦。

　　姜凌波一路狂笑地走到庭院里，孙爸正坐在长椅上，翻看着文件夹里的研究数据，还不时看着手腕上的手表，好像很着急的样子。

　　想起他是在开会的间隙抽空过来的，姜凌波赶紧快跑几步到他跟前。她要是再不出现，孙爸保不齐真的会直接走掉。

　　"叔叔。"

"你来了。"孙爸把手里的东西小心地放进公文包里，然后连忙站起来，从口袋里掏出个红包，递到姜凌波手里。

接着，他连一点说话的机会都没给姜凌波："嘉树的妈妈说，他也该到结婚的年龄了，这次我来，说不定就能看到他的女朋友，所以我提前都把红包备上了，你拿好。嗯……你是我们看着长大的孩子，嘉树交给你，我们都放心。你们的事我们非常同意，回头我会亲自给你爸爸打电话，也会抽时间去你家看望你爸妈。"

他说完又看了看手表，着急地蹙了眉笑道："你看这个时间……"

"谢谢叔叔！"姜凌波立刻接话，"我知道您忙，您有事就去办吧！"

"好好。"孙爸扭头就走，但刚走了两步，他就又折了回来，"还有一句话忘了说，带我向你爸妈问好。"

"哦。"

姜凌波再回屋的时候，孙嘉树正坐在电视前的地毯上，拿着手柄打游戏。

见姜凌波回来，他眼神都没动，把另一个手柄往她那儿推了推，自顾自地继续玩。

姜凌波看到，笑嘻嘻地坐了下来。

以前他们经常在一起打游戏，但都是肩并肩地坐着，不过现在……

姜凌波抬起他的胳膊，三两下就钻到他怀里，靠着他的胸坐好。又扭头亲了他一口，这才拿起手柄，开始玩起来。

玩了一会儿，她突然头也不回地冒出一句："谢谢你。"

孙嘉树的下巴压在她头顶，眼睛盯着电视，看也没看她："谢什么？"

姜凌波嘿嘿地笑了一声，没说话。

在回来前，她曾打开过孙爸给的红包，里面每一张钞票的角落上，都有一个用铅笔写上的很不清晰的"孙嘉树"，那是她闲着没事从孙嘉树的钱包里翻出钱，偷偷写上又放回去的记号。

还有孙爸说的那些话，她都很清楚，没有哪一句，是孙爸自己能够想得到、说得出的。

孙嘉树，我都知道。

你去和你不愿见的爸爸见面、拿自己的钱冒充长辈红包、教他说出那些让我安心的话。这些，就算你不告诉我，我也都知道。

就像你对我的爱，不管你说不说，我都能感觉到，那种属于孙嘉树的温暖柔和的、时刻包围着我的爱。

打完这一局，姜凌波突然想起来："说你不是中国人的新闻是怎么回事？"

"又是听我爸说的？"孙嘉树边收拾着东西边说，"那都是好几天前的事儿了，最近已经被解决掉了。"

姜凌波一脸呆愣："什么情况？"

孙嘉树收拾完东西，走到她身边，软塌塌地把她抱住，脑袋靠在她肩头上："太饿了没劲儿说，先去陪我吃个饭，我回来再告诉你。"

……

"真的是蒋哥？我就觉得他不对劲！"

……

"原来还有那家伙，当初拍电影不让我吃水果的时候，我就知道她不是好东西！"

……

"对，就是那个微博博主，我早就发现他发的微博有问题了，我们班体育委员就是因为在他的微博下面说实话才被举报的！"

把所有人都马后炮地骂了一遍，姜凌波才想起来："就这么点事，为什么钱百万会查不出来？小满说他很厉害的！"

孙嘉树顿了顿，说了一个人名。

姜凌波诧异："裴二？他为什么要插手？"

孙嘉树道："他也不算插手，姓蒋的本来就在他手底下做事。他最多也就是在旁边看个热闹，顺便在关键的时候推他一把。姓蒋的不过有几个小钱，如果不是靠着裴二的名头，怎么可能调动得起那么多人？"

"那裴二为什么要这么做？……该不会是闲的吧？！"姜凌波觉得自己猜得很合理，"他以前就经常这样，无缘无故给别人使绊子。别说你这件事，就连我那几个大伯小叔，都被他算计得成天骂街。"

孙嘉树轻笑："原因是问不出来了，他前几天主动把姓蒋的交到我手里，而且所有和这件事有牵连的，他也都已经帮我收拾干净了。不过，他做这些不是因为我。"

他捏了捏姜凌波的脸："是因为他没能管好手下，给姜家小八添了麻烦，这是他的道歉，问你收不收。"

姜凌波对此没什么兴趣："不收还能怎么样？反正这事再怎么查，也不可能查到那位爷身上，"她忽然弯着眼睛，笑得贼兮兮，"只要赔偿给得可观。"

"放心，顾深可是替我狠狠地讹了他一大笔。"

孙嘉树贴到姜凌波耳边，说了一个数字。

"你可以呀孙小草！"姜凌波顿时眼睛就亮了，"这事要是再来两回，咱俩这辈子就什么都不用干，光拿着裴二给的钱，就可以每天都吃香喝辣了！"

孙嘉树："……"瞧瞧这点出息。

第十七章
——·她的光，再度归来·——

　　姜凌波就是很没出息，一点小事就能乐一整晚，完全不记得之前被关在车里有多害怕。

　　但是乐极生悲。第二天一回国，才和孙嘉树在公司分开，姜凌波就被大堂姐逮住，狠狠地骂了一顿："要和 Ami 设计绯闻那么大的事，居然事先不告诉我，知道我那天急成什么样吗？"

　　姜凌波冤得很："他也没事先通知我呀，我都是昨天才知道的！"

　　"银河访谈呢？银河访谈要提前，我告诉你了吧？结果呢，居然当天才从日本回来！还有几个小时直播就开始了，银河姐在娱乐圈的地位你也清楚，要是这次出了什么差池，你就等着哭吧。"

　　"反正银河访谈也不用准备，银河姐从来都不事先……直播？！"姜凌波这才反应过来。她震惊地看向大堂姐，嘴张着，半天合不上，"直、直播是怎么回事，银河访谈不是录播的节目吗？"

　　"不然为什么要提前？银河访谈说想做几期五周年特别节目，正好嘉树最近各种新闻都比较多，所以就选了他来做第一位直播嘉宾。"

　　大堂姐伸出食指，挑着姜凌波的下巴帮她把嘴合上："别这么看我，是孙嘉树同意的。"

姜凌波很担心，眼巴巴地看着大堂姐："但是银河姐平时问的问题就很难回答了，而且还从不提前沟通，再变成直播，感觉孙嘉树会被她欺负得很惨。"

"录播有录播的好处，直播也有直播的优势，"大堂姐睨了她一眼，"既然孙嘉树同意了，就说明他能把访谈做好，你瞎操什么心。"

不过大堂姐还真没让她再操心，等到了直播现场，大堂姐直接就把她拎到了银河访谈的观众席，并表示："后台人都很齐，你就别进去捣乱了。"

姜凌波顿时就不为孙嘉树担心了。这里可是银河访谈的观众席！她妈妈超级喜欢看银河访谈，所以她也跟着变成银河访谈的忠实观众，真没想到能有机会亲自坐在现场看。

她正激动着，有人坐到她旁边和她打招呼："姜凌波！"

姜凌波扭头一看，居然是好久不见的裴月半。于是，她也很开心地和裴月半聊起来。

"是锦绣姐带你来的吗？我刚才都没看到你。"

裴月半摆手："我是自己买票进来的。这可是孙嘉树第一次在国内上访谈，我怎么能不来！"

说着，她很羡慕地问姜凌波："你前一阵去日本，就是去看孙嘉树的告别演唱会吧？我本来也想去的，可苏崇礼居然在我走的前一天发高烧，哼哼唧唧装可怜，害得我没能去成。你都不知道，我看着网上粉丝们传的照片有多羡慕，真想捏爆苏崇礼的脑袋！"

姜凌波："……"捏爆脑袋什么的，太有画面感了！

两人就这么东拉西扯，很快就到了直播时间。

先出场的是银河姐的助理，他是专门负责搞笑和调节气氛的。在他说了段笑话热了场以后，银河姐就走了进来。

她一出场，并不废话，向大家问完好，直接走到台中央的沙发前，叫助理放视频、迎嘉宾。

随着 Metal Masker 演唱会剪辑视频的播放，孙嘉树登了台。他穿着简单的白衬衣黑西裤，耳朵上戴着颗小巧的黑钻耳钉。耳钉是姜凌波在日本时给他买的，花了她好大一笔积蓄。

孙嘉树和银河姐握手问好，又和观众打了招呼。这时屏幕上的视频正好放完，银河姐招呼着孙嘉树坐在对面，开口就说："刚刚的那段视频，我看过好几遍，非常辉煌的一段过去，很了不起。但是那些，大家都知道得很清楚，所以今天，关于你的成就，我一概不问，我要问的都是大家不知道的。所以，孙嘉树，你准备好了吗？"

见孙嘉树点头，银河姐拿起手里的卡片："你回国也有大半年了，时间不长，事儿不少。咱们先一件一件，把工作上的事给说明白了。"

孙嘉树笑道："好。"

银河姐："回来以后，你接的第一项工作，是拍一组保护动物的公益片。那公益片我也参与了，我是和猴子合作的。那猴子是真聪明，成天从我手里抢吃的，还专抢好吃的。……不说我了，说你。应该就是那个时候，出现了这么一组照片。"

她话音刚落，屏幕上就出现了孙嘉树带姜凌波和五花肉出门时被偷拍的那组照片。

"姐我在娱乐圈里待了这么多年，别的不说，眼睛是练出来了。这照片我看一眼就知道不对，"银河姐看向孙嘉树，很有自信地笑问，"这照片上的人，根本就不是GiGi，我说错了吗？"

孙嘉树低笑："确实不是她。"

助理在旁边夸张地大叫："不是说这是你和GiGi拍公益片时流出来的现场照吗？怎么又不是GiGi了？！"

"要不怎么说你傻呢？"银河姐嫌弃地瞥了他一眼，"那么多张照片，没一张有女方正脸，可能吗？拍都拍到了，怎么就一张正脸都没有？别看那报道里分析得好像很有道理。哎哟，骗的就是你这种不动脑子的。"

助理疑惑："不是GiGi，那是谁呀？"

"是谁，这个我一会儿再问，"银河姐笑着对孙嘉树说："不可能放过你的。咱们先接着说。"

她换了张卡片："公益片拍完，你又接了个真人秀。这事可真是雷声大雨点小，光听说你要参加真人秀，结果那期节目，到现在也没播出来，就只有一些视频片段。这是怎么回事？"

孙嘉树解释："因为一些原因，把播放时间往后推了推，也就这个月吧，下周或者再下周，就会正式播出来。"

"嗯。"银河姐意味深长地笑了笑，"我还是猜啊，播放时间推后的原因，是不是因为镜头里不断出现的这个背影？"

她朝屏幕指了指，这时屏幕上展示的，已经换成了真人秀视频的截图，每张截图都有一些地方被用红圈给圈出来了。

"这几段视频我在家看了好几遍，看得我老公都吃醋了你知道吗？"银河姐笑，"但真没白看，到底叫我看出端倪来了。"

她说完就叫助理："把第一张图放大，尤其是被圈起来的地方。……看到了吗？"她又指着屏幕面对观众，"这段是孙嘉树在厨房里做早餐，两个孩子在餐桌上等着。视频镜头一直都在拍两个孩子，但这张截图，看到没，扫到了孙嘉树的腿，但除了孙嘉树，旁边还有一个人。"

孙嘉树看着屏幕，那应该是姜凌波在给他系围裙。

在那段预告视频里，镜头几乎是刚拍到他就转开了，姜凌波的腿只出现了一瞬间，没想到这也能被看出异样。

"这人不只出现了一次，下一张……这是去了游乐园，在这个熊玩偶里面的是你，那你是不是在抱着什么呢？"

那段预告主要放的是穿着玩偶熊的弟弟在围着姐姐跳舞，扫过孙嘉树不到一秒，姜凌波又完全被他抱在怀里，唯一露出来的，就是被银河姐圈出来的一只脚。

助理在旁边惊叹："姐你真是太厉害了，就那么一闪而过的镜头，你都能看出这么多来。那你要是去玩'爱找茬'，不到半小时就能给玩通关喽。"

"别贫了。"银河姐斜睨了他一眼，又笑着问孙嘉树，"别的我先不问，就问一个问题，这人，和前面遛狗照片里的，是同一个吗？"

孙嘉树一点都没犹豫："是一个人。"

"好。咱们接着聊。"银河姐又换了张卡片，"真人秀拍完，然后就去拍电影了。电影拍摄期间，保密和警戒都做得不错，外界基本没能抓到你什么新闻……但是电影已经上映了，这可说的就多了。"

她朝观众指指自己的眼睛："我跟你们说，不服姐的眼睛都不行，姐有时候自己都佩服自己，这双眼睛怎么就那么毒呢？"

她话音刚落，猛地扭头问孙嘉树："博士，"她喊了孙嘉树在电影里的角色名，"你那位没有出过声、也没有露过正脸的未婚妻 Mariah，我怎么觉得那么眼熟呢？"

孙嘉树笑着承认："是同一个人。前面照片的，还有真人秀里的，全都是她。"

银河姐盯了盯孙嘉树："哎我发现了，你好像很想说关于她的事？"

孙嘉树笑出声，但是没回答。

银河姐大笑："想说也不行，你得按我的流程来，过一会儿，你就算不想说，我也得全给你问出来。"

"接着来啊，说到电影，首映礼的事必须拿出来单说。"

她坐正了，收住脸上的笑："没出席，为什么？我相信想问这个问题的肯定不止我一个，你们公司给的那叫理由吗？谁信？你问问我那助理，他都不能信。"

助理大喊："不是姐，你什么意思啊，我信了！我真信了！"

"哎哟还真有信的，"银河姐对孙嘉树笑着说，"看来我得换个助理了。"

"好了，说正事。我收到的消息是，虽然在发给媒体的公开流程里，你会跟 GiGi 一起上台。但实际上，你是打算和 Mariah 一起的，可典礼开始前她突然不见了，所以你因为找她，耽误了首映礼。是这么回事吗？"

"对。这件事我要跟大家道歉。"孙嘉树站起来，认真地向着台下和镜头鞠了个躬，"她当时出事了，我在找她，没办法出席首映礼。我知道有很多人很期待那场典礼，真的很抱歉，因为我的个人原因，让你们失望了。对不起。"

银河姐等他说完，才起身请他坐下："你刚刚用的是'出事'，到底出了什么事？"

孙嘉树沉声："她被人关进门窗紧闭的车里，关了四个多小时。"

"很危险。"银河姐严肃道，"所以告别演唱会最后选择在了国外，也跟这件事有关？"

孙嘉树道："确实有这方面的考虑在，希望把她带到相对安全的地方。但是演唱会开在日本，是我们很多人经过各种考量以后决定的，不是凭我一个人的想法就能够左右的。"

银河姐点头："孙嘉树这话说得很实在了，就是这么回事。前一阵那个新闻，报道得铺天盖地的，我看了以后，笑得肚子都疼。那演唱会在哪儿开，是孙嘉树一个人能做主的吗？光他们乐队成员，就是四个不同国家的人，因为开在日本，所以孙嘉树不爱国，那乐队里的英国那小伙、意大利那小伙，他们都不爱国呀？因为孙嘉树的奶奶是日本人，所以孙嘉树不是中国人？要按你们这逻辑，姐我都不是中国人了，我的祖奶奶的妈，那是正宗的俄罗斯血统，据说可漂亮了！"

说完，她认真看向观众："所以姐在这里要告诉你们，媒体发的新闻，尤其是娱乐圈的新闻，该不该信，能不能信，要先好好想想。不能看着有照片有分析，就觉得很有道理。捕风捉影、胡编乱造的事儿那多了去了，不能光凭几句话，就又粉转路人又路人转黑的。你认识他吗？你和他说过话吗？

"就说孙嘉树这些事。和 GiGi 愈演愈烈的绯闻，不爱国的负面新闻，你们知道都是怎么回事吗？因为我很关注他，所以经常会听到一些内幕，正好要做这期节目，我就又特意去问了好多朋友，掌握到了应该说很准确的信息：从第一次跟 GiGi 曝出绯闻的那些照片开始，到前一阵那个爱国不爱国，这一系列关于孙嘉树的事，都是有人在背后设计操控的。目的就是为了利用孙嘉树的名气，来提高 GiGi 的身价。那个人就是 GiGi 的助理，也是她的继兄，靠着钱买通了一些记者和媒体人，掀起了不小的水花。

"我之所以很确定地告诉你们真相，是因为那个人，现在已经被逮到了，这些都是他自己交代的。逮捕原因呢，就是刚才说到的首映礼，他为了让孙嘉树和 GiGi 一起上台，设计绑架了那位 Mariah。"银河姐一顿，笑道，"是不是特弱智这人，你说就他这点智商，设计出的那些假新闻还有人信，可笑不可笑？"

她说完，又看向孙嘉树："我说的这些，应该跟真相没什么出入吧？"

孙嘉树笑着点头："没错，就是这么回事。但是这件事情，GiGi 本人是不知道的，她也是受害者之一。她的助理单方面地、疯狂地迷恋她，精神上已经不太受控了。警方去他家逮捕他的时候，在他家发现了一个贴满 GiGi 照片的房间，还发现了他制定的绑架计划和绑架工具，如果不是被提前发现，可能 GiGi 已经遇害。"

他扭头面对观众："我跟 GiGi 虽然并不熟，但她确实一直很努力工作，这件事跟她完全没有关系，希望你们能够像以前一样看待她。"

他顿了顿，又补充："而且报道里有一件事是没错的，我和她的确是高中同学。"

银河姐接话："说到这个，还有件事我一直想问，看照片。……说不熟，那这张照片是怎么回事？"

是运动会时，GiGi 给孙嘉树送水的那张。

孙嘉树笑着摇头："记不清了。"

台下的姜凌波听完就冷哼。他记不清，她可是记得很清楚。那天她因为上厕所，就托了崔招弟把水给他，没想到他居然生气了，愣是一整天没和她说话。她装疯卖傻逗了他一个晚上，他才勉强露出点笑脸。

不提差点都忘了，回去就和他算账！

这时，台上银河姐总结："行，这事就这样。姐就借这个银河访谈，把事情都帮你澄清了，省得你再开什么新闻发布会，跟媒体折腾。"

"谢谢姐。"

"先别急着谢，还有一个问题。GiGi 的事，已经确定是假的，那这一位呢？"

屏幕上出现的照片，正是前一阵他和孙嘉葵在旅店前被拍到的那张。

孙嘉树笑："一直想找机会澄清，这一位是我的表姐，她的母亲是我的亲姑姑。"

"你们家人怎么都长得这么好看呢？"银河姐面向观众，"这下都清楚了吧，都是假的，GiGi 那条是假的，Ami 也是假的。……你们欢呼什么呀？那两个是假的，不等于他就没真的。"

她抽出一张新的卡片，很有些不怀好意地笑着看向孙嘉树。

"现在，我们来聊聊那位真的。"

没有多余的闲聊，银河姐单刀直入："虽然没见过正脸，但我看那姑娘一直都在你身边，你们是什么关系？"

　　孙嘉树轻笑："她是我女朋友。"

　　他说完，又加了一句："现在还只是女朋友。"

　　"现在还只是女朋友？这话很有意思啊。"

　　银河姐点头："不过不错，男人就应该这样，是就是，不是就不是。我就看不上那些交了女朋友还藏着掖着的，别人一问，他还吓得不行，哎哟没有没有。我都早晨亲眼看见他俩从酒店房间出来了，就我这双眼，还没有……"

　　她对着镜头，很不客气地说："苏崇礼，姐说的就是你，过几天你也给我过来，我得好好问问。"

　　姜凌波睁大眼，立刻小声问裴月半："什么情况？"

　　裴月半捏着眉心，很闹心地说："别提了，那天苏崇礼喝多了，又哭又喊，闹腾了一整晚。第二天我拖他出门，正好撞见银河姐。"

　　姜凌波微微一笑。谁信呀？你拖他出门，银河姐就会断定你俩有奸情？肯定没这么简单。

　　台上，银河姐又开始问了："和女朋友认识多久？"

　　"二十年。"

　　银河姐："……"

　　助理："……"

　　全场观众："……"

　　静了片刻，银河姐笑着感慨："我在这里坐了五年了，五年来第一次没接上嘉宾的话。孙嘉树你这个，哎哟，我都不知道该说什么好了，太出乎我的意料了。虽然你来之前，我就觉得，今天这期节目肯定精彩，但真没想到，能爆出这么大一个料来。"

　　她把卡片全丢回桌上："准备好的问题都不用了，咱们就瞎聊。先说说，二十年前怎么认识的？第一次见面是什么情形，还能记得吗？"

　　孙嘉树："我搬到新家，那年五岁。当时我长得很弱，又瘦又矮，搬过去第一天，就被欺负了。原因现在记不住了，反正就是被一群大孩子围住，被各种推来推去……"

他忽然一笑："然后她就出来救我了。"

"她把你救了？"银河姐笑得不行，"我以为能听到一出英雄救美，弄了半天，也是英雄救美，不过那个美，不是她，而是你。"

孙嘉树低笑："对。我当时被推倒了，膝盖蹭破了。她领着一群人把欺负我的那一群打跑，然后蹲到我跟前，给我贴了创可贴，又给了我一根冰棍。她说，吃了这根冰棍，你就是我的人了，以后有我罩着，没人再敢欺负你。"

银河姐饶有兴趣地盯着他："是原话吗？"

"是原话，"孙嘉树笑，"不过她应该不记得了，也没法查证。"

银河姐笑道："孙嘉树你不得了呀，一句话记了20年，你该不会那个时候就看上人家姑娘了吧？"

孙嘉树低头笑。

银河姐接着问："再说说小时候的事。"

孙嘉树："我爸妈是搞科研的，经常不在家。我姐很早就开始住校，所以家里总是只有我一个人，都是她来陪着我。很多年，就一直那样，没人陪我玩，她陪我玩；没人跟我说话，她跟我说话。我小时候性格很差，不爱理人，不爱说话，你问我十句，我可能一句都不会回答你。"

银河姐附和："那是挺讨人嫌的。"

"但是她很讨人喜欢，周围的大人、小孩，都喜欢她，都喜欢和她玩。她性格也特别好，每天都高高兴兴的，一点小事，就能让她开心得不得了。

"我到现在都想不明白，她当时明明就不缺朋友，为什么会愿意来找我玩？所以我每天都过得既开心又害怕，就觉得有她在身边的日子，就像偷来的一样，特别怕她有一天对我说，'孙嘉树，我不想和你玩了'。"

他说着，自己笑了一下："反正那个时候，也不只是那个时候，哪怕到了现在，我都不敢完全相信，她已经和我在一起了，因为，真的太珍贵了。"

银河姐点点头："什么时候发觉自己喜欢上她的？"

"初中吧。那会儿男生都喜欢凑在一起，给班里的女生排名次，就是排谁最漂亮,谁第二漂亮的那种。"孙嘉树皱起眉，"结果没有一个人说她漂亮。"

观众席响起笑声。

"不是，你们别笑，"孙嘉树朝着观众轻笑一声，"我真的觉得她漂亮。我当时根本就没有意识到我喜欢她，我就是单纯的、真的觉得她漂亮。然后同学问我选谁，我就实话说了，可我那些同学却以为我在开玩笑，笑倒一片。"

银河姐绷不住了，笑得前仰后合："真的假的，这姑娘得长成什么样啊？"

孙嘉树也很纳闷："我也不知道为什么，他们怎么都不觉得她漂亮呢，可能是因为她那个时候有一点胖？反正我觉得她胖点瘦点都好看，所以我就又说了一遍'我觉得她漂亮'。"

"然后呢？"

孙嘉树无奈："他们还以为我在开玩笑。"

……

"哈哈哈哈哈哈哈哈对不起啊姜凌波，我真的忍不住！"

台下的裴月半捂着肚子，边拍姜凌波的胳膊边笑，笑得眼泪都出来了。

姜凌波面无表情把她的手拨开，恶狠狠地盯着台上。孙！嘉！树！

刚才他说"珍贵"的时候，她感动得眼圈都红了，就不能让她感动的时间长一点吗？啊啊啊浑蛋！

台上，孙嘉树等观众笑完，又继续说，说得很认真："当时有一个同学，也是用开玩笑的语气，问我说：'孙嘉树你是不是喜欢她？'他说得无心，但那个时候，我突然就恍然大悟，哦，原来我喜欢她。"

银河姐笑着说："那现在呢？还觉得她漂亮？比以前更漂亮了？……哎算了算了，我不问了，再问下去，台下的姑娘都要哭着回家了。"

她顿了顿，收了笑，赞许道："你这样很好，真是很好，被你喜欢的姑娘很幸运，应该也很幸福。"

孙嘉树垂眸笑了笑："我觉得，更幸运的人是我。到现在我都觉得我配不上她，从小到大，我一直都这么觉得。"

银河姐意外："你现在很优秀了，虽然乐队解散了，但人气还是非常高，而且……"她对着观众说，"这件事你们可能还不知道，业内最有名的 MN 娱乐，是他的公司。"

助理出声："不对呀姐，MN 娱乐是顾深的公司，我之前特想进他们公司，就把所有能查到的资料都查了……可惜人家没要我。"

"所以你只能给我当助理。"

银河姐对助理说："我告诉你，MN 娱乐现在管事的确实是顾深，那小伙子我见过，年轻有为还长得帅。……哎呀，你们又兴奋什么？"

银河姐指指台下尖叫的小姑娘们："人家要结婚啦，婚期就在下个月。新娘子我也见过，那温柔得体得一看就是大家闺秀。"

她说完就摇头："都叫你们带跑题了。顾深只是 MN 公司管事的，真正掌权的，是这个。"她朝孙嘉树那儿歪了下头。

"所以以后，你们再提起孙嘉树，不光是帅、唱歌好，还得加上一句——有钱！MN 旗下多少艺人哪，而且都是正当红的，他这个年纪，不靠爸妈能有这种成就的，没有几个人。我不是因为他在场，所以故意捧他啊，我是说真的，没有几个。"

她问孙嘉树："听说刚出国那段时间非常累、非常苦，两次胃出血被送进医院抢救。你这么拼命，是为了什么？为了你喜欢的那个姑娘？"

孙嘉树轻笑："我不是为了她，我是为了我自己。因为我想要和她在一起，我想要她永远陪着我，所以我才会去拼命。我到现在也不敢确定，她跟我在一起，对她而言，到底是不是一件正确的事。但我没办法，她可以选择别人，可我认定了她。她就像我的光一样，没有光，我什么都看不见、什么都做不了。"

他的语气很轻松，甚至嘴角一直带笑，但说出的话，却让全场都静了下来。

银河姐笑着说："我看观众席上，有好几个姑娘都哭了。所以，你们明白了吧，孙嘉树之所以会是你们面前的这个孙嘉树，不是因为别的，就是因为那个女孩。"

她说着看向孙嘉树："我得给她个称呼，不能老叫'这姑娘''那女孩'。她姓什么？就说个姓。"

"她姓姜，羊角姜。"

"好，小姜。"

银河姐叫完，迟疑了一下："她的姜，不会是南面的那个姜吧？"

见孙嘉树点了头，她恍然大悟："难怪你豁出命去赚钱。你们在一起，她家里人能同意吗？"

孙嘉树只说："我在努力。"

银河姐慢慢点了点头："直播也快结束了，机会难得，虽然不知道小姜的爸妈会不会看这个直播……嘉树，最后对他们说几句吧。"

　　"好。"

　　孙嘉树想了想，面对镜头，微微笑着："姜叔，阿姨，我回国这么久了，一直也没去看望你们，真的很抱歉。"

　　"姜叔，我小时候爸妈工作忙，都是您在照顾我，一直也没有正经地给您道过谢。真的谢谢您。前几天，我去了趟日本，特意给您捎了您最爱喝的那种酒。等明天，我让大花给您带回去，您一次少喝点，偷喝的时候，小心别被阿姨逮着。"

　　他说完，停了好长时间，才又开口。

　　"阿姨，我很抱歉，因为我的自私，我没有办法放开她。我知道，我的家世一般，人也不算聪明能干。我这些年，做的这些事，不是为了向您证明我配得上她，我只是想告诉您，为了她，我真的可以拼上自己的这条命。其实，哪怕到了现在，我都不敢说出自己一定能让她幸福的这种大话，我能保证的，只是让她比我过得好……"

　　……

　　直播结束后已经很晚了，保姆车把孙嘉树和姜凌波送到小区门口，就没再进去。

　　大堂姐拿出个 U 盘递给孙嘉树："这是银河姐让我给你的，节目组之前在街边做了一些采访，因为时间关系，没在节目上放，就当作给你的礼物，让你自己回家看。"

　　她又摸了摸姜凌波的脑袋："哭了一晚上了，看得我都心疼。把眼泪收一收，回去吧。"

　　姜凌波点点头，一言不发先下了车。

　　但她没回家，而是沿着条小路，慢吞吞地走着。孙嘉树就跟在她后面两步远，和以前放学后的每个夜晚一模一样。

　　安静地走了很久，姜凌波突然顿住，深吸一口气，然后昂首挺胸转过身。"孙嘉树，我有话要对你说！"

　　她清了清嗓子，表情认真又严肃："孙嘉树，我问你，你愿意娶我吗？"

孙嘉树微愣一下，随即笑起来。他朝姜凌波迈步，想要抱抱他的女孩。

"不准说话不准动！你就站在那儿，先听我说完！"姜凌波扬着下巴，大喊着制止他。

看孙嘉树停下，她才鼓起勇气，盯住他的眼睛，坚决地说："当初是我先向你告白的，所以求婚，也必须要我先来！首先，"她理直气壮，"我对你的爱，绝对不会比你对我的少，就算你找遍全世界，都不可能再找到一个跟我一样爱你的人了！

"其次，我是有很多缺点，但是能改的，我都会改，改不了的，"她一顿，还是很大声地说，"你应该也都习惯了。"

"再其次，我虽然长得不算漂亮，但你也没有多帅。嗯我是说，我都看你看了20年了，你就是再帅，在我眼里也没有新鲜感了。"

……

"好吧，我换一种说法。"她补救道，"如果你跟我结婚了，那就是要过一辈子，等到老了，不管年轻的时候是丑还是漂亮，都会变成一个样。反正你老了，我是绝对不会嫌弃你丑的。嗯。"

她自我肯定地点了下头，接着说："最后，还有一件事。"

"叮——"

姜凌波从口袋里掏出手机，高举着面向孙嘉树，兴奋得不得了："老姜刚刚发短信，说我妈看了直播，已经同意我们的事了，要我明天带你回家吃饭！"

"所以，"她喘了口气，眼睛亮晶晶地看着孙嘉树，语气如欢呼般地大喊，"孙嘉树，我们结婚吧！我会用我的下半辈子，拼命拼命地去爱你，绝对不会让你后悔的！所以明天，你一定要跟我回家！"

她从未想过，如果这一生里没有孙嘉树，她会活成什么模样。

孙嘉树说，她是他的光，没有她，他什么都看不见。但其实，他才是她的光，每天都温暖柔和地照耀着她，让她哪怕在最冷的寒冬里，都能有一颗火热的心脏。

所以分别的那三年，就算悲伤难挨，就算思念成灾，她也一直没有放弃希望在等待。等待她的光，再度归来。

现在，她的光就站在她面前，她屏气凝神，等一个重要的答案。

而孙嘉树，正在静静地看着她。

五岁时的初遇、七岁时的大吵、十岁时的高烧、十四岁时的暗恋、十六岁时的情动、二十二岁时的离别、二十六岁时的交付，她的哭、她的笑、她清脆的声音、她弯弯的眉毛，全都在他眼前——重现，最终重合成了他眼前的这张脸。

他张开手臂，笑着开口：

"好，我们结婚吧！"

……

几个月后，挺着肚子的姜凌波在客厅里看银河访谈。

被采访的人是苏崇礼，这时的他已经知道，裴月半就是他记忆里那个恐怖的未婚妻，正哭天抢地地想要把人追回手里。面对银河姐，他是一句可能惹裴月半生气的话都不敢说的，但又没有孙嘉树的段数，被银河姐刁难得满头是汗。

看到一半，姜凌波突然想起来一件事。

她碰了碰旁边给她剥西柚的孙嘉树："你上节目的时候，为什么说我不记得咱们第一次见面时说的话？"

孙嘉树把西柚喂进她嘴里，挑了挑眉："我说过吗？不记得了。"

姜凌波哼了一声，继续看苏崇礼满头大汗。

在银河姐托姜锦绣带给孙嘉树的那个 U 盘里，有银河访谈的记者对姜凌波的采访。

那天，是电影首映礼的前一天，她刚和孙嘉树从周意满的老家回来，满心都是恋爱中的喜悦。在和裴月半出门买衣服的时候，她被记者选中，进行了一小段例行访问。

记者："请问，你喜欢孙嘉树吗？"

她毫无羞涩地答道："喜欢呀。"

"你喜欢他什么？长得帅？唱歌好？还是其他的？"

"我的话，我最喜欢他的温度……不明白吗？……嗯，就是只要看到他，就觉得心里暖洋洋的，很舒服，很安心。只要他在身边，就感觉很有力量，什么都不怕，什么都敢做。"

"你在现实里也认识孙嘉树？"

"当然啦。我和你说……"

……

"好的，现在是最后一个问题：如果给你一个机会，只让你对他说一句话，你会说什么？"

姜凌波想了想，神气十足地扬起脸："孙小草，既然你愿意牵住我的手，那你就是我的人了，以后有我罩着，没人再敢欺负你！"

孙嘉树，你看，我们的初遇，不是只有你一个人记得。

还有我。

——全文完——

番外
—— 大花小草童年趣事 N 则 ——

01

姜凌波第一次见到孙嘉树，是在她五岁那年的夏天。

她那时候很胖，一到夏天就热得满身汗，虽然当时还不懂美丑，因此也不担心被蚊子咬出包留下疤，但姜凌波最讨厌的依旧是夏天。

那是中午，窗外的知了吵得姜凌波睡不着，她死缠硬磨地跟老姜要了零花钱，接着"噔噔"跑到楼下，要去大学里的小卖部买冰棍吃，还嘴甜地表示："我会给你也带一根回来的！"

在她妈的"你就知道惯孩子，她现在那么胖，你还让她吃……"的唠叨声里，姜凌波朝老姜做了个鬼脸，然后拍拍自己肉嘟嘟的肚子，缩着脑袋快速跑掉了。

刚跑到楼下，姜凌波就看到一辆旧面包车。她惦记着吃冰棍，也就没仔细看，只是在车门拉开的瞬间，她扭头瞥了那么一眼。

两个跟她爸妈差不多年纪的人，正搬着箱子下来，还不断嘱咐着后面搬东西的人："小心点别摔了，这都是下次实验要用的！"

姜凌波那会儿视力还算好，抻着脖子就朝箱子里望，等看清玻璃箱里只有几根绿油油的小草，她就又没兴致了，转身跑去买冰棍。

回来的时候，她边啃着冰激凌，边拎着批发的冰棍，吃得满嘴都是巧克力。

刚走到小区门口，隔壁楼的小虎带着他的"霸王团"就凑了过来。

小虎比姜凌波大一岁，明年就要上小学了，但他不仅 abcd 读不顺，就连 2+3 和 2×3 都分不清，成天就知道带着帮兄弟到处乱跑，翻墙爬树各种玩。所以，姜凌波每晚都能听到隔壁楼小虎妈的河东狮吼。

姜凌波本来也和小虎他们一起玩，但自从他们在撒尿和泥玩的时候嘲笑她没有把，在她靠拳头砸掉小虎一颗门牙后，她就彻底不与他们为伍了。

"我的冰棍不给你吃！"

姜凌波一脸的"敢抢我就揍你哟"，攥起拳头就在小虎眼前晃。

小虎舔舔自己缺的那颗牙，退后一步："我不抢你冰棍，我就是来告诉你，你家对门新来的那小孩被人欺负了，你去帮忙不？"

姜凌波其实没怎么听明白，但她最近刚跟着老姜看了一堆警匪片，所以一听"被欺负"，她顿时就来了精神，撸着袖子朝小虎点头。

"带路！"

小虎话里的被欺负，就是一个孩子被其他孩子围在中间，不断被推两下，再被威胁几句。

姜凌波赶到的时候，孙嘉树正被一个人推倒在地。夏天穿得少，膝盖手肘全摔破了皮，很快渗出血丝来。

推人的大孩子见闯了祸，也怕起来，虚张声势地开始喊："谁叫你不肯叫我大哥！新来的还不遵守规矩，这就是给你的教训！"

姜凌波一听，更兴奋了，这不就是警匪片里反派黑社会小弟的经典台词吗！

她立刻挥手，带着小虎和兄弟们就冲过去，"啊啊啊啊"地跟那帮坏蛋撕扯起来。

等用牙咬跑了一个，姜凌波才注意到被欺负的那个小孩，他皮肤白得吓人，在太阳底下简直能发光，衬得那些血丝更显眼了。

姜凌波掏掏兜，翻出个皱巴巴的创可贴，蹲到小男孩跟前，"啪"地给他贴上。

然后，她伸手，在他脸上胡乱帮忙擦着泪，还纳闷："你哭怎么都不出声啊？你是不会说话吗？"

她要哭，那就是声震四方的"哇哇哇"，不让整栋楼的人都听到，她是不会罢休的。

小男孩摇头，声音细细地说："会。"

但是眼泪还在淌。

姜凌波继续用她的大嗓门说："你就是刚搬到我家对门的人吧？我叫姜凌波！以后我们一起玩！"

说着就把脏爪子伸过去。

小男孩点头，握住她的手："我叫孙嘉树。"

"嗯嗯。"

姜凌波打开塑料袋，拿出冰棍撕开包装袋，把粘在一起的两根冰棒"啪"地分开，一根塞进自己嘴里，一根堵到孙嘉树嘴边。

"来来来，吃了这根冰棍，你就是我的人了，以后有我罩着，没人再敢欺负你！"

而家里，被她彻底忘掉的老姜，正摇着大蒲扇、穿着拖鞋背心大裤衩晃悠到阳台，美滋滋等着自家的小棉袄给他带冰棍吃。

……

02

孙嘉树因为搬家，也转学进了姜凌波所在的幼儿园，和姜凌波同班。

也不知道为什么，幼儿园里的女老师都很喜欢孙嘉树，每回大课间加餐，都会多给他一个苹果或者香蕉，把饿肚子的姜凌波羡慕得两眼发光。

最近她妈嫌她胖，勒令她不能吃太多，不仅没收了她全部的零食，连做的饭里都不见了油腥。

每次一看到满桌子的清汤寡水绿菜叶，姜凌波都要扑进老姜怀里，和他一起哀号。

"老姜，我的命好苦！你的小棉袄要饿死了！"

"我也苦啊！我英俊的啤酒肚都快没有了！"

姜妈妈无情道："呵呵。爱吃不吃，不吃滚蛋。"

……

所以，孙嘉树一看到姜凌波"饿狼扑羊"般的眼神，就立刻颤抖着把苹果递了过去。

姜凌波顿时就被孙嘉树的义气折服了！连下午揍那几个欺负孙嘉树的浑小子，她都格外卖力，几乎靠这一役远近闻名。

从那以后，附近的孩子没有谁不知道，小区新来的那个爱哭鬼孙嘉树招惹不得，因为他身前永远站着姜凌波那个母夜叉！

而每天赶着女儿上秤的姜妈也开始纳闷了。

——怎么顿顿青菜粗粮，姜凌波反而还胖了呢？

03

孙嘉树进幼儿园过的第一个六一儿童节，老师打算在节日庆典上排一个男女声混合大合唱。

姜凌波觉得，大合唱领唱要穿的那条闪闪的鱼鳞裙很好看，于是，她暗搓搓跟孙嘉树合计："孙小草，你去跟老师申请当大合唱的男生领唱呗！"

孙嘉树不愿意。

但因为这是姜凌波挥着拳头说的，他也就照着去做了。

因为很多人都想当领唱，所以老师最后决定，在班级里进行公开选拔，想当领唱的小朋友每人上来把歌唱一遍，谁唱得最好，领唱就由谁来当。

姜凌波听到以后，觉得很公平！而且她认为，这些对她来说，并没有什么难度！

但是她很为孙嘉树操心啊，他平时连回答老师问题都不敢大声，到时候上台选拔，真能当上领唱吗？

思来想去，她还是不能放心。等幼儿园一放学，她就拉着孙嘉树钻到小树林，逼着他唱歌给她听。

……没想到他唱得还很好听呢。

虽然比起她的，还是差了那么一点点。

她鼓励道："孙小草你可以的！明天上台，你就这么唱！放心大胆地唱！就算他们都觉得你唱得不好，我也会给你鼓掌的！"

说着她就豪气十足地照着他胸口拍了一巴掌。

没想到孙嘉树被这么一拍，整个人就朝后栽倒！

幸好身后是片草地，盛夏时节草也茂密，他脑袋着地都没磕出毛病。

姜凌波愣了一下，随即学着电视剧里，嚣张地笑："我的铁砂掌，威力无穷！"

孙嘉树默默爬起来，躲到树下靠着，开始抹眼泪。

这会儿姜凌波才觉得自己好像闯祸了。

她跑过去，对孙嘉树又抱抱又摸摸："没事没事，不痛啊，我给你吹吹吧！"

接着她就自说自话地照着他脑袋吹起气来。

吹着吹着，嘴巴越贴越近，她干脆就"啪唧"一口，亲到了他的脑门。

毕竟她现在比他高半个脑袋呢，亲脑门啥的，毫无压力！

孙嘉树愣了愣，眼泪流得更凶了。不过他倒是还记得，把今天幼儿园发的小点心，塞到姜凌波的口袋里。

第二天，领唱选拔。

老师一说完"开始"，姜凌波就伸手推了孙嘉树一把，把他推得站了起来，还抽走了他的小板凳。

孙嘉树还是不想上去，但姜凌波这次挥的是板凳……他没办法，只好磨蹭着走上台。

老师虽然意外，但也很欣慰，看出孙嘉树的紧张，她还特意安抚他："嘉树小朋友是第一个站出来的，这很不容易，老师现在要给他一个特权，那就是用钢琴为他伴奏！"

老师走到钢琴前坐好，对孙嘉树说："好了，嘉树小朋友，你可以开始你的演唱啦。"

孙嘉树点点头，张开嘴。

……

本来教室里还有些嬉嬉闹闹的小动静，幼儿园的调皮孩子都是在家里被揍皮实了的，老师也管不了，只能任他们去闹。

可孙嘉树的歌声一响起，那些玩闹的声音瞬间就消失了，连老师也被惊艳了一下，差点弹乱了琴键。

姜凌波看看左右，很纳闷：原来孙小草这么厉害？我咋一点没感觉出来呢？

不过这并不影响她对自己歌喉的自信。

等孙嘉树一唱完，全班还在"啪啪"鼓掌的时候，她就蹦起来，举着手高喊："老师老师，我来，让我来！"

老师不高兴了，她可是准备了一大段话要表扬孙嘉树的！

但是姜凌波吵得实在太厉害，老师也没了辙，只好挥挥手让她上来了。

姜凌波走得雄赳赳的，就好像那些给孙嘉树的掌声是为了欢迎她上台一样。

走到前面，她站好，没等老师说话，就自顾自地唱了起来。

……

20多年后，已经做了奶奶的幼儿园老师，偶然听到上小学的孙子放了一首歌。

她疑惑地凑近去听，听了半天才笑道："这歌是谁唱的？跟20年前我带的班里那个姜凌波水平有一拼，哈哈哈简直跟她唱得一模一样！"

孙子好奇："我放的这首歌叫《我的滑板鞋》，奶奶你说的是哪首？"

老师："啊，她当时唱的呀，是《种太阳》。"

04

两人上的小学，是大学的附属小学，因为是教师子女，所以他们的上学时间稍微就提前了那么一点。

刚过完六岁生日，姜凌波就被老姜拎着后衣领送到了学校。

孙嘉树背着书包跟在后面，还是颗白白瘦瘦的小豆丁，看起来乖巧又安静。

老姜就拿他做例子，教育姜凌波："你看嘉树，再看看你，简直就是只猴，见棵树就能蹿上去！"

姜凌波不服气了。

孙嘉树那熊样有什么好的？遇到事就知道哭，呜呜呜呜的，还不如只猴呢。

她嚷着吵："他被人欺负了，还得我罩着呢！"

老姜随手就给她一个脑瓜崩："你别去欺负他，他就平安无事了。"

但很明显，老姜说得并不正确。

没过多久，学校要举办运动会，班级里每个人都交了钱，要购置走方队时戴的帽子和手套。

可有人大课间时在老师办公室听到，他们交上去的钱不见了。

本来是无意中听到的，但话传话地传到班里，就变成"老师的钱被偷了"这样爆炸性的新闻。在孩子眼里，这可算得上是天大的事情。

接着，就在所有人都议论纷纷的时候，孙嘉树的同桌突然喊道："孙嘉树的书包里有好多钱！"

他话音刚落，以班长为首的一群人呼啦啦地围了过去，把孙嘉树包围住，然后就开始抢他的书包。

班里除了孙嘉树和姜凌波，其他都是已经七八岁的大孩子，甚至还有几个九岁的。跟本来就瘦小的孙嘉树比起来，每一个孩子都长得人高马大。

班长就是班级里年龄最大、力气也最大的那个，他一把抓住孙嘉树的书包带子，用力拽了几下，就把带子拽断了。

孙嘉树包里的确有钱，但那是他爸妈一股脑塞给他的一个月的零花钱。可围上来的人全都气势汹汹，吓得他根本不敢说话，只能小声地哭。

他一哭，班长就更来了劲，招呼着其他同学，要他们把孙嘉树按住。

姜凌波一下课就跑去了厕所，这时候刚回来，就看到孙嘉树被人围着，抱着书包一个劲儿地哭。

她顿时就火了，拿着她新买的铁皮铅笔盒就冲过去，边砸着他们的后背边喊："你们干什么？让开！不准欺负孙嘉树！"

但前面几个男孩都比她高壮，随手一推就把她推开了。

她却并不害怕，被推开了就接着冲上去，结果一来二去，他们没了耐心，一把把姜凌波给推到了地上。她的铅笔盒摔开，圆锥的尖正好刮破她的嘴唇，流了好多的血。

班长看到姜凌波流了血，立刻有些害怕地松开孙嘉树，但还是挺直腰板大声指责："孙嘉树偷了老师的钱！"

"胡说！孙嘉树才不会偷钱！"姜凌波舔着嘴唇站起来，一嘴血腥味，却吼得比他声音还大，"你凭什么说他偷钱！？"

班长底气十足："他同桌都看到他书包里有钱了，他还不准我们检查他的包！"

"看到书包里有钱有什么用？"姜凌波瞪向孙嘉树的同桌，"你看到他偷东西了吗？"

他同桌也被她满嘴血的样子吓到了，立刻缩起身子小声说："没有。"

"没看到他偷东西，就不能动他的包！"

姜凌波毫不畏惧地挡在孙嘉树跟前："要是你动完他的包以后，他也丢钱了呢？我能不能说就是你偷的？"

看到班长说不出话，姜凌波理直气壮地"哼"了一声，拉过孙嘉树就把他扯出了教室。

她把他带到操场边，比刚才还要生气地问他："你为什么不说话？刚才他们欺负你的时候，你为什么不说话？！"

孙嘉树还在哭，低头抹着泪，一点声音都没有。

姜凌波气坏了，他用力把脚边的石子踢飞："没偷就大声地喊出来你没偷！孙小草，你要是再这个样子，我以后就不和你玩了！我才不要和一个整天只会哭的人做朋友！"

孙嘉树听到她的话，愣了愣，真的不再哭了。他拼命把眼泪忍住，从书包里拿出块已经挤扁了的蛋糕,抽着鼻子说:"我没偷钱,我怕他们抢蛋糕……这是给你带的,我以后都不哭了,你别不和我玩……"

姜凌波看到蛋糕上新鲜的草莓,哪儿还管他哭还是不哭,立刻抱过蛋糕,抹了把嘴上的血,开开心心吃了起来。

但等下午放学,她才发现她的嘴唇肿了起来,而且摔倒的那几次,她身上也挂了点彩,两个膝盖撞得乌青,裤子还磨破了。

整个就一副"回家绝对会被亲妈教训"的狼狈样。

她偷偷摸摸地溜进了孙嘉树的家,玩了好久才发现孙嘉树的手也蹭破了好大一块皮,估计是和他们抢包时伤的。

她边给他上药,边奇怪地问:"你现在怎么不哭了?"

以前他伤成这样早就"呜呜呜"地哭了。

孙嘉树的眼睛已经很红了,但他却硬是扛着没有落下泪来。

他认真地说:"我答应过你不会再哭了。"

姜凌波"哦"了一声,没当回事。

孙小草怎么可能不哭呢?不哭就不叫孙小草啦!只要他以后还能给她带好吃的蛋糕,她就算受伤也愿意罩他!

05

上初中的那年,他们楼上的刘奶奶买了一只小花猫,起名也叫大花。猫很小,几乎只用一只手就能抱起来,毛虽然是黑白黄杂色,却非常软,摸上去就不想把手放开。

姜凌波开始时喜爱大花喜爱得不得了,恨不得把它抱回家养着。但很快,她就对它失去了兴趣,连偶尔遇到它跟着刘奶奶出门,她都对它爱答不理。

倒是孙嘉树,每天都记得去给它送吃的,就算姜凌波喊他出门玩,他也要姜凌波先在家里等着,等他去楼上喂完猫再说。

那是姜凌波第一次体会到"嫉妒"这种情绪。

要知道,那时候孙嘉树已经不是六七岁时的乖宝宝,早就不记得还要给她带蛋糕吃了!

所以每次孙嘉树去看大花,她都会气鼓鼓地站在旁边冷眼相看,甚至还偷偷藏过孙嘉树带给大花的玩具。看到大花喵喵着急地叫着,自己在心里得意。

后来,得知刘奶奶带着大花回老家过年、要好几个月才能回来,姜凌波高兴地哼了一整天的歌。

但孙嘉树的心情却明显沉闷了几天,她怎么逗他都不好使。

姜凌波没辙了,只能狠狠心毛遂自荐:"要不孙小草,你就把我当成大花吧!反正叫起来都一样!"

不久,姜凌波就发现,顶替了喵咪大花以后,她的生活比以前还要滋润。

比如想喝她妈不准买的饮料时,她就可以跑去找孙嘉树:"大花想要喝香蕉牛奶!"

看上新款玩具没钱买时,她又可以说:"玩具!孙小草,大花想要那个变形金刚!"

就这么折腾了一阵子,等几个月后刘奶奶和大花回来,孙嘉树也不再去看它了。

显然,养一只会说话、会提要求的宠物更有意思,他现在每天发愁的,都是今天该给隔壁那个不会喵喵叫的大花带点什么吃的好呢?

06

养宠物的模式一直持续到初三。

那时候,孙嘉树已经比姜凌波高出大半个头。他学习好、长得好,不犯懒的时候体育也不错,隔壁班的女生会在他路过后偷偷地尖叫。

那天是体检,男生比女生结束得早。孙嘉树一进教室,就看到班里男生都围在后面。见他进来,有人就招呼他:"就差你了,快点过来!"

"干什么呢?"他慢吞吞走过去。

"选班花啊!"一哥们儿伸手搂住他肩膀,"现在团支书和文艺委员都是 10 票,就差你这票了,投谁?"

孙嘉树问："班花，是选谁最漂亮吧？"

得到肯定答案后，他表示："那我选姜凌波。"

全班男生都哄笑起来。

"快别闹了，认真选！"

孙嘉树啧了一声："不是在咱们班里选吗？我就觉得姜凌波最好看不行啊？"

大家都以为这是他不想投票所以找的借口，因此虽然开玩笑地说着"孙嘉树你是不是看上姜凌波了"，但谁也没把话往心里去。

除了孙嘉树。

那句话如同响雷般震在他的脑海里，连四肢百骸都麻痹起来。

他怔怔地沉浸在这种混乱又茫然的情绪里，直到女生们体检结束，姜凌波连蹦带跳冲到他跟前："孙小草，我瘦了3斤！3斤！果然还是跳绳最管用，以后我们晚上就到院子里跳绳吧！"

他看着她的脸，低笑了一下。

喜欢吗？

怎么会不喜欢？

什么养宠物，其实就是个借口，他不过就是想养姜凌波而已。

因为喜欢呗。

这就是，他一切悲喜的开始。